茶缘

爱茶人 著

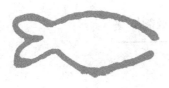

二十一世纪出版社集团
21st Century Publishing Group
全国百佳出版社

图书在版编目（CIP）数据

茶缘 / 爱茶人著 . -- 南昌：二十一世纪出版社集团，2018.4

ISBN 978-7-5568-2838-8

Ⅰ.①茶… Ⅱ.①爱… Ⅲ.①散文集－中国－当代
Ⅳ.① I267

中国版本图书馆 CIP 数据核字 (2018) 第 052386 号

茶　缘

爱茶人 / 著

策　　划	张秋林	
责任编辑	敖登格日乐	
出版发行	二十一世纪出版社集团	
	（江西省南昌市子安路 75 号　　330025）	
	www.21cccc.com　　cc21@163.net	
出 版 人	张秋林	
经　　销	新华书店	
印　　刷	天津兴湘印务有限公司	
版　　次	2019 年 4 月第 1 版第 2 次印刷	
开　　本	710mm × 1000mm　1/16	
印　　张	20	
字　　数	240 千	
书　　号	ISBN 978-7-5568-2838-8	
定　　价	58.00 元	

赣版权登字—04—2016—556

如发现印装质量问题，请寄本社图书发行公司调换 0791-86524997

目 录

茶 · 引子
Introduction

一般喝茶时要备些茶点，被抽肠刮肚后，胃里难免有些空荡荡的，需补充一下营养。

人的思想也是这样，在茶席交互之间，你来我往，谈天说地，相互推动，彼此碰撞。这个时候，精神茶点的适时补给，也确实是缺不得。

爱茶人走到今天，整整满两周岁。如同我们当年的约定，以茶为理由，寻求彼此精神的共同成长。似乎每个人都有各自的进步，都有所作为。

不管怎样，我们愿意相信，茶是其中重要的推手，是关键性的媒介，也是一种指引和暗示。冥冥之中，让我们与世界多了许多的联系，多一些新鲜的感觉。

茶喝到一定的份上，品尝的已不局限于大自然的馈赠，天地间的气息，还有自己和他人的精神味道。

这是高级别的体验，高水准的审美。久了，茶既是我，我既是茶。茶可以像我那样骄傲高远，我会像茶那样低微清纯。

茶的好，有时像旅游。不单是风景的美，还取决于同行的那些人。好的茶，有时又像两个好友对话，水平的高低，在于彼此对方的应答。

茶是精神，精神是茶。茶在精神浸淫下，会喝出万千世界，精神在茶的引领中，能阅尽普世光华。茶与精神混搭在一起，是喝茶人美好的境地，完整的围合。

这本书的每段篇章，都是以茶为引子而逐渐展开。有的自然，有的比较牵强。不管是自然融入，还是生拉硬扯，其目的都是拿茶说事。剩余的观点和想法，则根据各自的口感和喜爱，取其所好。好事者，还可深加工一下，根据自己习惯，添油加醋，火候大小，自行把握。

这本集子，是爱茶人共同的创作，集体智慧的结晶，是喝茶过程中点点滴滴的记录，也是阶段性的思想总结。

有了这个精神茶点，喝法应该会有所不同，说是一场场艺术行为也不为过。游于艺，在好玩有趣的思想活动中，把茶问青天。反正闲着也是闲着。

茶·节日
Festival

　　每年的元月八号，是我们爱茶人自己的节日。当人们开始从自己的生理、民族文化、国家政治纪念日之外，还能够在群体共同建造的生活节日里，获得一种喜悦和幸福，这是非常值得鼓励并欣慰的事儿。

　　这既是我们生命的重要的成长和进步，也是彰显我们生活的品质和生命意义的一次次有纪念性的狂欢。可以在这种庆祝仪式中，放大我们的心量和激情，以此对未来保持着一种更持久的想象和憧憬。

　　在以往的时间里，我们每个人已经在茶那里获得了许多的甜蜜味道。时光很短，但好像过了很久。

如果感觉到时间悠长，那个人或是处在艰难境地，痛苦煎熬着，或是置身于温暖舒适的氛围里，新奇加饱满，慵懒并惬意着，当然我们属于后者。

这么多人频繁地近距离接触，相互交织，一同行动，躲避瑕疵，没有对抗，同频共振，幸福满满。这其实是一件很难的事儿，也是一件很值得我们每个人骄傲和自豪的过往。

这种美感很令人向往和期待。通过爱茶人，我们验证了一个道理，好的东西好的事，不一定是靠有目标性的努力实现的，大多都是无欲无求，有秩序，有纪律性，有付出愿望，是大伙一起玩出来的，并拥有鲜活的生命状态。

初始，各自可能是因为我需要你，所以我要喜欢你，要和你在一起。到现在，我们都变了，变成了因为我太喜欢你们了，所以我需要你们。

为什么无论是喝了几十年的老茶仙，还是刚刚入道的嫩青们，对茶都是如此痴迷和钟爱。其缘由，尽管每个人对茶都会有各种各样的理解和感受，但有一点隐性的共识，是心理层面模糊微细的自我成长和自我超越的需求，让愿望成为可能。

伟大不是熬出来，而是一点点长出来的。作为我们这些凡夫俗子，虽然已经伟大不起来了，但能让自己过得更好一点，活得再明白一些，行为再优秀那么一下子，这种念想从来就没死过。快也好慢也好，都是在生长，寻求突破。茶就是一个很好的理由和借助。

无论在茶那里实现了什么，或是养心修行，或是明清事理，或自得其乐等，本质上讲都是试图努力让自己的言行，都成为美好的一部分，一种无意识的自我超越行为。

生活本来就不美好，社会也并不美满，我们经常是就着雾霾喝茶水，命运就横倒在我们的面前，我们需要跳出它。

本质上讲，每个人的生命，都是一场激情大越狱，我们都可能不自觉地成为一个心灵的囚徒，然后再生成一个渴望自由的心。

心若是牢笼，处处是牢笼，自由首先来自于自己的内心，而不是外边的世界。是否能翻越这个高墙的力量，取决于我们内心的力量和欲望。

懦怯囚禁人的灵魂，希望会让我们感受到自由和自在。世界很难公平，社会更不可能绝对的公正，天大的冤屈也抵不过权力者心里的秩序和既得利益。先天的自我生存本能可以让我们表现出不同程度上的坚强，这种坚强也可以拯救自己，但唯有智慧才能帮助更多的人。

而茶或多或少地能帮助我们一些，从绝望蜕变成希望，将成为我们走出困境最后的支持。

再怎么着也不要把自己置身在模式化的幸福生活之中。你过着怎样的人生，取决于你用什么角度看待生活。

我们很容易把他人当成自己的环境，并感到心境混浊，惶惑茫然不堪重负。如果想拒绝生活的强暴，不甘心任人宰割，就要把自己锻造得坚强而有力，不屈服于任何压力。

虽然难度系数很高，但只要我们能设想到屈服就意味着残废和消亡，那我们就没有理由不去再咬牙坚持一下，坚忍地在苦痛中等待机会。

我们对茶的热爱也是对生活的热爱，它一定会直接或间接地影响我们的事业和人格走向。

诗为什么好，那是因为它处处留有余地，行行都有思想。可以把我们的集体行为想象成是一首首诗行，会写得很长很长。诗在远方，茶也在那，有茶就有缘。

虽然因缘这个东西无法实证，却处处都在，我们可以选择相信。相信彼此间存在太多的神秘联结和美好的关系，然后把这些都倾注进每一杯茶里，让我们一同友好地阅读他人，仔细地品味自己。

生活中简单的小幸福，都是不经意间创造的浪漫。有一句话说的挺有意思的：你喜不喜欢我，那是你的事情，我喜欢你，与你何干？

茶 · who

　　我们都喝了好多年的茶，似乎没认真思考过这个问题。可能茶本身太简单自然了，简单到无限的自然，像光，像空气，自然地享用自由地呼吸，不必一定要去知道它是什么。也可能茶离我们太亲近，近到它已成为生命的一部分，生存在我们的身体里，以至于让我们忽视对她的思考和照顾。

　　茶是什么？这是爱茶人首先要弄明白的问题。你一言我一语，搞出几十条出来。如此之顺畅，自己都感到诧异。

　　从写作和处事的经验上来看，但凡是那些容易上手，写起来较顺溜的东西，一定是美的、真实的、亲切的，也是感兴趣的，或是她原本就应该属于生命中并没有被发现的那一部分。反之必定是陌生或本应该不属于我们的，或这件事根本就不对，不该是与我们交集或过往的人或事或物。

由此逻辑演绎过去，大概我们与茶之间存在着必然生命关联度，香甜并神秘着。是一种姻缘关系，一种深爱的关系，一种伴侣存在关系。

茶到底是什么？

茶是一个特殊的文化载体。多少年来，她裹挟着人类的文明与文化的基因，一同行进和演变。人们在这茶的特质中，传递着文化符号和信息，使我们在各个不同的年代吸吮着同一种味道，连接起漫长无绵的精神细节，逐级接力，有序地传递民族习性和精神。

茶是一种纪念。在纪念的叶片上，镌刻着我们祖先们的模样和神态，记载着他们人生的色彩，述说着他们的生活中的喜怒哀乐、悲欢离合，还有他们对未来的嘱托与期望。

茶是一种引领。每一片茶叶尖，都象形着我们复杂生活的指示标识，由此细致地感受到那种微妙的方向感和安全感，让我们坦荡悠然，心生自信，心怀拥有。

茶是一种宗教。这是一种独特的自然生物式宗教，她本身就是有形的宗教崇拜体，代表着世上所有植物体，给予我们别样的人生开悟：尊重自然，敬畏所有生命。

茶是一种觉知。这种觉知实在而深刻地提示我们人生追求的目的。在此之下，我们学会检视反思自己，接近顿悟。茶本身就是一种思想，一个文化的图腾。

茶是生命的符号。她用自我的生长和消失，给予了我们对生与死的最精简的解读与演绎，并从中让我们获取人生的某种意义和对死亡的本体的哲学思考。让我们感知对人类终极询问产生感悟和面对。在此阅读中走出时间，确信死亡也是一种存在这一事实。

茶是一种表达。这种表达如此直接亲近，直指人心。在这种表达里，充满着人文关怀，温蕴可口，余味无穷。倾听与诉说相敬同在，问候和呵护交互融合。

茶是一种修行。准确地说茶有带动他人修行的力量。这种带动是柔软清馨的，是善意和善良的，是准确而恰当的。让你自觉走进平和淡然的另外一个清静世界，不固执，不坚持。

茶是一种生活方式。我们相信比生活更重要的是生活方式。每个人都是自己青春圆规底端的那跟针，无论野心膨胀多大，想要张开多宽的半径，最终还是要以完整的那一个圆来考评其价值。这取决于我们的生活方式，茶的生活方式让我们可能更真实直接，更有满足感和情绪安慰。

茶是一个梦。茶与个体关联太近。只有与自己快乐有关的梦想才是扎实的，有梦我们才会进步，才会不懈的追求。一旦失去了梦想，我们会堕落，会深陷愤怒和仇恨的极端恶劣的狭隘中。

茶是一种修养。一个人的高贵优雅，首先要将自己放置于适合其生长环境中。一个人的修养也需要有相之般配的修养对象，茶本身具备了这两个特质。

茶是一种营养补充。无论从精神上和生活上来看，茶都是重要而独特的补给。在精神层面，不管我们准备走向哪里，走得有多远，茶都会为你铺垫好前期思考。从生理上来说，就会更具体，防辐射，延年益寿，降血压、血脂等。

茶是一种交换与赠予。在与茶的对视与接触中，相互之间也完成了丰满的思想交换与物理形态的回馈，这是人高级别的孤独存在，高级别的交往。

茶是艺术家。茶在水的浸淫中上下沉浮翻飞，是在舞蹈。如果你能真切专注，可以听到她的歌声，你也能看到她的表情，感知到她的喜悦与快乐。

茶是哲学。以它本体最简单最直接的生命形态和变化，让你不同程度地感知事物的本质，引导你去反思去识别，由此可无限引伸，宏大而微细。

茶是一种尊重。尊重最本质是人文关怀，最基础的表现是倾听。在茶与我们的情感互动中，似乎可以学习到那种被易于忽略的好多生活中必须准确把握的尊重细节，包括对他人的接纳。

茶是一种美丽的邂逅。这是跨越时间，跨地域的约会。又在那个恰当的时刻，在你孤单寂寞或喜庆乐达或是宁静沉思时。也就是在你最需要她来陪伴的时候，她已早早地在那里敬候等待。

茶是一种缘分。世上无数的茶叶，她们各自栖息在你不知的地域，你与她们相接的缘份概率非常小。而我们能与她结为良缘，这是上天神秘的安排，不得不去敬畏，态度必须端正而虔诚着。缘来不拒，境去不留，看淡了得失，才有闲心品尝幸福。

茶是一种美学。仔细观察，茶是至美的。她的形状，她的色彩，她的味道，她的内涵的品质。简约而大气，可无限地品赏和玩味，是审美时间较长的艺术美学。

茶是人生驿站。人生其实是充满着太多的艰辛和苦难，我们需要放松和修整，无论是心理上和生理上的。茶就是我们最中意的人生驿站，在那里我们会获得最彻底和最真实的歇息和补足，完成自我庇护和修养。

茶是对生命的计量。生命的具体量化是较难的，但茶可以将我们的生命清晰的分割。在我们深沉地与她们交互时，意味着我们对生命本身的觉悟和总结，是在生命的关键节点上的一种指认。随着对茶的认知和接受体验度，恰恰是对我们生命品质的一次次的量化和称重。

茶是一种成熟。这种成熟是我们与她共同的生命交汇，是自然界之下植物和人类两个成熟物体的融和。必生成另外一种成熟，亦是为了下一次生命的轮回。

茶是一种节日。人们似乎到了一定的年龄，对世俗的节日感觉越来越模糊，越来越不敏感和兴奋。在饮茶时，可以感受到那是属于自己的节日。在自我制造的节日里，尽兴地去自我陶醉，自我享受，自我鼓舞和鞭策。

茶是一种禅意，是深刻的禅意表达。由茶而生成的茶道，拥有丰富禅的仪式感。在茶禅中领悟人生，参透人的生命意义与归宿，让我们从故意和做作的窘境中走出，变得自然、自觉、自信，掌控无心不可有心不得的微妙人生技能。

茶是世间灵物。一类茶，一个故事，一种生活，一份感动。茶是生命惊喜的邀请，而人生是一场又一场美丽的茶宴。

正是与人类这种特殊的联结方式，茶是存在永远生命感的。味因水而觉甘甜，心因茶而宁和。最终，茶归于寂静，水了于无声，水静而茶清。人生如茶，静心以对，对错无辜，缘由前生。

茶是祈福、慧根、启示、约会、导师、魂、喜悦、风景、诗、愿望、知音、浪漫、图腾、伴侣、爱等等。

所以，我们爱茶人共同以为：

茶，提示了人在茶木间，所以我们心生敬畏。茶，提示了个体的品位，取决于集体的生命的总成，所以我们自然的集合。茶伸展出两种生命姿式，浮与沉，我们从中悟出那种禅意，拿起又放下。人生如茶，沉时坦然淡泊，浮起喜悦幸福。拿起接纳包容，放下自在释怀。我们美妙地融合在一起，安静地品尝自己，细心地阅读他人。在这温暖的仪式和柔软的庆祝中，践行人生的修行的目的，精炼我们的生命品质，使我们更有情趣，更有味道。

与你相遇，只为悦愉。

茶·礼仪
Etiquette

礼仪这两个字是可分解的，即礼节和仪式。礼和仪都是指向对他人的尊敬方式。礼指向个体，像鞠躬、握手等，而仪则属集体行为，像开幕式，阅兵式等仪式。

礼仪是人类为维系社会更好地生活关系和秩序，而要求人们共同遵守的基本道德规范，它是在长期生活和相互交往中逐渐形成，并以风俗习惯和传统等方式固定下来。

对个人来说，礼仪是一个人的思想道德水平、文化修养、素质、交际能力的外在表现，是约定俗成示人以尊重、友好的律己敬人的习惯做法。如果你能举止文明、动作优雅、姿态潇洒、手势得当、表情自然、仪表端庄，就会获得他人接受，认可为一个有魅力的人。

礼仪受历史传统、风俗习惯、宗教信仰、时代潮流等因素而形成，既为人们认同，又为人们所遵守的一个不成文的标准。从传播的角度来看，礼仪是在人际交往中进行相互沟通的技巧，也是交往的艺术，是以建立和谐关系为目的的各种符合交往要求的行为准则和规范的总和。对社会来说，礼仪则是一个国家社会文明程度、道德风尚和生活习惯的反映。

礼仪为是表达自身感情而存在的。没有仪式感的支持，人们祭祀天地就无法充分表达心中的敬畏，只有存有敬意，礼仪才可将人们内心的愿望达到极度显现的境地。

礼仪这个事其实挺大，越是没有标准的事儿越能显示它的强大的软实力和不可或缺性。就像有些免费获得的东西，往往是我们生命体不能缺少的，譬如阳光、空气、快乐、幸福感等等。礼仪是将我们运送到精神高塔的重要推手，是否能生活在别处，最起码具备的是我们对礼仪的认知和使用。

而茶礼仪是以茶道的方式来体现的，是引导个体在美的享受过程中走向完成品格修养以实现和谐安乐之道。茶道是表现茶赋予人的一种生活方向或方法，也是指明人们在品茶过程中懂得的道理或理由。

茶道精神是茶文化的核心，是茶文化的灵魂。通过沏茶、赏茶、闻茶、饮茶，以求"味"和"心"的最高享受和融合，完成一种和美的仪式，表现一定的礼节、人品、意境、美学观点和精神思想的一种饮茶艺术。它是茶艺与精神的结合，并通过茶艺表现精神。如果用通俗的话语来诠释茶道，也可以理解为忙里偷闲，苦中作乐，在不完全现实中享受美与和谐，在局部的空间里体会永久。

从历史记载来看，茶道这事大概是兴于唐，盛于宋、明，衰于清，现又重新复原于今天。茶道主要讲究五境之美，即茶叶、茶水、火候、茶具、环境，同时配以情绪等条件，可以称之为美学宗教。比较精致的是日本茶道，是以和、敬、清、寂为基本精神。

中国茶道有人总结出七种义理，七艺一心。这里面包含茶艺、茶德、茶礼、茶理、茶情、茶学说、茶道引导，精神的核心是和与禅。茶道是以深远的哲理为思想背景，综合生活文化，是东方文化之精华，通过人体的修炼达到人陶冶情操完善人格的目的。茶道是以身体动作作为媒介而演出的艺术，以吃茶为契机的综合文化体系。其中含有艺术、道德、哲学、宗教以及文化的各个方面的关联，具有综合性、统一性、包容性特质。茶道是一种室内艺能，这种独特的艺能集结了独有的文化艺术部落。茶道即是茶至心之路，又是心至茶之路，双向而行。

在茶道的仪式中我们能获得什么，这取决于我们自身对生活的想象能力和创作情绪。既然一伙相识或不相识的人集合在某一空间内，本质上讲就大致形成一种心灵的和合，一种默契，一种方向性一致的精神诉求，一种兴趣和好奇的满足，一种模糊性的灵魂寻觅，等等。就像大妈们从四面八方奔向广场，目的非常清晰，就是尽情地跳舞，为了健身，为了快乐。

茶道有它的独特性。一般性的聚会，基本都是一人得神，二人得趣，三人得味，再多一人就各说各的了。在茶道中你会发现，所有人都会围绕着茶的主题，高度聚焦在这一目标物上，幸福和喜悦感非常均衡，情绪和注意力的搭配合理，对他人的关注和理解也会超出往常，但并不会降低自我的存在感。

所以说茶道本身就具有强大的吸附性，具备宗教色彩，同时也是非常适宜的修行道场。

在这种氛围中，我们会体验到非常强烈的艺术修为，并以此引领我们对自我其他的生活习惯和生活方式的艺术调整和处理。这本身就是生命之树的重要成长，也可以看作是生命之花的美丽绽放。

在茶礼仪中，我们确实可以收获很多，特别是对那些有欲望重新装修自己精神家园的人来说，这个地方可以视为是神秘的思考殿堂。在这里，我们可以获得真实的身份认同，会准确地定位自我，会较真实地表现。不必虚伪，无需做作，不伪装一个好人形象，而是坚决要做个真实的人。

用茶温暖身心，因为只有自己真暖之后才有资格相互温暖。只求圆满，不计较对错，与智者同修，与善者同频。

这也是创造自由，培育智者的地方，所谓的智者即意味着彻底的解放自由。他们可以调皮捣蛋、不拘小节，会好也会坏，自然地还给自己自在，同时也会赠送给他人自由。

在这里，我们会主动的收敛自我的锋芒，不去强调个人的意志。在茶面前，我们会习惯性让步，因为爱就要懂得让步。让步，在情感中不是退却，也不是从权，而是一种尊重，一种人格，一种胸襟，一种涵养。

在这里，我们还可以找到别样的感觉，就是置身于热闹中的一种另类的清静，一种另类的思考。

能否独立地思考，并不是由我们的意愿所决定的。我们可以随时坐下来阅读，但却不可以随时坐下来思考，也就是说，思想就像客人一样：我们并不可以随心所欲传唤他们，而只能静候他们的光临。当外在的机会、内在的情绪和精神的集中程度巧妙、和谐地结合在一起以后，对某一事物的思考才能自动展开。

茶道就有这样奇妙的功能。好的思考会让我们变得更智慧。罗素说过这样一句话：我才不会为我的信仰而死，万一我错了呢。

在这里我们逐渐地屏蔽干扰，学会拒绝。这是因为人永远都不可能生存在美满的环境中，任何一种负面的生活都能产生很多烂七八糟的细节，分散我们的注意力，人就在这种无意识的自我蚕食中消极下去，从根本上忘记了这种生活需要改进，但茶道可以提醒我们的自觉反省。

茶道也可以看成是一种庆祝仪式，奥修说过，庆祝的实质是因为通过庆祝你会开花，你会达到更高意识的、敏感的、创造性的层面，在庆祝的人是在真正活着的。

一般情况下，有很多的声音我们是能听不见的。当人们的心灵频率没被调在一个波段上，即使我们面对面说话，对方也不见得听得见，听得懂。但茶道能将众多的不同体导引成一致性，可以让相互的沟通更直接更有效。

在茶道中打磨自己，会让我们更加清明，敢于淡名淡利，无争无夺。

我们理所当然地品茶，这是大自然馈赠的一种奢华。可以感受到一种隐性的指引，鼓励我们崇尚自然，拒绝媚俗，入幽美邈远的意境，玩味人生的淡雅之美，心随四季飞扬。

每个人都肩负着点醒旷野的职责，做一个大地的好儿女，从而感知到所有的痛苦只是薄薄的一层思想而已。

若干人聚集在一个道场里，这种群体行为必然会产生共生效应。比如说一个军人和一队军人，一个空姐和一群空姐，所形成的气场效果决不是简单的加法堆积。这是每个人的生物场相互作用，按照排列组合的数学关系无限放大的。尤其是当群体方向和目标一致的话，从数学计算上来说，就相当于再乘上一个系数。所以在场的每个人，意识到这个道理的话，给与他人能量辐射，这既是茶道的重要意义之一。

由此而产生的效果，无论对身心还是精神都会起到积极的良性作用。个体的气场，一部分是自身散发的，一部分是由他人作用过去的。作用力越大，气场也就会随之增大，反之亦然。

比如说一个你崇拜的伟人或你欣赏的名人，或德高望重的宗教领袖，臭名昭著的黑帮老大，你与他们面对面，就会强烈地感受到对方的大气场。他们所显示的气场之所以大，可能一部分是自身的力量，更多的是来自于我们自身的给予。无论是源于敬畏尊敬或是恐惧，都会反过来作用于我们的心理。

还有一部分力量是那个人关注的事情宏大或关怀的人相对多，大于我们常人的生物场的交互而产生的力量。

不管怎样，只要我们假设这事有存在的逻辑和理由，那么我们就不要错失这种机缘。在这个茶的道场里，尽情抒发各自的情怀，让我们每一次相聚都充满着喜悦快乐和温暖的感受，让空间的气息更加柔和清新。

喝茶的人不都是幸福的，不喝茶的人未必就不幸福，幸福与喝茶没有必然的联系。每个人的感受能力不同，结果自然会大不一样。

茶不是幸福的归宿，人生太短暂，如果能从茶那里领会到几分平和之性，理解了茶并能跳出茶，也就足够了。共同走在否定之否定的成长路上，当我们不再证明自己时，美也就绽放了。

喝茶时需要配备些茶点，以免在清肠刮肚时体力不支。如有可能的话，顺便再增加一些精神茶点，也不枉做一回爱茶人。

茶 · 艺术
Art

　　端午节的前一天，我们一行人聚集在会心阁。这个地方与颐和园相望，皇家园林的大势，必然遮荫着这个民间小馆，从里到外都透着秀美，想不惬意都难。

　　拿着茶杯泯尝着清香，还真分辨不出是在喝茶呢，还是正在操持着一种群体行为艺术。但有一点可以肯定，是茶铺垫出了这种情绪和感觉，让这些人无需任何告知和准备，共同形成了统一的默契，艺术感很强地聚焦在各自的茶杯里面，体面而又端正着自我生命形态。

　　女主人是从草原上奔跑出来的一个侠女，在赤红的脸庞上依旧可以感觉到草原的风和阳光，那个架势总感觉是骑着马来到京城的。虽然她可以很专业的为我们讲解茶道、香道及其它艺术雅集，但骨子里还是掩盖不住蒙古族人特有的粗放和豪迈。

现今所有的细腻表现，绝不可能是原始的性格和情调，应该是后天的努力学习产生的修养所补给的。

她曾做过房地产，那可是个粗活，非女汉子者难以担当。到今天能脱胎换骨成为另一种文化人模样，难度很大。这种变化的力量必须是很强，相当的主动自觉。火候和温度还要掌握适度，这样对生命形态的重塑才会更加完美和彻底。

不知道她都通过哪些手段锤炼了自己，但有一点可以肯定，茶在自始至终的过程里一定充当着主要角色，在未来也可能一直是这样。

茶顺着节气生长，吸收了阳光的味道，大山的味道，风的味道，时间的味道，人情的味道。一口喝下去，分不清哪一块是滋味，哪一份是情怀。

茶这个东西往低了喝解渴养生，往高了喝可以有各种各样的艺术想象，可上可下，可高可低。闲着也是闲着，既然弄了这件事，大可以喝出个花样出来，也算是对生活的一种体会和发现。

味道是受情绪影响的，不同的环境和心态，所品出的滋味一定会大不相同。当我们把大多的事物和事件赋予了更多的艺术的含义和想象，时间久了，也就会习惯性的艺术化生活了，就会对平庸有敏感的辨识和主动的拒绝。

为什么强调我们要与艺术相伴，其终极目的就是让艺术占据我们的生活空间，占据我们的注意力和想象力，或者说对我们所谓的聪明才智实现有机的搭配，以此赋予和注入艺术生命能量。

当我们真的开始把这当回事，而且是正经事的话，那么我们的审美，我们的情趣和格调自然会往上走，不断地自然地攀爬到新的高点。在诸多的选择面前，我们就可以不局限于狭隘的成功目的，而会往更远的方向看去，追求优秀与卓越。

当我们像游戏一样主动着寻找与艺术邂逅的机会，那么自然就会把它当作思考和享受的对象，以及让它活在我们的想象之中。

茶只是一片植物的叶片，当我们真的能善待她，阅读她，与她真情的对话和交互，这也意味着我们在从事着一项有意义的劳作，那就是从物质中解放出来，并急欲飞翔的艺术灵魂。对茶是这样，对其他别的生物也会是这样，当然也包括了我们自己。

茶 · 知己
Bosom Friend

俗话说，三个女人一台戏。

这戏通常分为两种，要么是欢快的，几个闺蜜凑在一起，热热闹闹叽叽喳喳，天南海北尽情尽意。从生活的繁杂琐事到老公孩子，无所不谈，爽够了各回各的家，各找各的妈。另一种则是悲情的，冤家对头争锋吃醋，有你没我各不相让，结果一定是灰头土脸忿恨难平，之后就老死不相往来了。

细想起来，很难见到三个或更多的女人们相聚在一起深刻交流精神和思想方面的话题，能涉猎到哲学和灵魂层面的就更麟毛凤角。但我们爱茶人里就有这么三个女人，以茶为由，说出了让人们诧异的话来。

这事的缘起只是一个再简单平常不过的场景。前几天一次爱茶人的公众活动，一女子依旧像往常一样为大家沏茶泡水。通常来说那茶泡了就泡了，该喝的也喝了，但高人就是高人，由此引伸出一段精彩的对白。

另一女子说：她泡茶是一场与茶的谈情说爱，是在与茶的对话。茶语她懂，她用水用情用爱来替茶表达。我们喝她泡的茶，香自不必说，味，那个恰到好处的醇，鲜、滑、甜就连苦涩都是那么的美好。是怎一个对茶的爱和理解，才能让茶回报以完全释放的状态，茶知道，她知道，而我们不知。

那个被说的女子回曰：你将水冲入茶的一个简单动作，那么难懂。能读懂你茶汤的人，就是跟你的灵魂交流。熙熙攘攘中，我安静着我的茶事，你筛除杂音后细细的品。作为国内对茶最有发言权的人，透过茶水深入的懂了我。简单而难懂或许就是人生的另一层境界。

又有一女子插言道：她泡的茶，中正，通透，起落手法均是大家风范。尤其在丰富完善并转化茶品滋味的过程中，呈现出的冲泡功力和自在，是我至今都无法突破的。这也许是因为她有颗平常心，宠辱不惊，弥足珍贵，实属不易。能喝上一杯她冲泡的茶，是件极为幸福的事情。

她们这三段话，咋听起来有点玄乎。这对一群大老爷们来说，即使喝了一辈子茶，也懵懂得很。必须反复琢磨很多遍，努力地联想，也只是大概其听得出话语背后的意思。虽然听说过茶是知己这句话，但也只是一个设想，一种可能，从没去奢望可以通过几片植物的叶子，就建立起如此深邃的情感和精神的互动。

由于这三个女人，让现场好多人多少明白一点，这味道的觉知，首先得是由心灵的提前准备和主动的接纳才会生成。味道的辨识度实际上取决于那个人的情感的细腻分类和专一的热爱情绪，混合之后所催生出的一种能力。这种专一应该是广阔的狭隘，是精致的审美，是高级的情趣，也可以把它归类于情怀那里。

大自然带给人的思考及感受是最直接和真实的，当然也会激发人的情绪冲动和隐性的灵感，品尝出别样的味道那只是捎带脚的事。碰撞出精神火花或灵魂的对话，以至于同生出知己的共鸣，也是符合逻辑的。

当然也就更容易理解这三个女人之间只因为那几片茶叶，联结出另类的美丽关系。其中饱含着感激、感动和区别性分明的小众感情。借此，她们也会生成一种文化自信，一种生活态度的进步，一种自我生命的骄傲。

正如那女子所言，在她与茶共舞中，总以为知音难觅，其实她总在某个地方静候，独处是内观、自省。交流是碰撞、印证，二者适时穿插，惊喜就在若有似无中，恰如其分的懂你。

这一番说辞够神的。

本质上讲，我们在对生活的态度上，不能盲目地强调美好，不能寄予太多的幸福想象，苦痛和悲伤的比例远远要大于短暂的快乐。那么自我的怜惜和自我的恋与爱，就变得很重要。

生活中有很多东西供我们消化和分解本来就伴随我们成长的苦难，茶就充当了这个角色。我们可以借由她，为自己充填动力，润滑我们生命的肌体。当然这必须是对微小的事件的人为放大，以及对普通事物艺术化处理之后的生命创作。

几片茶叶，可以让我们解渴，可以让我们假装高尚，可以让我们更有情趣和品味，也可以带给我们更多的人生知己。

知己也意味着一棵树在摇动着另一棵树，一朵云在推动着另一朵云，一个灵魂在唤醒着另一个灵魂。好像是谁说过这句话。

茶·抑郁
Depressed

一个人抑郁了，这事还真挺麻烦，一时半会好不了。严重的，可能会痛苦一辈子。

有些抑郁的人说，一旦病发时，就会把茶席铺开，或找几个好哥们谈天说地，或独自对白，多少能分散一些注意力，缓解一下情绪。虽然这招术不见得对每个人都适用，但对那些本来与茶就有着深厚关系的人，相信茶在这个非常时期，会上前拉老兄一把，不能眼看着老友难受而坐视不管。

在美国，就有百分之十左右的人，遭受抑郁症的困扰。其中一多半的人还是由于遗传基因造成的，并说病的缘由到现在为止，还不能以科学的方法给以解释。即使最先进的仪器，也无法观测到大脑内部化学变化的过程。

这事就很蹊跷，不能用科学来解释的事，那应该与神有关。无法断言抑郁症是老天专门为某些人设计的，但有可能得这种病的人，大概与神有点关系吧，亲戚朋友，前世的缘亲债主什么的。

抑郁所产生的痛苦，大都是精神层面上的，应该与我们常人日常感受到的痛苦接近吧，或是很多原因相互混淆在一起，界限并不是那么清晰。

从社会学角度来看，痛苦是产生于我们的愿望和能力的不相称的对峙中。一个人如果用他的能力放大了他的愿望的时候，就将成为一个绝对痛苦的人。只有在欲望与满足欲望大小相称时，那个人才能保持宁静平和。

从这点上来看，有抑郁症的人应该仔细对照一下，是不是咱自我愿望过高了一些。以为自己可以应付所有的事，把自己给累着了。体力的透支，必然要连带精神。如果是这样，那就应该提醒自己，不要一痛苦了，就认为自己又犯病了，有可能是压力和疲劳所致。

其实痛苦是每个人都躲不过去的，属于生存的常态，并不是抑郁症患者的专用品。压力是普遍性的，有病还是没病，都在同时负载大自然一个大气压那样。不管是谁，只要放不下舍不得，都会睡不好觉。如果认为自己拥有的已经足够了，那么再拼命去争取，无论是以什么名义，为艺术也好，为使命也罢，都得拿出相当大的生命成本去兑换。

人有些事得看明白了，不是所有的伤痛都需要呐喊，也不是所有的遗憾都能得到补救。抑郁这事也没那么邪乎，想开了就是净土，想不开就是地狱，抑郁了就是人间。

人常常会误以为，历经了风雨，尝遍了人世间的酸甜苦辣，就成熟了，就懂事了。其实在生活面前，我们永远都是孩子，可以偶尔耍娇，但不能成为习惯。未知是永远的，无知是客观的。当你不把自己当成个全能的智者，哪还有功夫去抑郁。

这个世界会爱护我们，也会伤害到我们。天无绝人之路，只有自己才会让自己深陷绝境。

每个人行为上自觉是必须的。不幻想世界能放过我们，也不企盼灾难会对我们宽容大度。能自我救助的，就是自己放过自己，自己解放自己。有时我们会向老天寻求帮助，那说明我们相信老天的能力。如果老天真的不帮咱，则意味着他也相信我们的能力。

有的时候，人们之所以流泪，并不是因为无望和懦弱，而是因为坚强的时间太久了。按此说法，作为一个抑郁症患者，是否太在意坚强这回事。程序安排的过于紧凑，以至于没有足够的空档来歇息一下，甚至舔洗自己的伤口时间都没有，把自己挤到了崩溃的边缘。

凡是抑郁的人，大多是内心比较精细，容易多愁善感。对过往的事情记忆比较清晰，特别是对稍微重大一点的事件，会耿耿于怀，念念不忘。而那些轻松自在的人，通常都是一些心里不咋装事的，即使遭遇到不测，也不耽误睡觉，像平常那样，呼噜照打，没心没肺。

世间繁杂，人生莫测，太多的过往和纠结，我们无法一一应付得过来，更多的需要交给上天，让时间自然消化。所以适当的遗忘对我们来说是必要的生存能力，是适时的放松和休整。

忘记是风度，是修养；舍得是智慧，是境界。人要想让自己过得快乐和幸福，拥有持续的生活热情和冲动，就应该记住该记住的，忘记该忘记的，改变能改变的，接受不能够改变的。

所谓超脱的意思，就是要学会舍得，学会忘记，说直白了就是什么事都能过得去，不被羁绊，不被耽搁。舍得并淡然处置身外的名利和虚荣，以及暂短的风光和潇洒，放得下那些诱人的利益和荣誉，剩下的事就好办多了。

如果哪一天感觉自己犯病了，那就试着不先同情自己，查找一下，是否有哪些东西该放而没有放下，该舍而不能舍得。

心理学揭示，当人用心的时候，大脑才能创造，当心理没有负担时，大脑的创造力最强。人做事是先用心后用脑，心指挥脑袋，要相信心和脑是有关系的。

这事对抑郁来说同样可以适用，用心去感知自我的生命变化，提升自我的良性情绪去适应痛苦感，这本身跟制作艺术作品一样，也是一个创作过程。既然天生就拥有对艺术的敏感，那么用艺术处理的手法去对抑郁做别样的审美，应该比常人更容易一些。不知是否管用，但索性不妨试一试，权当作是玩一把而已。

柏拉图说过，生性恬淡且又达观的人不会感到年岁的沉重压力，可是对于性格迥异的人来说，年轻与年老同样都是负担。

郁闷或烦恼，有的是外界客观存在，有的是自我的感觉，是自我精神系统的设计而自动生产出来的产品。那些自我精神的标准较高，而且还不能停滞，必须是流动着，经常性的更新替换。这样一来，烦恼和郁闷，就自然会比别人要多出很多。

一旦自己的精神失去了哄骗自己能力的时候，痛苦就接踵而至。长此以往，再好的人也经不起这么折腾，抑郁是难免不了的。

我微笑是因为不想让你难过。抑郁症患者大都会这样想。所以他们看上去也挺快乐的，其实那是在忍受。

我们这些人所剩下的时间并不多，好玩儿的事还有得是。眼泪，有时是一种无法言说的幸福。微笑，也可能是一种没有说出口的伤痛。

茶·香道
Fragrance

　　如果为了共同去嗅一种味道而集合在一起，可以说是再也没有比这个更有趣的理由了。不过这种味道还真是熏晕了不少人，也熏出了很多的灵感和觉悟来。

　　于是有人就吟出了"你是伤的愈合，苦的弥盖，汇天地之精华，蒙日月之积淀，百年煎熬千年等待，沉的惊世香的骇俗"。还有人喃喃自语道："轻是一缕烟，重是千百年，瑞树生奇楠，苦疼涅世香"。有一个家伙惊叹到：天地造化阴阳两盛。

　　这就是爱茶人搞了一场主题为"沉香的故事"之后，所引起的脑震荡，也确实震出个精神高峰。就连那个长相粗糙得再不能粗糙的一个叫兵兵的哥们，也会在某个饭局之前，不经意地从腰间里掏出一根香来，然后翘起莲花指，专心致志地把它点燃，把满桌其他的酒囊饭袋们弄得瞠目结舌，肃然起敬。如果这时候有人问他：哥们儿讲究，三日不见刮目相看啊。估计这小子会得意洋洋地回之：因为我是爱茶人。

从进化的角度来说，人类应该比其它的生物在嗅觉上退化了很多。估计我们的祖先在还不会直立行走时，不但会依赖视觉和听觉来判断周遭环境的状态，也一定能依靠嗅觉感知到远处发生了什么。会与其它虎豹豺狼鸡鸭鹅狗一样，相互闻闻对方的屁股，就能大致确定彼此的关系。不必像今天的我们人类，挤眉弄眼甜言蜜语，一会儿哭一会儿笑地相互折腾来折腾去的。

现在就有那么一群人，要让自己的鼻子表现出进化的能力，看来这是很有想象力的一个开发运动。

应该说将一个人自己嗅觉从一般性的生理功能提升到审美层面，可以归属到重大进步那个范畴内。如果能从味道中感知到遥远的过去，体味到一个植物的每一点微细的成长，凝视到天地精华的汇聚，滋生出对大自然的爱戴和敬畏，这不得不说是非常独特而又牛掰的生命体验，也是一种极致和精细的美的感受，或者是对文化和时尚的主动并快乐的融合。

它的意义在于这件事的本身是在眼耳及神经触觉之外的一个重要的补充，是一种另外的发现。让我们的生活态度和生活方式更加立体多样化，为我们的精神世界注入一抹清香。

这种清香很具有融化力，具有爱和善的召唤力，可以让人长久的记忆，亦是高级别的奢华。

香道是生活美学，是一种雅致的生活文化，是人们向往精致生活的实践。在历届朝代中，富贵人家越多，闲隐的生活理念就会复苏流行。而隐是重新构建生活重心与方向，另辟生活空间。以此生活美学对抗世俗的世界，参与社会文化的竞争，将书画、茶香、琴石等各种长物纳入到生活范围中。使之成为生活重心，用此经营生活，作为个人生命的寄托和生活乐趣，形成了一套文人式的闲赏文化。

焚香煮茶具有清心悦神、畅怀舒展的效果，是名仕生活的重要标志。在品香、坐香、课香的环节中勘验学问，探究心性，来表现心灵的境地及生活品位。如果把香看做是与神灵沟通的媒介，那么香室就是与俗界隔绝的空间。

在香茶一体之中，我们确实比以往更容易安静下来，只有安静了，才可以真实地体会到富足感。

假设把关系分成上中下三个等级的话，人和自己的关系是上等关系，与他人是中等关系，与物质则是下等关系。我们愿意借助一炷香，一杯茶，将自己与自己更亲密地系在一起，先实现自我，然后再去考虑解放全人类的远大理想。

焚一炉香，冲一壶茶，在大多数人的第一印象里，香与茶的结合似乎只有一种方式。实际上，香和茶的结合可以是多维度、跨介质的融合。

香道与茶道有相似的地方，就是都要品。茶道是品茶，香道是品香。不同的是，茶道玩得是水，香道玩得是火。

茶与香，可以归之为一个字：味。茶道与香道的异曲同工之处，则均属"味道"。

香与茶均作为自然界的产物,吸收了日月精华,深得自然的秉性。这恰恰与古人追求清净淡泊的心性相吻合。尤其在焚香啜茗的过程中,更能体会这一韵味。

香与茶的结合备受古人的推崇,无论在一丝不苟的茶道仪式中,或者在随心所欲的品茶时,都能见到"名香与香茗"相伴的身影。

茶采自高山云雾中,吸收天地的灵气。古人的一杯茶更多包含的是中国文人哲人,深爱的天、地、山、水,仁与智。而传统的熏香,同样采于深山,以馨悦的香气为使者,适时熏燃,能够改善空气、防疫、安神养心。

香在古人的思想中是文人雅士对沉香附以情思而生的创造,携带文人雅士思想中对万事万物的认知和感悟,与茶道一样,从古延绵至今、香气不息。

茶以口入身,身心同受。香以鼻入体,达身体经络。两者相伴,相得益彰之余,又妙趣横生。既符合于道,又安养于心,更利于身体的健康,此即为"焚香啜茗"完美的契合。

茶·修养
Accomplishment

茶有这么多事吗？有，也没有。茶本身若有生命的话，它可能会说，我就是茶，你们干吗非要赋予我那么多的定义。我们对茶赋予的东西是我们的想象，它是一种修养，喝茶是在表现和表达修养。茶给我们一种借口，一种想象，给我们跟自然间一种深刻的单向连接。

修养这事我们任何人都无法绕过去，有了会被人称之为这人有修养，没有也会被人评价为此人没有修养。

这跟其它道德的判别有所不同。比如那个人并不邪恶，但并不等于他就是一个好人。这个人从不偷东西，但也不意味着他必定是一个君子。唯有修养非黑即白，有就是有，没有就是没有，是非分明。

　　所以人们通常对其他人对自己修养的评价非常敏感，也真的走心。一句偏颇的话语，都可能造成不可挽回的严重后果，甚至老死不相往来。

　　修养其实是一件很不具象的行为，也不是几个得体的表现就能被人认定的，主打的修养甚至是看不见摸不着的。从这一点上看上去，有点像我们通常所说的那个"大道无形"的"道"。而且你即使一百次一千次修养了，但只需一次没修养到，就可能将以前所有的努力都清零了，从头再来，并且还要背负着先前那一次被放大的负面成本。

　　以此说来，修养是一件必须正向连续的事，不多不少、不前不后正好才是。故意了不行，做作了也不可。如果不能将它成为你生命的本能和习惯，早晚有一天会掉包露馅，终究不得其果。

　　虽然它并不是一件要你命的事，但你要想活得精彩，让自己的生命有意义，有趣好玩，或者与众不同，那你还真的要均衡地、善意地、温情地表达这些，以此兑换别人对你的尊重和爱戴。

　　茶本身就有佛性，通过一整套茶的仪式和深度的品鉴，从中可鉴明正身，柔软自己。有那么一句话，万丈红尘三杯酒，千秋大业一壶茶，茶禅本一味也是这个道理。

　　借由对茶的观察和品味，那种说不清楚的修养自觉和修养的实践，悄悄地润物细无声地会浸入心田，完成了自我都无法意识到的修养集成。

　　人由此变得儒雅、静怡，就连长得像慓悍的西域汉子，也会翘起莲花指轻轻的箝起细小的茶叶，像注视着自己孕育的脆弱新生命一样。于是关爱、怜惜、敬畏、好奇等等人文的关怀情绪油然而生，当然美好的共同性修养也是在群体行为中一点点长起来的。

时尚也是集体修养所生成的产物。但时尚不是潮流，它是高于潮流之上的一种超前的引领，是由那个时代的精英带动的。

我们都可能意识到，不得体可以看见，但得体是看不见的。美好的东西并不是以直接的美好特征来表现，它几乎都没有痕迹，但一定是干净的。就像一件好的时装，好的建筑设计，尤其是好的室内设计。

好的装饰是看不见的，能明显地看得见的装饰一定不是大美，不好的装饰都显露在外边。就像一个人让周围的人感到舒服，但你可能就是不知道为什么。这里的奥秘就是修养，由修养产生的人格魅力和人文的亲善力，由修养变异出来的艺术美感。

一个人在关键的时刻，做出正确与不正确的反应，这则取决于他的修养程度。

大自然是最平衡的大修养，有谁能指责这颗树长得不对，那个山峰、那个河流不得体。相比较起人类来，一切都那么完美，那么有修养，不多一点也不少一点。

当然茶也是这样。

茶 · 希望
Hope

　　有些时候，喝茶会把人带入一种空灵的状态，滋生出与现实脱离的乐观想象。且不说所想的那些事靠不靠谱，本质上讲，这其实是人自身伴有的一种情绪，一种自我取乐、自我安慰的调解系统，在不可能兑现的事件中，来满足精神上的渴望，或多或少地收获些不同程度上的快感。

　　这可不是一件小事，在真实的生活中，我们谁都不可能事事心满意足，任性并潇洒的存活着。大多时候都是在挣扎和妥协，无论是家庭的还是工作事业的，物质的还是精神的。真正能让我们实现的希望屈指可数，成功和失败不成比例。尽管我们能像精神病人那样乐观的不得了，也无法得出生活是美好的结论。

在希腊神话中有一个神叫普罗米修斯，闲着没事，或由于淘气，或被使命感驱使，偷了火种送给了人间。在给人类带来光明，改变了人类的命运和生活方式的同时，也付出了昂贵的生命成本，遭受到组织上的严厉处罚。每天都被捆绑着，周而复始承受老鹰叼啄他的五脏六腑。

我们大都只是知道他为人类盗来的火，其实他顺便还为我们偷来另一样东西，那就是"盲目的希望"。物质的和精神的，搭配得很齐全。

这个盲目的希望很管用，让我们生活充满了更多的希冀和想象，使我们的生命呈现出多样的色彩，消化和稀释了我们在苦难的压迫下，对明天对未来充满期待和信心。

在盲目的希望里，我们想象着自己的儿女后嗣有那么一天会成龙成凤，祈福着家人朋友都会健康快乐，臆念着自己会越来越好，盘算着一定能渡过难关、事业大成等等。

在盲目的希望里，我们可以编织各种各样的精神家园，在那里我们可以随心所欲、无所不能，可以像孩子一样幻想着自己成为童话世界里的任何一个角色。

在盲目的希望里，我们会不自觉地生成出坚韧和信念，我们自身人格的魅力与气质。

盲目的希望是虚拟与现实平衡的关键性的砝码，也可以说它是生命成长的催化剂。在我们生命体系中，它绝对不是可有可无的饰品，应该把它视为是另外的一种生命能量。

　　我们的宗教信仰或乐观情绪，都是基于盲目的希望所派生出来的。所以在处理我们日常生活和工作中时，借用这种理念，会让我们掌握有效率的方法，在不确定中需求一种运动的平衡，会增持相应的持续性和耐力，坚持和等待就不那么乏味，

　　这亦是生命中大的享受和体验。当一个人在逐渐成熟过程中，生命也在不断地衰减。但我们一个人衰老与否，不在于年龄，在于自身的状态，在于梦想。当梦想多过回忆时，这个人就显得年轻。当回忆多过梦想时，他真的就衰老了，尤其是那些不堪回首的过去。所以说，梦想也是盲目的希望。

茶·酒
Wine

　　之所以用这句话作为本文的标题，是源于在安徽的一次茶与酒的集体文化体验。

　　一路是身着仙服从各方飘逸而至的爱茶人，一路是手持棍棒横空出世的高球侠士。三四十人一同汇聚在黄山脚下，从猴坑的太平猴魁茶喝起，到亳州的古井贡酒饮尽，温润与火热并存，清纯与浓烈同在，好个痛快。

　　把茶和酒混搭在一起实在是一件好玩的事。生活中往往看上去是相悖的两件事物，如果能美好地融合在一起，那就会生成一种大和，一种大的平衡，一种宽阔立体的大美图案。

茶是静物，而静包含着太多丰富的内涵元素。静是一种品格，也是一种尊严，一种修养，或是一种深邃的欣赏。我们既可以从静处品味出那个人的豁达，同样也可以阅读到静中的智慧和善良。

再往远了看，我们还会感受到静的更多其它的美好，诸如生命的境界、精神的清明、适度的内敛、刚柔的韧性和艺术化的理智。在茶的浸泡中，我们可以实现自我心静如水状态，也可以达成心情如水的柔软。静即可调节我们的精气与神情，也可以沉淀浮躁，过滤浅薄。所以说茶是高级别的满足，上可与天连接，下可与地相嵌，清净为天下正。

酒则不然，浓烈芳香，炽热绵长，酒在中国文化里有很深的沉淀。没有酒的日子，人们彼此之间相差无几，几杯下肚之后，自会各显风骚。

有一种说法是，三种人犯错可以原谅的：小孩、醉汉、诗人。可见那些好酒的兄弟们，前有小孩挡着，后有诗人衬着，所以真要喝起来，也就自然会不管不顾豪情四射了。

当把茶和酒放在一起的时候，就会发现它们是一对美妙的组合，一静一动，一文一武，一内一外，一淡一浓。由茶而缘起，再由酒生成知己。

茶本身是一个好的理由、美的缘分，借由它将我们融汇在一起，消解了陌生，互换了真情。而酒则是一个畅快的情怀，在推杯换盏之间，勾兑出真实，放逐了你我。

所以在中国文化词典中理应再增添上"茶酒不分家"才是。

这次群体游走实在是过瘾，说它是原野调查也好，说它是游山玩水也行。从猴坑到古井贡，爬出又跳进，快乐中获得了深度的茶与酒的交合。

在太平猴魁的核心产区，品味了真纯，领略了特殊的环境生成的独特天赐之物的甜美。在茶品精良的制作过程中，见识了茶背后的身份的转换。一行人既爬山又涉水，三个多小时的太平湖船旅，阅尽了变幻不尽的山水风情。

在太平猴魁茶博物馆里，我们理清了一个叶片历史演变过程中的文化脉络，在古井贡酒的几百年的遗址中，找寻到水与五谷杂粮交集之后的酒的源头。一路上茶让我们的性情变得更加柔软温润，酒又不时地挑动我们过于理性的心境高低起伏，由此我们在不自觉之中获得了许多别样的感受和不同的生活滋味。

这是一次价值性较高的群体艺术行为。所有人在完整的时间内共同平衡着这条运动中的船，没有任何倾斜，没有任何杂音，没有意外的举动，从头到尾从里到外都展现着没有瑕疵的和谐美感，并创意饱满。

其实达到这样的效果，是有很高难度系数的。首要条件必须是所有参与的人，要将各自生物气场的频率，默契精准地调整到大致相同的区域内。由此我们可以得出这样的结论，与振频接近的人在一起，会让我们舒服。与振频略高的人在一起，会让我们成长。反之，与振频很低的人相处，能使人消耗不必要的能量。进而更加理解了"物以类聚，人以群分"这句话的深刻含义。同时也懂得了我们生命中出现的每一个人，都是根据我们当下的频率吸引而来，生命品质的改变可能是从我们遇到超高频率的那个人开始的。

这次同游对于我们每个人来说，应该都是怀揣着各自钟情的种子去旅行的。所以我们一路上就会把生活看作是天籁，需要凝神静听。会把生活当成是修行，主动的品嗅禅的话语，自觉地走往禅的方向。虽现尘劳，但心恒清净，这也自然会企及心本不有，爱恨何由生的生命高点。

事实也是这样，真正懂得生活的人，不会追逐诗和远方，而会把眼前的苟且过成诗和远方。没有人是艺术家，也没有谁不是艺术家，区别只是勇气，是对美和陌生事物的好奇和冲动。接受艺术是作为一个自然人秉性的一个重要的训练。我们尽早地开始艺术化的生活方式，拒绝平庸。

空间在变幻茶不变，时空在翻转酒依旧。记得爱因斯坦去世前，有人问他最遗憾的是什么？他说：不是再也不能研究相对论了，而是再也不能欣赏莫扎特了。

茶缘酒知己，如果我们也到了那一天，会不会说茶走了，酒也离去了，而我还在……

茶 · 能量
Capacity

　　无论是人还是物，只要他们有能量有气场，氛围就会大不一样。有些人只要他在那，气氛就会轻松愉快，展现的是一副很有分量的画，整个空间顿时有生气，有内涵，有感染力。

　　有些人把喝茶这件事归属到正能量这个里边来，这实在有些牵强附会。茶就是茶，喝了就喝了，哪来的什么正负之分。这也倒是理解，即使我们不关心政治，但政治过度关心我们，啥事都跟意识形态挂钩，没了纯粹的生活空间，没了独立的判断，还把茶给扯进去，这哪跟哪呀。况且负能量又咋了。

　　茶是这样。一壶好茶，可以让人兴奋激动，也能使人安详宁静。高兴时，借着一杯一杯的茶汤助兴。凯旋而归时，茶给你洗净满身的尘土。郁闷时，茶帮你解忧排难。失败时，茶是最好的安慰，最忠实的依靠。

茶怎么能做这么多的事，拥有如此功效。缘由是它有大气场，大能量。能量这事很有说头，在此顺带好好捯扯一下。

能量这事有正有负，通常我们都会赞美和鼓励所谓的正能量情绪，但有思考的人会对负能量那部分更感兴趣，认为负能量更真实，有它存在的合理性。

这些人大都是比较客观的人。他们城府深厚，一般情况下很少听到偏激的批评意见，偶尔也会对某些事情明确地表达出极端的观点。说成是偏见也成，这事分怎么看。

欣赏一个人各种完全不同的表现，可以对他有一个相对准确的评估和判断。

如果一个人追求永远正确，这种行为很故意，也是处于边缘地带的洁癖者。长期地违反人性，容易生病。持续的紧张和不必要的专注，会让人失去弹性。

适度的走板或失误是有效的调和剂，偏见就属于这类成分中的元素。偏见可以理解成是思想的休假，是没有思想人的家常日用，也是有思想的人的星期日娱乐。假如我们不能怀揣偏见，随时随地要保持客观公正，正经严肃，那就像造屋，只有客厅，没有卧室一样。

老练的人不会把人生的进程立体化，这样也就不存在高潮和低潮之分，会因为为躲避所谓纵向失落形成自我打击的力量，而付出额外的心理成本。

磨砺对年轻人的成长没什么不好，但对有一把年纪的人来说，实在看不出它的价值来。这种以平面的视觉来处理日常事件，似乎可以解读为是一种逃避或是负能量那一边的，但对中老年来说，却非常实用而有效。

有趣的人经常会显露出愚笨的行为。按常理讲，这类人不应该有此短板，或许这也是有意设计的一部分。有些愚蠢的行为可能理解成是一种防御机制，目的是阻隔过于令人不快的情绪，给自己制造出相当的安全的空间。愚蠢的面具可以起到保护性的功能，来应对让我们害怕的局面和从未体验的社会角色。

我们可能都会有这样的经验，见到过有些大师级或优秀的人可爱的拙笨表现，从中感受到对真实朴素的一种欣赏和爱戴。愚蠢是人不可抑制的本性，与我们每个人都密切相关，它也是我们的第二层皮肤，皮糙肉厚就是这么来的。

负能量通常要比正能量存在的面积大，很多时候它充当提醒和借助的使者。当我们从负能量包围圈中成功逃脱，这是自我的突破，是对胆气、心力的必要的锻造。效果好的话能脱胎换骨，当然很多的人也可能就此挂掉、沉沦、被驯服。

负能量可以让我们从充满温情和爱意的童话世界里走出，从充满书生迂腐气的书斋里走出，理性地面对这个庞大、冰冷的陌生世界，也可以窥视到潜藏在的温馨和感动。

正能量与负能量，都是同一种能量。每个人都希望永远和正能量为伍，但这个世界即有白天也要有黑夜，任何人不可能永远活在正能量的庇护下。最好的成长就是直面负能量，并干掉它。干不掉，就接纳，处置成适合自己的一种情绪。

正能量会教导我们如何成功，而负能量却告诉我们如何保有自我的世界。病原体是负的能量，但它又是不可或缺的避难场所。必要的时候，我们需要将自己变成弱者，不以理性和自控的姿势承担世上种种的不幸。

如果我们被能量的正负所遮障，就会任性地对想要的事物产生欲望。看到不想要的东西时，就想扑灭它，消除它。这种结果只能是给予它同样的能量，并不能如你所愿解决问题。

我们已经变得习惯从抗争中获得满足，包括对抗癌症、贫穷、战争、毒品、恐怖主义和暴力等。正是我们善于与不喜欢的事物抗争，事实上却是在制造了更多的抗争，将自己的能量加诸其上。

任何东西过度竞争之后就缺乏良知，缺乏良知就会疯狂。任何事情，无论是我们喜欢的还是厌恶的，只要专注了它，也就在创造它。

自尊这个字眼，表面上看是正的能量，但这是最不易把握和最容易混淆的问题。有人说世上最肮脏的，莫过于自尊心。自尊心其实是皮薄志弱，受不起挫折，经不起折腾的代名词。自尊心就像是颗种子，非得被踩进泥土里，在苦难和黑暗中才会成长。

所以一个人在没有足够的实力面前，还真的不能过分强调你的自尊心。苦难看起来是一个负能量的东西，但它会激励人们的心理成熟。当然不能说是苦难是伟大的必要条件，可由苦难兑换来的坚强和敏锐，足以应付外部各种影响。

当今时代，自我或做自己这类词汇也是相当地正能量。自小我们就被周边的权威人物，包括培育我们的人灌输了太多的自我概念，建立了很多社会标准，比如负责、成功、听话、诚实和独立、勇敢、谦逊等。同时也建立了一个强大的自我，固执地把持着对自己形象的认知和捍卫。

这是有极大风险的，它可能是一个欢乐的生命乐章，但也可能是荒谬的生命脚本。我们会按照这个脚本来比对人生，追求人人都向往的幸福与快乐，功成名就，情感欲望等。

但我们是立足于一个二元对立世界，有勇敢也就必然会有胆怯。你勇敢了，必定要否定怯懦的那一面。凡是不被允许的那些特质都不会自然的消逝，会被我们压抑在潜意识里。它也是一种能量，并不能因为我们的否定而不存在。

这些被我们压抑下去的阴影，还有我们从小到大不被父母环境认同的各种情绪，没有释放的能量，均储存在我们的细胞记忆里，不时露出头来，对我们造成困扰。

于是我们就制造出很多策略和方法来逃避这些蠢蠢欲动的不安、浮躁，突如其来的暴怒、莫名的忧郁。会喝酒、吸烟、看电视、过度运动、换伴侣等，不停读书也是一种。

这种代代相传的内心暗影彼此共处，上下代之间不断交换的负面的心理信息。

人内心深处深切的痛苦，大都是来自于深层的自我否定、低价值感、不安全感、莫名的焦虑，试图想要控制所有人和事物。来自于我们原生家庭的能量，需要一个非常适当的管道才能释放出来。

人其实不存在一个真实的自我或人格的东西，这些都是语言的建构。人对自己的认同均是观念与语言的产物，能够做自己的唯一办法就是无条件接纳和喜欢自己。

生命既是偶合也是和合。人面对与自己、与他人、与社会、与自然这四种基本关系，人与自己的关系是排序最靠前的。人跟自己处好了，生命本身就自由且圆融。

人无意识的否定自己，必然要在心理上产生分裂，心里的冲突与痛苦大多由此而成。所以喜欢毛毛虫与喜欢蝴蝶，是生命中同等重要的事。

人在这个世界上的一切遭遇，本像在于自身先天带来的惯性模式。当别人爱我们一点，给一些温暖和支持的时候，我们内心就满足和幸福，否则就会失落、沮丧、抑郁等。

所谓成功与失败，都会导致我们在两个极点中晃来晃去。大部分的人都处于内在和外在矛盾的冲突中，费神费力，耗损能量。矛盾自然产生冲突，对出现的冲突必然要克服。不过这种抗拒和冲突也会滋生出一种能量，对一个有写作和绘画天赋的人来说，往往会借由心中的冲突去表达和创作。

张力愈大，冲突就会愈强，表达的欲望就越高，这即是所谓的创造力，创造力也是冲突的产物。

　　遗忘也是一种能量，人的心身丧失感，可以经由遗忘来洗涤，以此来保持完整的自我感。失落的记忆，寓意着那个人的良好的心理能力，失忆的能力有时候是生命最美好的能力。

　　一个人生活是否幸福不是看他们经历了什么，而是他们如何解释这些经历。佛学与道家的最高意境，就是对发生过的或正在发生的以及将要发生的事都不在意，这是不可缺少的生命平衡能力。

　　平衡是一种虚拟的物理概念，是瞬间的现象，某种意义上来看，是一种逃避。因为对错、是非、爱憎都难以平衡，所以我们唯一能做的平衡只有身心的平衡，一种相信度极强的假设。

　　明确的意义是能量走向的指示标识。如果认真分析，明确的意义是一个伪意义。意义本身并不能更有效地概括什么，它必须在意义之外方能显现，即盲目的希望。意义没有标准，也无需标准。

　　如果有人认为他们的儿女是天底下最好的儿女，你去证明这个定义并不正确是没有意义的。他们认为自己的人生很有意义，你没必要非要说他们是错的。个体的行为都有各自的合理性，只要没有放大到影响他人，不企图达到某种政治目的都是可以接受的，合情合理比理性的意义更有时效性。

　　个人情绪的满足要先于快乐和幸福，意义也应归结到那里面去，不能独立的存在。意义可以作为人生的调味品，不能充当指导者。用太多的生命成本去置换某种意义，那是一担相当不划算的买卖，也是相当危险的。

　　追求真理和追求意义是两回事，意义是随从者，而真理是往前走的诱惑。说来说去，无论什么事把握住度，是最要紧的。自然是本相，自然不需质疑，也无需解答。但人类却需要层层的探索与揭露才能褪去自我伪装，回归本初的面貌。

人们经常果断地定义失败是成功之母这一说辞，这事有点牵强。失败就是失败，只是想做一件事，没做成而已。挫败感是能量，是个人必然遭遇的一部分，也是生活的一部分。只能是自己承受，安慰往往只能适得其反。坚强的人，并不是能应对一切，而是能忽视所有的伤害。

难过和失落使我们学会了放弃或选择，在一场场身不由己中，努力进化成更好的自己。人生本没有输赢，赢了是生活，输了也是生活。

要想停止痛苦，就必须拥抱并了解它，和痛苦密切相处。把生活的酸甜苦辣，看成席上的小菜，酸黄瓜、苦瓜头、辣白菜。

我们所有错误的来源，是强调找到正确答案而非正确的问题。不断用错误去交换正确，然后用正确去消费错误。连快乐都感受不到，却想追求幸福，次序上严重颠倒。

这个世界，因果互承，正反连接，胜负相牵，关键在于我们审视的角度。没有必要非得跟着时间走，要追随着心态和能力，随缘尽力问心无愧，学会与命运讲和。

茶·独处
Lonely

　　一群人喝茶是一种感觉，一个人独斟是另外一个味道。特别是那些单身的家伙，茶成了他们很贴身的伴侣，暖着身子，润着喉舌，不舍不弃。本来可以拉个人一起过日子，看了看茶，一咬牙一跺脚，痛下决心：那就再等等吧。

　　萧伯纳说过：想结婚的就去结婚，想单身的就维持单身，反正到最后你们都要后悔。

　　这句话挺狠的，也够缺德。没想到是出自一个具有理想主义和人道主义，并获得诺贝尔文学奖的英国现代杰出现实主义戏剧作家嘴里。

　　他之所以这么说，大概是由于父母分居离异的经历，以及对社会家庭关系的敏锐洞察，所总结出来的经验之谈。但他本人的夫妻关系没看出有什么不好，就把话说的这么死，让人没了好的念想，怎么着都有那么点不厚道。

这位老先生善于以这种方式说话，在他的墓碑上也刻着：我早就知道无论我活多久，这种事情迟早总会发生的。所以对他说得一切，可当真，也可视作是玩笑调侃。好和不好，后悔和不后悔，得自己把握着，全听别人的，这事不靠谱。

不过我倒是对他后悔的说法有所认同。事实上，无论是在哪，真能心满意足把自己的人生打点好的，少之又少。不管是平民百姓，还是达官贵人，文豪巨匠，反正在我还真没听说过谁把这事真给办好了。几乎所有的人压根就没弄清楚什么样的生活才能适合自己，更谈不上跟谁一起厮守到底才是正确的选择这回事了。

是不是可以说，这根本不是人能弄明白的事，除非你是个神仙。只能是赶到哪算哪，配上谁算谁，否则你就是胡乱地挣命。

但细盘算，有哪个没挣过命，有谁不把遭遇的挫折和痛苦，归罪到婚姻的身上。婚姻招谁惹谁了，躺着中枪。你一个人都过不好，鬼都不信你能把两个人的事处理妥妥的。反过来说，两个人的事都处理不过来，你一个人就好得了，鬼始终在信还是不信的选择之间犹豫徘徊。

大体上，无论是里边的人，还是外边的人，永远都是在这两者相悖之间，胡乱地折腾着。冲出来的那些人，一时难辨东西，但总可以伸腰压腿，舒筋活血，养足精神头再琢磨下一步也不迟。窝在里边的男男女女，被孩子等因素牵扯着，挣不开、扯不断，稀里糊涂地陈年度日，不管明白还是不明白。岁数大了，啥脾气都没了，剩下的就是悔恨。

倒是那些原装的单身狗们，多出了许多的可能，可单可双。单的人继续单着，越单身，就越是单身。而本来就单不起的那些人，则会八方相亲，期待天上掉下来一个田螺姑娘，帮助自己改变前程，把结婚这件事当成是个里程碑似的胜利。至于对象如何倒不见得怎么挑剔，条件相仿差不多就可拉进洞房。说难听点跟配种场的牛马驴羊挺像的，掰开嘴看看年齿几何，区别的是发情期频繁了一点。

单身人群里过得好的比例，要小于不好的大多数。那些各方面条件还不错的单身，容易让人家当怪胎处理，会疑问，你好你还单身，虽然大多数人并不能懂得那少数人的好。

既然两个人准备在一起互相绑定，那么在心理和生理上都得有个事先的预判评估，起码要比一个人单着时候好一些，这样的话，妥协和退让才会有意义。否则自己无法说服自己，凭什么？

能力一般的人，基本都过不了单人生活，耐不住寂寞，受不了孤独。这些人是伪单身者，挺不了多长时间，就得混进人群里，找个人将就着。而少数的所谓优秀分子，可能处理不好双边关系，但自我满足情绪倒能得心应手，在物质层面和心灵层面达到小康水平，自给自足。另外一个人如果企图进入，前提是精神的契合是必须的。有些屌人还整出个什么灵魂这件事，估计自己都说不清楚灵魂到底是个啥东西。况且灵魂这事只归上帝照管，凡人把这句话经常挂在嘴边，纯属是扯淡。

对这些人来说，经济、精神、人格都自由了，就差该写个独立宣言。不小心都活成这样了，还非得找个配偶干嘛？特别是那些老单身狗们，并不见得非要一个人怎么招，既然活得挺滋润的，着那个急干吗呀。习惯的力量很难打破，自己的世界也相当饱满完整，可料理好所有的事情。那么一定要多加个人进来，理由实在不充分。

多一个人，就多出一份妥协和退让。如果那个人再带个几口子老人小孩，原本的简单立马就混沌起来。只要败算不过来，那就很容易就拉爆，那自然就会生成老子一个人不也过得好好，干吗要找那麻烦。

事就是这么回事。大数据真实罗列在大伙面前：过得越惨，就越是容易找到配偶，你到处可见那些无论是外貌表情，经济状况，还是修养学识，实在说不出个好来的人，没一个剩下的。反倒是那些啥都不缺的精英分子，一群群地独自晃来晃去，悠闲自得，不着急不上火，静观其变。当然这也没什么了不得的，有也好，没也好，反正老婆总是别人家的好。

有钱才能任性。若是连喝杯咖啡都得寻思一会，那首先得琢磨挣够了钱，才有资格自己玩自己。如果连这个能力都没有，那就别硬挺着，找个人来分担补足经济的缺口，天底下没有所有都能顺着你意的事。

再就是事先要弄明白，你的人格是否真能独立起来，不被他人牵引着走路。独立可不是一天两天的事，也不是高兴了可独立，不顺了就改旗易帜被招安。人家结婚你也结，人家生娃你也生，这是正常。真要做个异类，精神坚强到混蛋的程度，比什么都要紧。一闲下来就感觉没招没落，内心空荡，那你就别扯这些事，该干吗就干吗去。自己跟自己玩得开心自在，那可不是一般人能干的活。

我越来越觉得萧老先生说的那句话是颠无不破的真理：反正早晚都 TMD 要后悔的。

茶 · 朋友
Friend

　　茶是我们的朋友，也是朋友的朋友，彼此无限连接。认识的还是不认识的，熟悉的还是不熟悉的，茶都作为一个共同的理由，自然地、不故意地将人们拉扯在一起，叙旧缘，开新话。朋友的更是朋友，不是朋友的成为朋友。不管谁来谁走，茶总是在那候着。

　　每个人都有自己的狐朋狗友，赶上善于交际的，是否真的能数得过来还真不好说。朋友要有特点，最好种类繁多，形形色色，质量得说得过去。好要好到极致，坏要坏得彻底。这倒不是经过精心筛选，只是告诉他人，自己不是那种随便的人。

　　好朋友很有用，即使不在你身边，也能让你微笑，很奇怪这到底是咋回事。

　　朋友之间的关系从某种角度来看，很像生意上的合作伙伴。大多时候并不是想利用对方，而是通过这种关系来管理自己。

朋友之间真正的用途，尽量不把它定义在帮忙这个层面，这个钱能办到。作为朋友角色来说，如果你不能成为别人生命中的礼物，就不要随意在他人的生活中出出进进。

改变自己的命运或提升自己的境界不关勇气什么事，再牛的人也不见得有勇气、有超自觉能力去改变现有的生命状态。长时间不进步没变化，那是没有在合适的时机碰到一个合适的朋友，在人生关键时刻替你搬道叉。

彼此的独立人格是能成为真朋友的前提，并能相互照应着。这些人自我修养要够，自在而温暖。只有这样，才会有闲心有从容感，开发新的关系。如果你自己还急急火火的，那就很难满足真实交往时的那种安宁耐心的情绪。你我都独而不孤，这就有能力，具备相似的水准，解读对方，认可他人存在的意义。

这种关系非常美，像是一个自己遇见另一个自己一样，熟悉而亲切。就会情愿为对方毫无保留地开放，甚至无可救药地投入，这亦是极致的喜欢。

不同的人，为你做同一件事，你会感到天壤之别。因为人们都有一个共同点，真正在意的，并不是那个人做的那件事，而只是做事的那个人是谁，这即是朋友意义使然。

一个精神灿烂的人，可以活成一座花园。作为两个人以上精神灿烂的群体，则可以创造出传奇。

朋友间的交往目的，除相互取暖之外，也要时不时地相互适当的给予。而最高级别的礼物应该是精神的馈赠，取长补短，用各自的光亮驱散对方的阴影部分。再加上互相吹捧共同进步，这似乎是朋友间最具建设性的情谊维护。

好的朋友关系，会剔出事业、身份、地位和处境的比较，本质上排斥功利。可以主次从属，但必须拒绝契约，靠的是相互的信任和默契来平衡彼此关系。

这种无具体目标的所求感，更能使双方的聚合自然，不故意、不勉强，深刻并坚固着。在自我修正或弥合的主动上，适时地加一点或减一点，不让他人负我，也不能我负他人，进出总量均等。不必太多的吩咐，用默契替代言语，以行动置换嘱托。

友情助功业、则功业成，功业找友情、则友情亡，二者的次序不可颠倒。好朋友玩的是甜蜜的责任，如果硬把它视为是一种机会可利用，那关系就会朝偏里跑。往悬了说，友情是一个人所寻找的精神依附和陪伴，是一个说不清楚的灵魂，同居在两个不同的肉体中。

好友之间不闲扯未来这回事，不承诺，不发誓，彼此不成为对方的负担。但越是这么样，他们往往会走得很远。假朋友则好谈论未来，先把对方给忽悠住，并试图从中获利。这些人根本谈不上未来，短的也就三五天的事。

人生不易，我们更多的时候并不是悠闲自在地潇洒，而是需要坚强地挺住。有那么些铁哥们做你的后盾，大多时候并不需要实质的扶持和帮助，生出的安全感就足够。这是另外一种意义上的保险体系。

很多时候，我们笑着并不一定代表着快乐，它只意味着我们不能悲观，硬挺着笑看人生。好哥们可以读懂内心看不见的哀伤，而一般人却相信你脸上的微笑。

世上有些东西是可以挽回的，譬如良知，譬如体重，譬如歉意等。但无法弥补的东西也不少，岁月，对一个人的感觉，永远的离去等。再好的朋友关系也不是铁板一块，无计划地消费，无限制地使用，无底线地来回穿越。但凡求人的事连续超过三次，双方的味道就可能有变。所以高级别的朋友关系既坚实也脆弱，小心呵护，精致保养是必须的。

人这一辈子，我们可能跟大多数人是平行线的关系，终生无往来。只有太小比例的人会走进我们的生活，形成交叉线，你来我往。之后也就那么屈指可数的一些人，会在那个交集点上长久地驻留。大部分的人会在某个时刻逐渐远离，而且越走越远，永不交叉。

虽然我们可以浪漫地调侃说地球之所以是圆的，是因为上帝想让那些走失或者迷路的人能够重新相遇。但这是诗话，是一种解脱似的安慰。离开，永远比相遇更容易。相遇是几十亿人中一次的因缘，而离开只是两个人的结局。世人是看不到也不在乎有缘无份的熙攘，总以为机会大把，旧的不去，新的不来。

人是最不长记性的一种生物。孤助无力的时候，一个依靠、一次救助就可以感恩戴德，涌泉相报。一旦伤愈，精神饱满时，就又试着要征服世界，打遍天下，自大自负，原先的恩者故人不放在眼里，不在话下。这也就是我们身边重要的人越来越少，而留在身边的人越来越重要的原因。既然老天没有让我们自由地挑选兄弟姐妹，却赋予了我们任意挑选朋友的权利，这是给予我们补救找赎的机会，以求完整圆满。

真朋友之间并不先享用快乐和欢喜，而是首先整理自己，学习包容，在发现优点同时也在逐步地消化缺点，直到发现对方的缺点也是一种美感，这事就成了。

对他人缺点的接受才是最真实的接受。生命是一个过程，可悲的是它不能重来，可喜的也是它不会重来。重朋友是成熟，是回归，是感恩，是尊重，是回忆，是浪漫，是告别。

要使朋友的交往有价值有意义，好玩有趣，关键不是交往本身，而是交往者各自价值的混合之后，重新生成的一个新的价值体系。高水准的朋友关系，一定是发生在两个优秀或卓越的独立人格之间，并经由彼此互相赞美欣赏，认可和尊敬之后，变得更加生动，更有活力，也更具创造力。

朋友之间有挥霍和慷慨之分。挥霍拿出来的，是自己不在乎或富余的东西，而慷慨则是把自己珍惜的心爱之物奉献出来，共同分享。

交往为人性所必需，它可以因而形成某种精神，生发出美好的感情。但也可能由于交往而败坏其他。

对一个人品质的判断，不仅取决于他所结交的人，还要看他拒绝与什么人来往，不存幻想，不计得失，有原则有定力。

一般性的朋友关系，大都是不太靠谱。拒绝诱惑的点太低，差不多的价码，就可以让那个人翻脸背叛。让一个朋友在新结交相当有分量的权贵和富豪之中二选一的话，原始的朋友关系的权重并不会很大，不足以平衡其他。

如果哪个朋友，真的有一天成为顶级的艺术大师，誉满天下，或变成了万众瞩目，让人甘愿膜拜的权贵，那时能让你拍一下他的肩膀，那说明你们还是朋友。

茶・兄弟
Brothers

有一次我们北大光华茶社五六十人，在江南水乡一起共进晚餐。席间发现酒不够，来自古井贡酒的天祥一路来回小跑，从他的酒店房间里拎来了几瓶酒。正赶上那天有点闷热，这哥们把自己弄得气喘嘘嘘，整个背部全部湿透。

当他湿漉漉的背部转向我这一面时，让人脑袋里会呈现出朱自清写的那篇《背影》。从没觉得一个背影有那么多的内容，会把人带入如此深远的想象和感动之中。可能正是没有了那脸上让你分心的五官，才可使你在静怡间，专注地品味阅读。从以往不同的角度和方向，生出一种对美好的特殊发现。

不确定如果朱先生径直转身走去，没有回头留意到他父亲的那个背影，记忆的只是俩人正面的对视拉手甚至拥抱，还能感悟出父子间那种别样的深情，那种被忽视的生命关系吗？

也就是在那个瞬间，能让他人的审美，观察周遭世界的眼光，多出了一个用心灵去透视背景的能力。也就在那之后的短短时间里，从兄弟的背影开始，让你情不自禁地细细回数起父亲的背影，母亲的背影，姐妹的背影，女儿、外孙女的背影，亲朋好友的背影。

并联想到各自印迹里，山的那一面，望不到边际的湖和海的另一头，树、花、草、各类动物家禽，都把它们集合起来，真实地成为我生命的伙伴和参与者。

这个人并没什么特别之处，长相也普通得再也不能普通了，是那种在大街上不易被一眼识别的普通群众。如果去应试当个特务间谍地下工作者什么的，倒是一个合适的人选。

普通人又可划分为有作为的普通和无所事事的普通。前者的追求，是要把普通表现出不普通的意义，以默默无闻的积极奉献，体现他的有用性。在不被围观的状态下，刷自我的存在感和价值。这个兄弟就是这样。

这类人的美，在于自我定位、自知之明做得好，说话办事都不占别人的地方。来得自然，去得自在，不显山不露水。他们存在时你可能感觉不到，真要是少了他们，你会明显感觉缺了什么，有些不适。

吃饭时悄悄地把单买了，过年过节会有快递送点什么过来。你不精神了，马上会被他问候关怀，口渴时就会有一瓶水递到你的手里。

乘电梯时帮你按楼层的键盘，不至于出现几个牛逼人同乘电梯半天不动的囧况。

前提是，你并不是对他有制约的权势者，也不是怨亲债主，既不会成为他未来的潜在客户，也不会有所企图，相互之间无欲无求。只因是同出一个茶社，一起喝茶饮酒，一块玩耍，把你当兄弟款待，当亲人相处。用心地照料，精致地呵护，盲目地快乐。就觉得这么做了，心里会舒坦愉悦。

如果说这个朋友有什么特点，明显的就是憨厚。人一旦厚道，不管其他事能做成什么样，但起码做人这件事是整对了，那其他的事差也差不到哪去。身边要是有这样的人，你还真的需要珍重，他能给予你好多的温暖和体贴，这是实实在在生活的一部分。

好多人有仰望高峰的业余爱好，对所谓成功的人士或名人富豪羡慕的不行不行的，就差贴在地上给人家舔鞋。其实他们跟你半毛钱关系都没有，成百上千亿的钱，你一分都花不上，实在没必要去犯这个贱。问题是这类人必是媚上欺下之徒，高的上不去，又普通得不下来，做啥不像啥，整一锅夹生的凉饭。

平凡中见伟大，这话说起来容易，做到或认识到那个份上，不见得每个人都能企及。我们要对那些不经意的美好，有所感激有所回馈有所表示。如果你真拿自己不当外人，觉得一切都是应该应份的，那会特招人烦，也让人恨。只能说你太肤浅，也不够善良。丢失的东西会越来越多，包括自己的道德感。

普通是容易被忽略的一般性的美。基础缺不得，但时时刻刻将它作为支撑被踩在脚下，你不见得能感知他们的存在和不可或缺性。

兄弟那湿透的背影，可能永远会成为记忆。我想象着他那急匆匆的脚步，像孩子一样专注认真执行一件小小的任务，只为了兄弟们能尽快地喝上这口酒。这是对他人至高的尊重，必是真情无疑。

这事要轮到我们会这样吗，早一点晚一点又怎么了。这背后存在的差异不是简单的做事风格，而是对他人在乎的程度。

凡是我们做不到的，都要视其为是一种高尚，自然心生敬意。不管这事是大是小，要珍惜的是人家那份真诚，那微不足道的小小的心意。

茶 · 镜面
Mirror Surface

　　有人喜欢用喝剩下的茶汤洗脸，据说功效不错。茶真有这么大能耐的话，那它就是个神奇的叶子。

　　从医学方面上讲，茶确实可以滋润人体，不知道消化了多少乱七八糟的垃圾。从精神层面来说，那一杯杯清淡的茶水，可以给人带来好多的心理体会，引导你的心灵走向宽阔，瞭望无限。在安静中洗心革面，清理杂念，扫除污垢，那张脸自然会从里到外逐渐地洁净起来。会越来越顺眼，越看越好看。

　　人得活到了一定的份上，才会想到回过头审视自己，看看自己到底长成了个什么样的德性。

动了这个念想的人，要么是活得有些不耐烦了，心灰意冷、枯燥无味，闲着也是闲着，拿着镜子照照，满意了可微微一笑，实在看不下去抽自己一个嘴巴也是可以，从中找出点人生中的乐子，管它酸甜苦辣，都算是一种滋味。

还有另外一拨人，他们各方面都有所造就，对自己比较满意，读书学习外加思考人生。由此生成了一种自觉，特别是对自己原罪有忏悔之意，打心里有强烈的从善欲望，不在慈善公益捐赠点什么会难受得不行。

一张脸要是长对了，而且长得好那是很难的。

陈丹青说过：我们的脸，是我们心境、人格、思想的蛛丝马迹，是我们的经历、我们的内心的象征和表象，在最高意义上，一个人的相貌，便是他的人，最终都会刻划在容貌上。

他没说错，脸是一个人价值的外观，他已经把脸这件事说得很透。虽然我不能像专业的相面先生那样通过一个人的脸面可以量化地分析出他们的生命轨迹，但起码可以大致分辨出那个人的基本的善恶深浅。

每个人的脸都是厚厚的人生记事本，每个眼神、话语，情绪、喜怒哀乐呈现，都真实地表现了那个人完整的内心世界的结构和状态，而那些脸长得很有内容的人，大都是精神极度丰富并有高级的审美情绪，对自己的经历有所感知和要求的人。

长得好确实是难度系数很高的一件事，评价体系也是非常苛刻的，首先一个人不深刻就很难被定义为好看。

深刻从字面上理解也可以意欲为是一道伤痕，不管这道伤痕深与浅，都是那个人生命经历中的不可磨平的记忆，或是人生中重大的体验和遭遇。

它既可以让人变得更加理性，更加自觉积极，更加温暖，也可以让人颓废、沉沦、冷酷无情，不同的结果表现在脸上当然会形成截然不同的表情和形态。

那些长得好的人，一定是让人在深刻的背后感受特别的力量和柔情、宽容和信仰以及不一般的坚韧和强大。

长得好的人是可以从他们的脸上读出对自然对神灵的敬畏情绪。一个人有了彻底敬畏之心，才会相信他对人世的悲悯情绪以及与他人的共生情怀。

这些人会生成自觉的约束力，不张狂不傲慢不鄙视，张弛有度，做啥像啥。这是一个美好的起点，它的下一道程序必然开启善良的大门，充分地对他人施礼行恩，接纳人世的琐事繁杂。当这些情绪蜕变成了那个人的生命元素时，则会浮现在那张脸上，温润而圆融。

长得好人要有复合性的成长经历，要表现过人性的各种本来的特征。

比如我们看一个男人的脸时，那些流过血，打过架甚至身上脸上都有刀口和伤疤的人，那种厚重和淡定感是与他人有明显的区别的。从恶劣的场境闯出来而又能干净整理了自己，说是浪子回头也好，说是立地成佛也罢，都可以理解为是一次战斗的洗礼。

胡兰成曾很有趣评价某人，是这样说的：他这样地历练过来，饱经风霜，可是脸上仿佛没有故事。

重要的是这些经历过洗礼的人，对底线的认知会更深一些，不自觉地洗涤掉道德洁癖。这种人如果当中学老师或者校长什么的，对调皮的学生包容度会大得多，他们会善意地嬉笑这些是自己当年玩过的，没什么大不了的。

这种宽容在脸上会被他人明显感受到的，给人一种别样的安全感，是一种很特殊的一种美感，容貌即是你赋予生活的样子。

承受能力从一个人的脸上是可以称重出来的。所谓这个人有无份量大概就是指这而言。

有负重能力的人才会被人感觉到好看，这种负重能力可以表现为承受物理重力和精神压力。即使那个人文弱，但敢于担当自己能力的百分百，也属于靠得住，可以托付的。

有承受力的人在脸庞上表达出刚毅，在眼神中显得坚定，让人对那张脸有一种美好的想像和寄托。虽然它不会常态地表达，但可以让人相信在该派上用场时会必然出场，是个靠谱的人。

长得好的人一定是睿智机敏的，尽管时不时略显狡猾，但只要度把握得适宜，也是十分可爱，讨人欢喜的。

这种人好就好在绝不会让聪明走得太快，以至于智慧还没到场时就把事情办完了。他们会让聪明和智慧结伴而行，合理的契合。

睿智的人总会以独特的视角和高度诠释出不一样的观点和见解，拿得起，接的住，照顾了他人，又表现了自己，善于赞美他人，发现美好。

他们时不时在生活中充当演员角色，把生活当戏，光明而不耀眼，尖锐而不具有侵略性，周到齐全，这样的人特让人想念，一旦获得就不愿轻易舍弃。

长得好看的脸也一定是幽默、调皮的脸，有趣好玩。

当一个人开始不在乎，不计较，不纠结，那张脸也就长开了。当一个人很有趣的话，某种程度上会表现出不一般的自律，而这种自律的行为会让人感受到非常舒服的体面。

说狠一点，好玩、有趣的人是优秀卓越人隐性的伟大。

他们之所以有这种无企图的追求，有一个因素是不把自己拥有的荣誉和地位当真，并试图把每件事情，每一个不经意的表现都要成为美好的一部分。当这种审美情绪成为了一种人生修养和生活习惯时，想要长得丑都很难。

幽默的人善解人意，注重他人感受，顾及他人内心需求，也是一位名副其实的智者。

长得好看的人跟经历有很大的关联。

像我们这个岁数，上下几代人，无论是政治环境，文化环境，经济环境都是十分恶劣的，所有的人是在不断的惊吓，打压，饥渴中胡乱野蛮长起来，既不被尊重，也不被认可。

一个人的艰难，也是一个时代的艰难，一个人的不幸，也是一个社会的不幸。无数在那个年代生存的人们，完整成活的比例实在太小，最终能修成正果的人寥寥无几，最后能有所成就的那些小众，当然必是大才之人，也长成了有特殊时代特征的脸谱。

这种脸型只有那个年代的人才能读得透彻，看得明白，倒也是一道别致风景镶嵌在历史的记忆中。

也多亏还有这一群好看的脸，让那么多灰头土脸的人对那段阴霾的过去时光还心存那么一点好的念想。

心中如果存有太多的愤怒和悲伤忧愁的人是不可能长出好看的脸来。

生活并不美好，社会也不美满和公平，真的要能让自己充满信心，满怀憧憬地去讨一个好的生活，那是需要对痛苦和挫折的消化、释解能力。

仇恨太多，面部肌肉会横着长，气血不畅，肌体会下垂，面露凶相，神情游离。

能量大和敏感聪慧的人，就越是能分辨是非善恶，批判的力量也就越强。

不管是使命也好，正义也罢，用劲大发了也会伤着自己，这需要让自己在活舒服了和社会责任感中间找到一个平衡点。

大多时候要妥协，揣着明白装糊涂，免得让自己五官走形，遍体鳞伤，付出太多额外的生命成本，这实在是一笔不合算的买卖。开放着而不狭猛，独立着而不偏执，长相好的人，大都会以此行事。

不诚实、爱撒谎人不可能长得好看。

本质上人是一种爱撒谎的物种，即使品德端正、慈悲善良的人也会有不同程度的撒谎经历，区别的是这些人并不以损伤他人利益为动机，有些属于善意的谎言，只是某种程度上的自我美化或对问题的一种技巧性的处置而已，对此可以忽略不计，权当是人性的本能使然。

另外一种是有意撒谎的人，且撒谎的行为服务于某种现实动机，损人利己或损人不利己。

病得不轻的那些习惯撒谎者，如果他打东边来，却会告诉是从西边过来的。他并没有从谎言中获得利益，也没伤及到他人，但对他来说，如果没能把你欺骗了，他会有一种失败感，不管这件事对自己有益还是无益。

这样不自觉撒谎，自己都感觉不到，甚至对自己谎言坚信不疑，为此支撑起了他们的"神经症城堡"。这样人的脸很容易辨识，身上那种邪气会顺着那张让人总感觉哪个地方长得不对劲的脸上排泄出来。

相由心生，要养脸，先养心。心境的平衡感会直接表现在面部上的。

想多了就是小心眼，想少了是没心眼，一直想那叫死心眼，啥都不想了就是缺心眼。反正心怎么活动，眼睛也会跟着怎样地走动。一个人是否被评价长的好与不好，这眼神占有相当的权重。

肚里有多少东西完全可以通过眼神判断出来了。真要是空洞无物，那是想装也装不住的。真东西一眼就能辨别，假东西也可以看出来。

坦然自信是一种目光，装逼是另一种眼神，虽然它们都显得尖锐锋利，但微细之间差别很大。

慈悲的目光会让那个人面目柔和，有光芒。刁钻的目光则会使人显得猥琐，有阴谋。坦荡胸怀的人的目光温和有亲善力，小肚鸡肠心存企图者则冷漠，直接感觉到那种心存不轨的邪恶。

可见要让自己不丑陋，首先得让自己的心长的好一些。

不知谁说过的这样一段话：若要优美的嘴唇，就要讲亲切的话；若要可爱的眼睛，就要看到别人的好处；若要苗条的身材，就把食物分享给饥饿的人；若要美丽的秀发，在于有孩子的手指穿过它；若要优雅的姿态，走路时要记住行人不只有你。

人之所以为人，是必须充满精力，自我悔改、自我反省、自我成长，而并非向人抱怨。

当你需要帮助时，你可以求助于自己的双手。年老之后，你会发现自己双手能解决很多难题，一只手用来帮助自己，另一只用来帮助别人。这些话说得很好听，也很实在。

有一个故事也很有意思。说是有一个雕塑家，喜欢雕塑妖魔鬼怪。有天照镜子时，他突然发现自己变丑了。丑，并不是说肤色五官改变了，而是指神情神态很是凶恶古怪。他遍访名医，均无法治愈。一次他游历一座庙宇时，把心中苦闷给庙中长老说了。长老说，我可以治你的病，但不能白治，你得先为我雕几尊观音像。雕塑家在塑造过程中不断研究观音像，模拟其慈祥、善良、温和、宽仁之态。雕完三尊观音像后，他找到长老：请你帮我治病吧。长老说不用了，你的病已经好了。雕塑家一照镜子，五官果已变得神清气朗。这就是所谓的"相由心生"，也就是说心里想着什么，你就像什么。

事就是这么回事。说有用可能用处会很大，说没用那简直就是屁话一堆。

想起来就看着镜子对照检查，应该是挺有趣的事。比如该直着长的肌肉线条怎么有点歪了，就要检讨是不是这阵子动了什么坏心眼。脸色不正发锈，需仔细回顾这段时间干过什么缺德事没有；眉毛有些下垂，是不是身体哪个地方跑风漏气，该修补一下。

总会有那么一天，终于看不出也看不见什么毛病来，一切都空荡荡的，那就是我们完美之时。但愿还有后人偶尔念叨：听说那些家伙长得挺好的……

茶 · 丹青
Danqing.

今年三月底，我们北大光华茶社一行五六十人，从全国各地聚集在乌镇，在木心美术馆与陈丹青做了三个半小时的对话。

对话的水平是由双方共同决定的，人类某种程度的进步，也是取决于高品质的问题。

他是个牛人，有着太强的完美情节，多少有点精神洁癖。但凡你的一点点的瑕疵或低俗，都可能让他关闭思想相互交流的管道。所以对话的气氛一浪推着一浪，一个兴奋拥着另一个兴奋，力度相当，节奏适宜，双方都很满意。

这家伙确实也是个人物，不管他将来名传千古也好，还是遗臭万年也罢，在中华文化史上，都会留下重重的一笔，就像我们今天还能读到或看到几百年上千年前某个古人的文章和绘画一样。

他终究是个有争议的名人，对他的阅读也可以说是在阅读一个时代，很立体，很直观，也很亲切。

我们相信，一个人的名字对那个人的生命成长和命运走向有着不同程度的关联，光一辈子暗示这个心理活动，就可能产生无数种不同形式或不停方向的选择。

陈丹青这个名字起的就好，假如他爹妈成天叫他陈发财、陈富贵什么的，这样叫来叫去的，是否能长成今天这个模样还真的很难说。

丹青他不小心成为名人了，名人的概念即允许那些认识还是不认识、了解还是不了解你的人，可以点着名字赞美和爱慕，也可以指名道姓地咒骂和憎恨。

名人们是被社会聚焦的对象，要被大众消遣，成为他人的谈资。人们可以在饭后茶余之际，嗑着瓜子，抽着香烟，吐着痰时，就把你这个人给倒掉了。

名人的生命成本挺高的，不知什么时候躺着就会中枪，估计时不时地会经常莫名其妙的打喷嚏，不知又在被谁当作一盘菜在油锅里炒来炒去。

他们的难度还在于需要台上台下不停地身份转换，弄乱了免不了即使在正常的生活状态中也会有表演的痕迹，神情是很难统一的。

　　在这一点上，好在丹青表现得相当有定力，真实度较强，自然大方，哭也真，笑也实，说起话来既不做作也不故意，看不出来有哪些低级性的傲慢和偏执。

　　估计他自己也会强烈地感觉到这一点，真实是他最后也是有效的防御，真实必须彻底，彻底到爆粗口跟大小便似的自然而频繁。

　　他已经被大众男神化或妖魔化，已经没了固定的形状。低调不下去，也高调不起来，好听的话让他腻，难听的话让他烦，唯有真实在这个时候充当了消炎药，消毒化脓。

　　他既然成为一种文化现象，发酵的结果，总要长出点东西来，不是这个就是那个。

　　他确实是一个值得被说道说道的人。这家伙有很深厚的博学功底，精通多个领域，大小通吃，天才加勤奋，十分了得。尽管他经常公开说自己没文化，没上过几天学。我听上去感觉有点像骂人，有攻击腐朽的教育体制嫌疑。

　　他能耐大得很，我身边就有几个这样的坏家伙，只顾自由发挥，忘了天下绝大多数都是劳苦大众，平庸并愚钝着。他们根本没意识到已经抢了很多人的饭碗，好在这样的人并不多，大家也认抢服输。

　　丹青的画作很多人喜欢，但不能断然是最好的之一。丹青自己也不会这样以为。只能说在绘画人群中，他的文字功夫更好，在舞动笔杆子的骚客里，他的绘画最牛，在男人中，他显得相当细腻，在女人中，他最有阳刚气而已。

绘画那个行道里，就没听说过谁过服谁，一个比一个牛逼。反正艺术表现这事，从来就没有什么标准，正着反着都能给圆了，所以人家说艺术家们大多时候不靠谱是有道理的。

他的写作风格应该是一流的，非凡卓然，涉猎面之广，包括中西绘画、音乐、教育、城市、影像、传媒及社会现象等诸多问题，都能说出颇有价值的思考和见解，这倒是不应该被争议的事实。

这种效果只会产生在这些有天分的业余写手，真要是搞专业的，是玩不出这种味道来。

这不单需要广泛的知识学习和积累，还得具备正确的宇宙观、历史观和价值观，还有在当今社会中知识分子那份起码的勇气、责任和使命担当。

他确实说了很多话，该说的他说，不该说的他也说，语言锋利凶狠，有时候甚至让人感觉童言无忌的率真。

看热闹的当然不怕事大，有人会觉得这个人有点二，不知深浅。也有人赞叹有佳，大呼过瘾。他有时确实特像一个孩子，曾在几个视频中听过他爆粗口骂人。但更多的人更愿接受和喜欢一个有缺点并天真的人。

可能是我们离真实越来越远，特想回归到原点。因为不加掩饰虚假言行的确把人们给搞伤了，不能提，一提就反胃，要吐。

不过有一问题是可以提出来的，就是这样玩下去可能会产生后果的。

一个人勇敢起来是基于一种相信，他相信了什么，凭什么相信？相信人家不会对你下狠手，还是相信这个社会真正存在公平和正义，相信自己的理想和信念重于生命？真希望他能活得长久一些，真心祈愿他别遭受到致命的打击，伤了元气又错过了好时光。

其实每个人都不能没有理想，只有念想。不管理想大与小，只要有就行。但客观来讲，理想并不是用来实现的，是行进过程中的方向指示或情感激励。用劲猛了必然会躲闪不及，和现实的列车撞个你死我活。

我们命就一条，生只一世，多少要掂量一下。对此可以做一个商业核算，这样做并不丢人。

说句俗话，安定地生活是否可以罗列在生命成长的第一要素，仁者见仁，智者见智。自己的局限和世界的无限的配置，用我们的经验去完成这个世界所谓诸多的嘱托是做不到的。

他说过"太好的事就不会长久"这句话，这倒是让人心里有点底，相信他会在某个关键的节点上见好就收，有太多的事可以去玩。

实在要是对原来那件事不舍，也不妨到别处转两圈再回来。

越喜欢越珍惜的人或事或物，就越怕他们失去或毁灭，很容易不自觉的产生担忧和后怕情绪，有时这种情绪甚至可以超多对自我的保护程度。

艺术家通常是忠于自己，丹青也不例外。正是由于他的力量很大，在争辩问题时，善于从他人的命题上找出漏洞，从根上否定，并且百战百胜。说是方法论运用得当也好，说成是有特殊的独到之处也行，最终自己总能尽兴舒服，这也是一个大本事。

马塞尔·杜尚最后不画画了，总在想艺术还有没有别的可能，丹青现在的状态好像也是这个路子，很多的时间是在干些本行以外的活。

他的讲演很好听，绘画似的语言架构，声音里有色彩，也有表情。像他这样才华横溢的人，估计写起文章是不需要打腹稿提纲的，只要第一句下来，接着就会像泼出一桶水一样，顺势流淌。不够的话就再泼一桶，反正水井就在旁边，没完没了。

他很用功，也确实有好的体力和精神头。也不知道怎么把自己养的这么好，能写出那么多的好书，而且每本书都在变向、转折，尽量试图完整的表现自己的人生态度。可见很多看上去比较宏大而又严肃的事情，大都是出于一种自觉。

陈丹青还说过这样一句话："人的成长实际上不是知识，其实所有人的成长背后都有一个核心问题，就是他知道时间过去了"。

时间是可以理解为不动的，我们每个人都公平的在这座无限长的时间墙上行走，留下有深有浅的痕迹。时光可以有意义，也可以无意义，这取决于我们对生活的态度和想象，也在于各自不安分和折腾欲望的大小。

丹青生在这个特殊的年代，是这个时代的土壤培育了他，生长出了这个特殊的异类，不管这块土地是红色还是黑色。

伟大不一定是熬出来的，应该是一点点长出来的。在成长的过程中，我们可以选择各自的生活态度，可以愤怒的高声叫骂，也和风细雨说话，可以不留余地的抱怨，也可以耐心地劝告辅导。多样化的生活没啥不好，身份的不同转化也可以尝试。

丹青的影响可能会存留好多年，反动着推进历史前行。他估计有这种打算，也有这个力量和精神头。成败都无所谓，这事看透了也确实没什么大不了的，玩呗。

丹青本是一个没有宗教信仰的人，但他告诉我他正在北京郊区一个教堂里画壁画，并且与钱无关。他是单纯地实现绘画的情结还是了结某个愿望，还是在那个过程中寻找或捡拾曾经忽略或丢失了的什么东西，不知道他自己搞明白没有。

不过这个并不重要，想画就画呗。很多意义并不都是事先想好了的，更多的是事后的感觉，或是被无关的人硬给说出来的。

佛教是人找神，基督信仰是神找人。如果他既不信佛也不信基督，那是否想借助神灵，自己寻找自己，或像梵高所追求的每个人都要是自己的太阳的境界。

闲着没事可以关注一下他，这哥们必会弄出大动静来。

茶·提醒
Remind

　　愿意与茶为伍，整天拎个茶瓶，有时里面还放些枸杞，这是不是一种衰老的迹象？这事可以说是，也可以说不是。这不关茶的事，你是这样还是那样，茶都在那。老和不老，那是自我的一种感觉。有可口的茶始终陪着你，是人生一件幸事。

　　发现对衰老的恐惧，主要表现在对时间流逝速度的敏感。这不2017年还没来得及去品味，转眼就这么糊里糊涂地快过去了。回想起儿时在学校里，那是整天盼着放假，抱怨时间怎么过得这么慢。

　　同样的一个人，在人生的不同阶段，对生命的感知差异竟可以有如此之大，看来这似乎是神在提醒着我们需要去思考些什么了。

能感觉到时间飞快的那些人，或是眷恋自己比较满意的生活状态，或是还处于一种积极的状态中，有好多未尽事宜等着去完成，或是有责任需要去履行，有思念去实现，或其他等等。

可以说这个群体在某种境界和意义上要高于那些混吃等死，无所事事以及被囚禁失去自由的那些人。

但尽管这样，也不见得好到哪去。倘若我们不能真实地完成必要的生命蜕变，就像青少年时没有很好地度过逆反期一样，烦躁的更年期同样也会没完没了。固执、矫情、叫真、挑剔、守旧、倚老卖老等等的老年症状，一个接着一个重复登场，让年轻人烦的不行，自己却没有任何的反省和警惕，不知不觉理直气壮地败坏到底。

这个年龄阶段可怕的事有很多，排序最高的是失去了激情和冲动。人一旦到了这个份上，创造力和念想自然会走一路丢一路。

当把自己的身子交给他人的眼光去评判时，不安和怀疑也会陡然上升，大多都得不到救治，恶化为愤怒与敌对，逐渐地把自己长成个老鳖犊子样，错把不和群当成享受孤独来过。

本来一群人的遇见，是那一群人里面 N 个人的事，但离开却是一个人就可以决定了。遇见还没怎么开始，离开就已经悄悄启动了，不擅长告别，不在乎珍惜，不屑于他人的挽留，为了微小的决定权和没有什么价值的个人意志，可掀盘，可翻脸，可不管不顾，完全像一个为了一个玩具而撒娇的孩子。

还有一个假象需要上了年纪的人警惕，那就是温情。而这种温情只有已届成年，满怀恐惧地回想起种种我们在童年时不可能意识到的童年的美好时才会显现。

这样的温情乍一看起来是一种成熟，实际上是这个特殊年龄带给我们的恐惧，是想建立一个人造空间的企图。在这个人造的空间里逃避挑战，将他人当孩子来对待。这样的温情也是对爱情生理反应的恐惧，以此逃离成人世界的种种不爽和不测。

其实这个世界并不是没有色彩，而是我们失去了观赏花朵的兴趣。这个世界也不是不够自由，而是我们已经忘记自由是什么。

即使我们清晰地感觉生命疯狂奔驰的速度，这个时候需要做的是保持一种有效的平衡，把生命置于天平上，而另一端放着死亡，要把自己每一个行为，每一个信念，每一天的分分秒秒都值得与终端的死亡等量，逃向崇高以此来躲避堕落。在努力无用和务必奋斗这两种感觉之间合理分配，不必再明明相信失败在所难免，却又决心非成功不可。

生命跟梦一样，从一个梦转到另一个梦，从此生命到彼生命，从此岸到彼岸。

习惯于文化的捡拾和采集，用美好来妆扮和修饰生命。在坚持生活的精彩和有意义同时，顺带别忘了适度地与命运讲和。

茶 · 道德
Morality

一伙人在一起喝起茶来，会天南海北的聊来聊去，也会对社会现象或政治观点表达自己的看法，其中自然少不了争论。这本是件好事，可遇到过于偏激的主，不会讨论问题，习惯了强调个人意志，为了反对而反对，就会把这茶局搞砸了。

本来这茶喝得好好的，由此不欢而散，有的甚至老死不相往来，实在犯不上。

这里反映出一个问题，涉及到道德品质。

道德品质有好坏之分，也有高低之别。道德的指向并不单单冲着重大的人为表现，也覆盖人们在日常生活中，面对琐事繁杂的微小的态度。

打小开始，我们就是在道德的催生下长起来的，感觉满世界都充斥着道德这个幽灵。

小学校里，无论是教室内还是操场，随处可见道德这两个字。以后的中学、大学、农村、工厂、机关，以至任何一个公共场所，也均是如此。

这一辈子，每个人从嘴里不知发出过多少次这个声音，也无法统计到底为它写下了多少笔画。对着自己也好，冲着别人也罢，赞美抒情里有它，诅咒骂人时也有它，程度使用的深浅，取决于该词的前缀和后缀。

道德究竟是什么，真要是问起来，你不见得能说的很清楚。反正是个挺大的事，要反复提醒坚决执行的事，所以只需大概照此办理就行了。况且我们成长的那个年代的教育，并不鼓励人们深究某个词语的本意，包括其它事物也是这样，大概齐即可。

在我们成长的那个年代，如果对什么事搞得太深，弄得过于清楚，会被视为是异己分子，平添很多麻烦。如果谁要是闲的蛋疼，非要把革命这个词说个明白，搞不好很有可能被带上纸糊的反革命高帽，轻则游街示众，重则会蹲大狱丢性命。这事现在跟年轻人说，他们根本不会相信。

道德这个东西，说白了它只是一种感觉，所以我们经常会聊到道德感这个词，就是这个原因。

人性道德存在着一个守恒定律，即这种感觉的总量是固定的。就像我上面所描述的，道德有时是针对他人的，有时则是针对自己。用在自己身少了，那用在别人身就必然要多。

所谓的圣人会把道德感全部用到自己身上，恪励自我，所以他们很牛，也敢这么做。这种人拿自己说事，拿自己开涮，活生生地把自己裸露着，甚至解刨自己，大卸八块，放在那随你怎么玩弄。

有一个欧洲著名的女行为艺术家，就是在大庭广众之下，一言不发，把自己、把道德交给所有熟悉成是陌生的人。她身边摆放着上了膛的枪、刀、针等等物件，人们可以随意对她的身体做任何举动，并不受法律追究。其中许多人确实做出了相当过分并带有侮辱性的行为，直到有一个人举起了枪对着她的头额时，才被制止，活动也就此结束。

当然这是极端的案例，其意思是反衬那些专门把道德指向对方的人。现实中这类人所占比例并不少，习惯性强迫他人，满脑子正义感、道德感，都用在要求别人身上。品格低于平均水准的人，一定是对他人持有高标准的道德要求，还会把过时的道德观念，强加于年轻人的身上。这种人很危险，破坏性也很大，自大自私，没有感恩能力，一切的获得，都认为是理所当然的。道德感恶劣的人，条件和时机一旦成熟，接下来就可能实施一种犯罪行为。

在中间道路上那些正常的人，道德感一部分用在自己身上，另一部分用到别人身上。通过这个道德感比例的使用，可以大致对那个人的人性有一个基本识别。如果一个人将大多数的道德剂量用来克服自己，少量的用来约束别人，这就可以称得上是严于律己，宽以待人，可归属于品德高尚那类。

反之，比例倒置，尽管不必将他们定义成坏人，但说是蠢人绝不为过，没半点冤枉。

尼采说过这样的话：无需时刻保持敏感，迟钝有时即为美德。尤其与人交往时，即便看透了对方的某种行为或者想法的动机，也需装出一副迟钝的样子。此乃社交之诀窍，亦是对人的怜恤。

很奇怪这样一个大哲学家，还会对一般性的世俗关系有所顾及。但从中可窥视出，如果所谓的迟钝也是道德合适配重的话，那其他的憨厚、包容、感激、顾及他人的感受等，则更能体现出道德的美感。

但凡用点心就会发现，不善的人是与道德狂、道德控划等号的。那个人越是不善，道德感就会越强。他们必须要从他人身上挑出不是来，习惯性提醒你的错误，以此方便对你的精神控制。否则就会"难受北受"的，整天都消停不下来。

这些人没有中间状态，没有弹性，做事不留余地，不是 yes 就是 no。如果没控制了你，就觉得自己被反控了。他们对别人要求的越狠，留给自己的道德意识就会越少。这些人的心智模式大致相似，以苛刻的道德标准要求别人，自己却可以不加约束，想怎么招就怎么招，并没有丝毫的歉意。

不善的人对别人恶，对自己也好不到哪去。一旦形成恶人思维，那剩下的事要多糟糕就有多糟糕，整个人生都是败坏的。这些人所作所为的效果是损人不利己，失败的机率相当大，没听说谁落下个好来。

对道德的使用，关系到一个人的未来，也是影响终身的选择。

道德永远都不能成为做坏事的理由，它的价值在于自律。

通常能使我们的言语和做派有模有样，基本符合道德规范，绝不取决什么情操高尚、大公无私，而在于对自我种种短板的克服和约束。让我们人品闪光夺目的，未必是人品本身，而是背后的苦难经历和有意义的生命磨砺。

没必要用道德标榜自己，也不能用道德讥笑他人，落井下石这事干不得。你是好人，不见得永远都会这样，在没有接受真正考验之前，一切结论都过早。你现在的好，有可能你还没有经历让你惊心动魄的诱惑，没有机会去放荡而已。先管好自己吧，别太关注别人道不道德。

一个人的道德意识，能合理分配更好。如果不能，起码要给自己设个底线，要求自己死活都不过界。对他人的道德要求，要有强烈的边界意识，要止步于私权的界限之外。比如逼捐、让人承诺、告知隐私、要求保密等行为，都属于侵权的不道德行为。

维护了他人的私权，也是在保护自己。尊重他人的生活习性、价值取向，也是对自我的文化认同。这年头，随着文明的进步，拼的是人品。任何不经意的道德瑕疵，都会导致我们人品的折损，你不见得能承受得起。

保持适当的清醒，别让脑子出问题，也不要让自己成为你曾经所厌恶的那类人。

茶·教育
Education

教育是人们很容易提起的话题，你一言我一语，本来一个小时喝茶的打算，一扯好几个点就过去了。有人还让孩子从小养成喝茶的习惯，列入家庭教育大纲里。

教育这事说大也大，说小也小，关键在于正确使用。

所谓的教育真的没有我们想象的那么大那么神奇，也没那么邪乎。生物界的物种，打生下那一天，当爹妈的只是教会它们怎样觅食就各自生存去了，没有哪一个是死陪到底的。更多的低级物种，连这个待遇都没有，从小就没有父母陪伴，生死有命，富贵在天。

当然人类不能完全适配这样的生存方式，问题是家家户户整得都猛了点，清一色玩贴身紧逼，搞伤了自己，也弄坏了孩子，将老天赋予的本能和生存潜质给打散，包括野性、独立、自由、活力、创造等这些本有的最珍贵的生命原形无意识间给糟蹋了。

每个家庭都有自己独特的方式与孩子建立一种关系。不管咋样，前提要搞清楚对于孩子什么是最重要。这个问题有很多答案，但所有答案都基于孩子留存了什么样的记忆作为参照的，这是一个硬性的标准，可以拿自己回忆做比较。

通常孩子不会有太多美好的印象，因为他们在完全自我意识中生长，想拉就拉、想尿就尿，一切理所当然。事实也是这样，他们没有功能深刻体会幸福的甜蜜感，那是我们成人的专属，是在经受苦涩之后比较出来的感觉。没有什么太好的记忆就是正常的记忆，意味着处于正常的生活环境中。倘若有痛苦的回忆，那绝对是带有伤痕的过去，有些是终生都在流血，无法愈合。

我们经常听过很多成人在回忆他们非常不幸的童年时，仍无法忘却也无法释怀。这里面包括被打、被责骂、被侮辱、被管制、被约束，或者他们没被允许看非常喜欢的一本小人书和一个演出，或者没能拥有一个心仪的玩具、乐器、体育用品，被阻止的一次期待的旅行，都会作为痛苦和遗憾长在生命里面。这个年纪孩子的特点是既干净又脆弱，任何一次不经意的划痕，都是对完整的一次破坏，严重的可能会让孩子生成有出走和寻死的念头。

我们每个人都有这样和那样的生命印象，将心比心，克制一下自己，给孩子一个宽广成长的空间和独立做主的机会，不能太拿自己不当外人。有一点需要提示的是，不要以为自己父母的不和谐家庭关系绝不能在自己家庭重演，自己爹妈留下的噩梦不能重新放置到自己的孩子梦里，可很多时候恰恰相反。但凡我们稍微不留意不警觉不理性，就会成为你原有父母的替身。

所以说对孩子的教育，首先是父母的自我教育。这件事还没搞利索的话，那你对孩子所有的努力的功效将被打折扣，有可能还会将这种失败的情绪没有理由地发泄到孩子身上。如此这般还不如别去施行什么教育不教育的，老老实实地忙自己的事，该干吗就干吗去。当感觉到自己确实无能为力无所奈何的时候，那一定是你真的不行了，别瞎费劲耽误工夫，烦恼了自己也伤害了别人。

要相信自然力量，相信孩子的天性，相信他们的自觉，相信大多数，相信大概率，相信孩子学坏要比学好难得多。好孩子你怎么想要他坏也坏不了，所谓坏的你想让他好，那就给予适当的帮助加上准确的鼓励，以及他在不同年龄节点的人格转换时的引导，父母大多会得到一个惊喜。个别案例也是有的，赶上了算咱倒霉，听天由命。

作为当爹妈的还要明白，我们并不知道孩子的世界是怎样的新奇和精彩，就像我们的父母不清楚我们是怎样地活着。一个世界的人没必要干预另一个人的世界，就像人、鬼、神各自忙活自己的事一样一样的。

每个孩子都是一个神灵，一个小宇宙，而且是唯一性。他们并不是父母的单一拥有，只是借用我们的身体来到这个世界上来。你真搞不清楚他们携带来什么样的生命密码，太多的奇迹让我们惊讶不已。至少他们带给我们无限的欢乐和对未来的朦胧的憧憬，帮助我们重新认知自己，巨大地改变自己，让自己漂浮的生命真正扎实的落了地。与他们一起成长，可顺便回望自己的过去成长历程，也打通了我们双向的大爱之路，对着小也对着老。

孩子们都有独特的气场和频率。气场这个事随着自己不断长大，整好了会逐渐饱满强大，通常表现为亲善力、人格魅力或群体中的影响和感召力。好的气场给人感觉柔软亲和，可信任可依赖，可想像可托付。这种人身上是有光芒的，在众多的孩子中间很容易就分辨出来。长坏了的那些，平庸无奇，挑剔尖锐，集体意识淡弱，给人距离感，排斥、拒绝与他人的生命交互。

频率是指个体生命的韵律和节奏，在一个班里那么多人，就会没有理由没经过考验，三三俩俩地结伴成伙，各玩各的，这都是通过生理频率自动识别的。每个孩子都有天生的认知力，奶妈再怎么伺候，亲妈的判断永远都不会错。领养来的孩子，不管你怎样示好和隐瞒，我没听说过有哪一个最终不知道自己真实身份的人，这叫血缘识别。

在频率这个问题上，父母不见得会自动与孩儿们相适配，总感觉那地方不对劲，陌生敌对，严重的多少会相克。这就需要父母们做适当的调频，尽量与孩子同频共振，彼此能量和信息互换的过程中，尽小地损耗。这方面没有方法也没有标准，靠的是悟性和感觉，以及各自深爱的能力。

我们所有人并不是因为当了父亲母亲就伟大了，昨天是啥样今天还是那个你，混蛋爹妈也有。借助养育孩子，是我们可能改变自己甚至变得高尚的一次机会，首先对新生命的敬畏是免不了的。

孩子们有的自我成长能力很壮，无论在健康体魄上，还是情商智商上表现的都很均衡，特殊的少数还是天才。这些人几乎不需要培养，可放养，可野蛮生长，吸收知识和智慧的能力极强。赶上这拨了，那是一种运气，可遇不可求。或用佛家说法，那是你前世积的德，善缘回报。

还有一些孩子，需要多方面的帮助和支持才能有效的成长，需要长时间的扶持才会逐渐站稳脚跟。个别的孩子多少有些这样或那样的生理和心理的缺陷，不但需要更多的帮助，偶尔还要给予必要的救助。属于这个行列的家长，就可能要多操劳一些。所以在施加教育这个问题上，每个孩子都有独自的适合方法，要非常个性化的辅导，绝不能统一施教。

做父母对孩子最重要的贡献，就是能发现他们的生命密码和他们天生不知从哪带过来的特长，给予适当的培育，就是鼓励加赞美，让一切尽可能发生。成功这个词不能用在孩子身上，他们无需去比较他人，而是自我的超越。本来是考二本的料，硬是攀上了重点大学，这对于本人来说已经足矣。

每个孩子的未来有着无限的可能，谁也不能及早地断定将来谁好谁不好。自己的孩子自己看着好就够了，要相信每个孩子身上都有独特唯一的特性和美德，况且只认你是亲爹或亲妈，那还有什么放心不下的。

男女孩教育完全不一样。男孩就要放养，培养野性。很担忧现在的小男孩们，会经常被女孩们指使和欺负，这事挺大的。特别是逆反期中的臭小子们，没打过架，没留过血，不会上房揭瓦，爬树掏鸟窝，将来拿什么胆量去保护女人们。所以家里有爱惹事儿子的父母们，你们有福了，真要哪天头破血流挨了刀伤，别惊讶失措的，要悄悄高兴，政策就是不鼓励不制止。

感觉天下事哪都不好，都对不起你，那一定是你自己出了大问题。世界并不美好，家庭也很难美满，多一些乐观，微笑着观看你的生活，宁可当井底的青蛙，自得其乐，尽情地欣赏自己的娃，生活质量自然会大不一样。

老百姓过日子有一个准则，就是尽量不去为难别人，不能得理不饶人，能放别人一马就放一马，况且是自己的宝贝。

茶 · 男人
Man

在女人眼里，男人这东西挺招人烦的。缺他们不行，有他们还闹得慌。几乎没有一个女人不抱怨她男人的，不管是老公还是男朋友。女人们也不见得非要怎么着，只是用来磨磨牙顺顺气，慷慨愤怒过去，跟没事似的。但这事真要是传到这帮男人耳朵里，这茶喝起来就变了味道。席间再有那么几人不懂事的狐朋狗友掺乎几句，扇风点火，那个人一口一口咽下去茶时，也顺带把愤怒埋在了心底。以后所发生的冷漠、变心、出走、分离，就是打那开始的。

女士们经常有一种疑惑，就是老公在外边挺活跃的，风趣幽默，笑语连篇，怎么一回家就沉默无语，判若两人。当然她们并不是在简单地描述一件事，而是在抱怨，在不满。

这到是一件较为普遍的事，涉猎面广，看上去似乎是一件不值得一提的家庭现象。但可能由此引发为其它合并症，这件事挺大的。真要是不把它当回事，它就可能成为其它争执和吵闹的引爆雷管。

你说一个臭老爷们，回家像一座大山一样，就在那干杵着，什么也不说，什么也不干，问两句答一句，也确实够让人心烦的。说是事吧，它又没有什么大了不得的，说不是事吧，但它确实能召出很多陈芝麻烂谷子来，把一些似是而非的事默默地都给做实了。

我们都知道家庭的争斗，其主因并不是原始那件事，而是忍受到了临界点，借由那件小的再也不能小的破事，点燃了后面一场又一场轰轰烈烈的两性战争。男人的家庭沉默就属于这一种，让人咽得慌的是，说不知怎么说，不说又不知怎么做，活生生地要把另外一个人憋疯不可。

当然不管怎样，该骂的应该是那些傻老爷们们。但有一个真相也应该先向女人们交代一下，你们家的那一位真不是在假装深沉，也不是在想冷落谁，就是把你换成他的爹妈，也会先假惺惺例行公事似的问候几句，然后自个找个地方孤独一会儿。

这是生物性的，就像一条土狗，在外边嗷嗷地叫了一天，回到窝里必须要缓一缓喘口气，顺带整理一下自己的思绪，给自己一个鼓励和理由，明天精神抖擞接着出去混世界。这个时候任何的家庭干扰都会心烦意乱，绵绵细语都会当成噪音去听。必须要腾出那么一段时间，所谓的闲情逸致他都不需要，就想一个人傻呆着。

从人类学、心理学来讲，孤独是人类自身携带的缘故病毒，我们不要试图根除它，要给出一个家庭空间，让它潜伏起来就好。这是大多数男人的天性，如果愣是要对着干，事件的结果绝不会随你所愿，一切都会很无趣。

无论怎样进化和修行，男人永远都不会跟女人一样，彼此是两个截然不同的物种，一个来自火星，一个来自金星。男人倾诉的欲望是很难通过话语这种方式去释放压力与焦虑的，能够独处又不用与他人对话的私密空间，成为每个男性的避难所，不管他们是有意识还是无意识。他们渴望在这个安静的避难所里倾听自己内心的声音，在一个人的时候，承认自己的悲伤、寂寞、恐惧、愤怒、嫉妒等等，但是他们就是不说，打死也不说。

男人们也并不是只有在疲惫的时候才退回到只属于他自己的避难所里去。那些边开车边深思的，手握遥控器盯着电视机呆望傻笑的，被某个体育赛事搅得生物钟紊乱的，微信里秀运动成绩秀肌肉的，苦练书法绘画，以及假装是个有文化修养的，宁愿泡桑拿也不去泡老婆等等的男人们，不过都是躲在避难所里休息的人。那种独处带来的宁静和愉悦，对他们是个不能说也没什么好说的公开秘密。

而大多女人们并不能读懂这一切，即使似懂非懂，但根子上还是不愿接受这些熊玩意的莫名其妙的怪举动，更不愿意相信那个浑身汗迹，两只臭不可闻脚丫子的家伙，就能把自己给掰扯明白了。

但凡这个时候，聪明的女人就不必过于强化在家庭里的操控地位。本质上讲，主妇们并不真正屑于打理感情和经营婚姻，她们真正追求的是宗主国对附属国的照顾，以及物质与精神输出，忽略了平等的交流和对话的有益关系，更多的是期望婚姻来解决自己更多的现实问题，会误认为自我的孤独和寂寞可以被男人、被闺蜜间的议论、被商场的喧闹替代。

所以不要轻易认为婚姻里有孤独就一定是老公太差，婚姻错误，很多时候，还真应该反问和检讨一下，我们自己哪个地方出现了问题。

茶 · 偏见
Prejudice

有些喝茶的人挺容易较真的。几个高手坐在一块，但凡有人开口讲茶，另外几个人大都是批判着听着，时时对照着自己的茶谱。只要有所不同，必然不屑，憋不住就会更正反驳，摆明自己的观点。所以有的时候，喝着喝着不欢而散，那一定是几个杠头撞在一起了。

个人意志在一些人那里神圣的很，不能被质疑，更不能被反对。这种现象会出现在那些刚开始产生思想的人那里。你要是啥都不知道或啥都知道，都不至于这样。只因半瓶子水时，会来回咣当。这是一种狭隘，不过智慧的人，慢慢会从中走出来，逐渐变得宽大，包容接纳感也就跟着出来。

现在虔诚的佛教徒很多，有的修行很深，常常隐居深山，按照佛法最高级别的戒律修行，包括不近异性等。能走的这么深，好多是身心经受了不同程度的遭遇，才会有如此深刻的信仰，以及脱胎换骨的变化。但获得正觉的并不多，更多的是深陷迷信泥潭中。这里面有个逻辑关系，日常生活概念没搞清楚，那不是从了佛门就会都明白的。走的太猛，会更加极端固执，偏见会越加严重。

歪和尚不可能把经念正了，还会害了信徒。那些迷信者无法和正常人讨论问题，心里会有道德优势，一个凡人无法阅知修行人世界，就把他人给打发了。几个苍蝇在饭上飞来飞去，你挥手驱赶，他马上会显慈悲，双手合十，嘴里念着阿弥陀佛。这让你感觉很不自在，像是两个世界的人坐在一起。

在印度的鹿野苑，那是佛陀第一次布道的圣地。那个地方的神秘性都比不上我们一般性的寺庙，没有烟雾缭绕的香火，整个就是标准的旅游景点。虽然旁边坐落两三座小庙，也是冷冷清清，偶尔有些游客趴着门口往里张望，大多还都是长着中国人面孔的脸。你会为释迦摩尼抱不平，也为印度人遗憾，好好地一尊大神，在他本家愣是当成一个学者和思想家记忆着，又没留下多少文献。

远来的和尚好念经，在遥远的东北亚、东南亚，佛学、佛教、佛法遍地开花，经书浩瀚，大小乘佛教、南传佛教、藏传佛教、汉传佛教等，同宗不同门。佛学太深奥了，在数十亿的信徒中，真正精通者寥寥无几。好多寺庙主持，有些人识字并不多，但这并不会影响到他们的信仰。文化程度愈低的人，虔诚度反而愈高。

不管本教义如何美好善意，但面对其它宗教时，绝对是排他的。有谁敢把崇拜神的地方随便互换试试，非遭来杀身之祸不可。即使是同一教派的信徒，不同程度的相信也是难以沟通的。以逻辑与忠实的教徒进行推理时，他们会很不屑这些不入流的胡思乱想，会带着怜悯同情的诚意替你祷告，阿门，原谅这些迷途的羔羊吧，或阿弥陀佛，保佑你别进入十八层地狱，来世不当牛做马。

这里并不是想讨论宗教，说的是偏见这个概念。因为越来越感觉到，偏见是阻碍我们前行的关键性障碍。

人这一路走来走去的，没有谁能走出个直线来。好一点的是弯弯曲曲，方向偏差还过得去，知道适时拨乱反正。有相当多的人原地打转转，进步微小。还有少部分人，距离是负值，就是我们常说的越活越回旋，四六不懂，易起急犯浑。

在我们人生路途中，能把事搞清楚说明白的机率并不大，可能从来都没有触摸到真理的门槛，偏见和误判是我们的主食。但我们好像很少会质疑我们自己的意识和思想，自我检讨似乎是一种耻辱，否定了自己那简直是要命一样的严重。我们就是在这种混沌中，活得很艰难很劳苦，让自己长的不三不四的，很不像个样子。

随着年龄的增长，似乎会认为我们将越来越成熟，包容性也将越来越大，其实事实并不尽然。成熟也可以是狡猾和世俗的翻版，所谓的包容更可能是一种傲慢，背后隐藏着轻视或不愿为伍的骄傲。

大多有一把年龄、表现很大度的人，骨子里比年轻时更挑剔，分类更精密，稍微契合不好就可以拒绝，甚至永不相往来。当然忍受并虚伪了一辈子，终于可以有资本做回自己，对他人他事可以说不，可以不在乎，可以不留遗憾的舍弃，这是有它存在的合理性，但别觉得自己高尚脱俗了就行。准确地说，那是包容并固执着，表现的包容更多的内涵和动机是我不能让你比我更绅士，更懂礼貌，这亦是一种特殊形式的角逐。

　　偏见永远都在，我们没有能力去彻底消灭它们，理想的状态是别没完没了地偏来偏去，要提高自己对偏离的敏感和调整能力，负负为正也是一种有效的处置办法。以完美的心，接受并不完美的人生，在包容不完美的事中，去获得更多的完美情结。做什么事说什么话时，要坚持有美感。问题可以分拆，不要累积形成大问题，生命本身就是由问题链接起来的。死人是没有任何问题的。

茶·气
Breath

　　喝茶能顺气。被茶汤清理后，大小肠自然通畅，吸新气，排旧气。真正的高段位的选手，人家可从那气味中，可辨别出喝的是哪个山头的茶。

　　从室内设计来看，室内尽量减少隔断，强调通透流畅，保障空气不被堵塞，有出口，让人在独一无二可变化的有限空间内，充分享受轻松自由的感觉和想象。

　　这种设计的态度和理念，是源于日常生活对周边环境的认知与感受。任何事物如果能合理的存在，都要有适配的排泄机制。遍及世界各地的火山，那是地球多余能量的释放管道。四季虽分明有致，时不时地也要风一阵雨一阵，电闪雷鸣地闹腾一阵子。包括我们厨房里的蒸汽锅，真要是少了个出气阀，早晚会爆掉。

　　人更是如此，但凡哪口气给憋住了，排泄不出来，必会整出各种各样的疾病来，严重的会生癌、心梗、脑溢血等。好多人就是因为遭遇了毁灭性的打击或难以承负的压力，弄得一口气捯扯不干净，一夜白了头或立马衰老脱像比比皆是。可见如果缺少了出气阀门，我们最终只能是自己引爆自己，活生生地把自己给做掉了。

　　这事还真得小心警觉为好，因为有相当多的假象和错觉，寄附在我们的思想和行为习惯中，而且能欺骗我们自己的，大都来自自己的思想。

　　我们似乎感觉每天都在进步，不断收获了越来越多的赞誉和奖励，自己愈加收不住的强大和坚强。殊不知我们在这种累身和累心汲取力量和快感的同时，也会不知不觉将自己的成受能力推到了临界点，稍不留神就会崩溃，就像一点一点把自己变成一个正在小火不停加热的没有出气阀的高压锅，在成佛之前，这个高压锅完全可能提前爆掉。

　　上天在创造我们人类时，估计程序设计或基因排序多少有些问题，并不完全尽我们的意，自由的比例就那么一点点，更多的是桎梏、相互制衡、纠缠、羁绊。真正能挣脱这些桎梏、获得身心灵大和谐的可能性几乎趋近于零。也就是说，佛成佛了之后，就忘记给我们这些俗人留些余地，所有效法佛祖的芸芸众生，不管怎么忙活，都是成不了佛的，最多只能是在佛魔两界窜来窜去，能知道佛是什么，魔是什么就很不错了。

　　但这样的好处会使人行走起来更容易平衡一点，在世上能走得更远点。我们都会觉得学坏容易学好难，其实事情恰恰相反，佛教经文里的那句"佛界易入，魔界难入"就已经给我们一个终极准确的解释。

出口的形式和出口的内容是多种多样的，会心的微笑或畅怀的大笑就是有效的排放形式。很多人自己都不觉得，他们已不知不觉失去了真笑的能力。任何一点点不值得的烦恼或忧伤，都会将快乐和喜悦排挤出去，并形成了一种可悲的习惯。

大声呼喊也是释放手段，不要以为这不应是该强调的事，不信现在就试试，不见得你能从心底把气拔出来，弄出个呼天喊地的动静来。敢于哭泣，不使劲憋着是极限应急处理的好方法，特别是那些视抹泪为弱者的刚强男儿们，偶尔可以偷偷地搞那么几次，也没啥大不了的。大睡几天，吊儿郎当一阵子，出远门瞎逛几天，说几句脏话，骂两声娘，当一回混蛋，假装流里流气，买几件奇装异服，理个怪异的发型，自己独处时放肆地打嗝放屁并感觉津津有味，顶撞不留严重后果的小领导，超量的各种运动，扔掉本该扔掉而不舍得的衣物和家具，多给行乞者些银两，胆大的动手打几架，摔些瓶瓶罐罐等等，都是可以选择的出气手法。做这些事之前最好要先把那些文明限制处理掉，别文质彬彬太秀气，反正排泄味道好不了，越肮脏越恶心，效果可能就越过瘾越彻底越有效。

上面那些损招看上去有点糙，俺的用意是矫枉必过正，不下了猛药治不好大病。

我们的价值观督促驱赶我们去追求完美，但从本质上来看，完美其实就是丑陋。完美是秩序与和谐短暂的呈现，很多短暂得我们都感觉不到。它也是强制力的结果，自由的人类不应该期望这样的东西。特让人看不起的，是那些貌似伟大的人或事，那是被世界所驯化的玩偶，他们的意识其实和低级生物的区别并不明显。

不必相信所谓的大彻大悟，人就是人，别非要装神弄鬼，那个高度根本不是人能待得住的地界。我们必须要深知人类的局限，接受不可避免瑕疵的事实，要能在耻辱中去感受美感。我们只有真的看清了这个世界，才方可因为它的荒诞而让自己变得幽默和淡定。

该放的屁可憋不得，不管做什么，别把狗屁的所谓使命感当魂供着，一定先把自己搞得舒服了才是。即使我们灰头土脸铩羽而归，甚至输得连裤头都没了，但起码我们事先提前消费过，还总算占了一头。别净整那些没用的，要明白一个最基本的道理，连自己都睡不好，还怎么好意思去睡别人呀。

茶 ・ 意义
Significance

喝茶的意义是什么，总会有些茶痴提出这个问题。这是思维惯性使然，什么事都要讲究个意义出来。

这事没什么错，有这个喜好也没什么不好，指不定哪会就弄出个大道理出来。从另外一个角度来看，大多的意义并不是讲出来的，而是在不经意间参透的。好多事情越想明确就会越混浊，越故意，个人意志就越强烈，本质的东西就会越偏越远。意义本身并不重要，过程的体验是要点，意义该有的自然就有。事事都弄出个理来，会累得慌。

意义是个常用词，从小学作文开始一直到今天的大块头文章，这个词对每个人来说，不知道使用了多少次，似乎到了归纳总结性关键节点时，它必然会隆重登场。类似什么人生意义生活意义什么的，想都没想就落在纸面上，从没怀疑过它有什么不妥。总有一天你会开始怀疑起来，这倒不是专门针对它一个，而是对所有以往的相信，特别是那些已经固化在我的思想体系架构中所谓的真理和正确概念，都准备大清洗一下。

意义本身没有什么毛病，事是出在对它的使用和理解上。意义可以存在，但将它过于强化或过于明确，意义就会限制我们的思路和行为，让直奔某个意义而去的人短视并狭隘着。明确的意义是一个伪意义，因为事先被确定的意义是一种假设、推理和想象，它在逐渐被实现的过程中，必然会被不断地修正、调整，甚至被批判或否定。比如我们常说的生命意义这件事，那我们应该首先要质疑，生命一定要有意义吗？假如它应该有，那它准确的意义是什么，是唯一还是唯二，还是有无数个答案。在没搞清楚之前，你追求什么，实现什么，这显然是混乱的。

意义本身并不能有效地概括什么，它必须在意义之外方能显现，即盲目的希望。意义没有标准，也无需标准。如果有人认为他的儿女是天底下最好的儿女，你去证明这个定义并不正确是没有意义的。他们认为自己的人生很有意义，你没必要一定证明他们是错的。个体的行为都有各自的合理性，只要没有放大到影响他人，不企图达到某种特殊的目的，都是可以接受的，合情合理比意义更有时效性。个人情绪的满足要先于快乐和幸福，意义也应归结到那里面去，不能独立的存在。

意义可以作为人生的调味品，但不能充当指导或引领者。用太多的生命成本去置换某种意义，那是一担不划算的买卖，也是相当危险的。

追求真理和追求意义是两码事，意义是随从者，而真理是往前走的诱惑。说来说去，无论什么事把握住度是很重要的。自然是本相，自然不需质疑，也无需解答，人类需要层层的探索与揭露，才能褪去自我伪装，回归本初的面貌。

生命好在无意义，这样才容得下各自赋予的意义。假如生命是有意义的，并全部包括之前所有内容，那才是尴尬狼狈。

抛弃了意义的局限，我们的心胸和见解会宽阔很多。比如人们经常果断地定义失败是成功的这个那个，其实失败就是失败，只是想做一件事没做成而已。所谓成功与失败都会导致我们在两个极限中晃来晃去，大部分的人都活在内在外在矛盾冲突中，费神费力，耗损能量。矛盾自然产生冲突，对出现的冲突必然要克服。

挫败感是能量，是个人必然遭遇的一部分，也是生活的一部分，只能自己承受，安慰往往只能适得其反。坚强的人，并不是能应对所有一切，而是能忽视所有的伤害。难过和失落使我们学会了放弃或选择，在一场场身不由己中，努力进化成更好的自己。

人生本没有输赢，赢了是生活，输了也是生活。人在这个世界上的一切遭遇，根像在于自身先天带来的惯性模式。当别人爱我们一点，给一些温暖和支持的时候，我们内心就有满足感和幸福感，否则就会失落、沮丧和抑郁。其实抗拒和冲突会滋生出一种能量，智者往往会借由心中的冲突去扩大张力。张力愈大，冲突就会愈强，表达的欲望就越高，这即是所谓的创造力，创造力也是冲突的产物。

要想停止痛苦，就必须拥抱并了解它，和痛苦密切相处。把生活的酸甜苦辣，看成席上的小菜，我们所有错误的来源，是强调找到正确意义而非正确的问题，不断用错误去交换正确，然后用正确去消费错误。连快乐都感受不到，却想追求幸福，次序上严重颠倒。这个世界，因果互承，正反连接，胜负相牵，关键在于我们审视的角度。没有必要非得跟着时间走，要追随着心态和能力，随缘尽力问心无愧，其他的交给上天。

茶 · 母爱
Maternal Love

人们总说大自然是我们的母亲，问题是这个大自然是具象的还是虚拟的。人们更愿意真实感受到母体的存在。比如说把高山看作是母亲的臂膀，把河水当作是母亲的乳汁，把茶视为母亲给予我们清凉的营养品。所有这一切，都是母亲的关怀，照料，是伟大的母爱。

与其它节日不同的是，每逢母亲节，满世界几乎都是一个声音，都是对母爱的赞美，一起高声齐呼母爱的伟大，从早到晚此起彼伏，壮美得很。过了半夜十二点，轰轰烈烈的母亲节就算告一段落了。

这种气氛的炽热程度足以感染所有的人，有四岁的女儿为母亲献上一份精美的节日蛋糕，还有五岁的儿子将自家院子里的月季花折了回来，插满了花瓶，作为母亲节的礼物送给妈妈，搞得他老爸酸不溜丢地嘟囔：这孩子长大后女朋友少不了。而老妈却获得心满意足、前所未有的甜蜜，公开畅言道：儿子弥补了他爸欠缺的浪漫。

在朋友圈里还看见最有意思的一段母女对话是这样的，女儿问：妈妈有一个世界上最棒的女儿是什么样的感觉呀？妈妈回答说：我不知道，这个事得去问你的姥姥。我真的佩服是谁发明创建的这样一个节日，让几乎所有人都沉浸在这美丽的大 party 中，让当妈的辛劳收获了一时的安慰与回报，也给孩子们一个感恩和孝敬的机会，每个人都皆大欢喜，喜气洋洋，全世界一瞬间和谐的不得了。

在此之前，有朋友跟我说能否写一篇母亲节的文章，我觉得很为难，总觉得好像是在给我出一个不容易回答的话题。好多年前曾经给报刊写过一些这类杂文，在电视台也与自己的父母家人上过此类节目。这是个人人都能写，也都有自我见解的话题。从古到今，该说的都说过了，该赞美的可以用"好话说尽"这四个字来概括一点不为过。无论是记忆或纪念自己的老娘，还是颂扬天下所有的母亲，都相当美丽感人。无论怎样去表述，都将会是无限地重复。既然真的要写，我想这也是一篇独立于母亲节之外的一种思考，也只能在过了这个时辰之后，黑灯瞎火忐忑不安地随便撩几笔。

我真的不太确定伟大的定义是什么，因为"伟大的母性"这种说法几乎不容质疑。从逻辑上来讲，所有的女性未来都会做母亲，那么全世界就有人类的一半，即 35 亿的女人都将自动转换为伟大的身份，一个都不能少。用老子的理论，所有的东西都被认定是善的时候，那么就不是善了。同理，所有女性无区别都伟大了，那伟大就是一个问题了，这显然是有疑问的，所以我在想用伟大来形容母性的独特是否合理。

把母爱说的那么伟大，事实是把自己的妈都给架到那等儿女们敬仰。本是自然生物的本性，愣是赋予强大的社会属性，在生活中略显夹生。这有那么些假伟大之名，让孩子往前跑不远，玩不好。

对于一般女性而言，心量没有大到伟大的程度。一生中的每个人的角色，基本都会是本色出演，尤其是作为母亲这个角色更是如此，因为不求回报。当然我很理解正是人们对母亲的热爱到无以复加，可不必讲理由谈逻辑，但我们是否可有另外一种思考来替代。我认为，"伟大"一词对母爱形容过度，有太强的政治和社会话语性。母爱本质上来讲其实是一种生物的本能，是一个物种延续必有的基因，无论是人类还是其他物种，这是不可质疑的神秘，而这种神秘充满着神性，我们能做的只能是在此之下的无限的卑微与敬畏。任何人为的企图和意志，不管是善意还是恶意的，都是对生命的浅薄的理解。

母爱是一种最基本、最洁净、最本源以至决不能被突破底线的物种情绪，她既不需要被放大，也不能被贬低，更不能被利用。母爱是最核心的爱，她有唤醒、记忆、洗涤、善意的衍生等功能。任何一个母体，绝不是因为有了什么伟大使命和责任的召唤而去表达母爱，她一定是自然的、无目的无意识的生理本能。

有些所谓低下的动物甚至家畜，表达的母性不见得比我们人类差多少。以本能回馈本能，是物种生存的王道。即使人类有独特的思想和高级的精神活动能力，如果我们借此有理由以此来覆盖和错位本来的生命原型，那显然是不恰当的，有多余并故意的嫌疑，会严重破坏了生命的本真。

母爱还有一个共同的特点，那就是狭隘，这不是贬义词的狭隘，而是构成母爱的必要条件，也可以看作是无数母亲小狭隘构建成宏大的宽广。每个母亲爱的能力只能给予从自个身上掉下来的那几块肉，她们没有能力以相等量的爱意去给隔壁老王家的孩儿们。作为我们当子女的，同样也不可能像爱自己母亲一样去爱天下所有的母亲，母爱或爱母是一件极其私密的事。所以这种事不应归结到伟大的范畴，这本是一桩不需说明理由、不必做任何解释，可以理直气壮再自然不过的事了，任何过度地渲染和借用都是不必要的，也会引发其它思维的混乱。

比如说，我们是某个党派的儿子，或说祖国是我们的母亲，在现今时代人们大都会认可这种个人和国家的关系，这是出于某种政治信仰和社会关系。如果将历史往前推，推到春秋战国、秦汉、推到唐宋元明清，那些朝代也是中华文明一部分，不管是哪个朝代，都应该是当时生存那块土地上百姓的祖国吧。这里有两个疑问，一是光明的时光远远要少于黑暗，我们是否还要坚信祖国是我们的母亲。二是所有的帝王们都是普天之下，莫非王土。与其说百姓是他们的子民，还不如说是奴隶、贱民更合适。如果这群人民大众愣说成是父母与子女的关系，高喊着祖国是我的母亲，估计会以有反心而丢了脑袋。

事不能扯远了，得往回了说。母爱对儿女来说是一种重要的教育，是一种关键性的生命提醒。我们今天用伟大来感叹和赞美母爱，其实是心疼我们的老娘，为孩子们承受那么多的苦难和操劳，付出唯一性的关怀和惦念。其实妈妈的世界很小，小得只能装满她的孩儿们。而我们的世界似乎很大，大到却常常忽略了她老人家。母亲作为一个女性在社会上并不见得优秀出众，甚至是有缺点、毛病，或平凡得再也不能平凡。但作为母亲的角色和功能，就没有什么区分，大都是呈现百分百的母爱，就像富有的人与贫穷百姓的幸福感不能被比较，各有各的感觉一样。

从生物学角度来讲，母爱或爱母主要还是血缘的牵连。我至今还没听说过有哪个被领养的孩子最后仍不知道自己真实身份的，这叫血缘识别。奶妈再怎么给婴儿喂养，那熊孩子最终还是坚定准确识别哪个是生他们的母亲也是这个道理。

所以说，母爱就是母爱，跟伟大扯不上太多的关系，但你一定要那么认为也是可以的，这种事不是一定要怎么招，没有原则。一代一代人就是这样连接下去的，父母的对我们的爱的方式和程度，会在我们与自己的儿女之间等量的传递下去。我们对父母的忽视和亏欠，自己的儿女们大概也会以相对的等量方式来处置我们，总体能量守恒。

我们也不必把对母亲的孝顺当成干了多大的事，到了一定年龄，只要你长着一颗正常人的心、肝、肺，你想不爱自己的老妈都不行。如果假设有力量威逼你不许爱你的母亲，那可能是世上最恶狠的惩罚了。

有人开玩笑说，母亲节这一天别光在朋友圈没完没了赞美母爱这样那样，因为你老妈不在那里。好像是有很多人，在那一天里真实地感叹感恩母亲的付出，甚至心痛流泪，真情地发自内心一阵伟大的呼喊，内心自我安慰平衡之后，一切依然如旧，该干什么又干什么，每年搞这么一回。

这人呀，非得要到了四五十岁以后，才会有刻骨铭心的转变，才会真的感觉到，不及时行孝真的受不了，难受得很。龙应台有个观点，只能看着孩子的背影，不必追。我赞同她句话，因为孩子们在那个特殊的年龄段里，他们的心和眼睛是朝向未来的，也必须向未来看去才对。这个时候我们不需要他们按我们的标准所谓过早地懂事，该懂事时什么都会懂的，过分在乎这些，容易使他们虚伪和世俗。

他们到了成熟的那一天，自然会回身走近我们，这事不能急。但我们对父母就不能等，必须追，早一天赚一天，这不是简单的尽孝道，这是最基本的关系处理，是你这个人的人性是否正常的一个辨识体。我就不信一个能忽视父母的存在，而忙忙叨叨、假模假样地在拯救世界的人，是能被信任和托付的。

父母在，他们为我们挡住了死亡，让我们还能多多地欢天喜地，不必那么忧郁未来。父母在，便可以让我们多少还有点孩子气，心里是安定的，有根的感觉。父母需要赞美，但更需要陪伴。我现在最期待也认为世上最美好的事是：我已经长大，你们还未老，我有能力报答。

人类做为灵长类物种之首，不同于其他动物的根本之处在于人类拥有其他动植物所不具备的大脑和思想。即使人类的母爱是在物种本能的基础之上，兼具和赋予了极大的思想内涵、社会价值及人类高等精神意义，那母爱所真实感受到的应该是骄傲、满足和欣慰。如果真的让全社会或母亲本人认为自己相当的伟大，把她放置到社会价值天平上称来称去，那就歪曲了母爱本身的特点和意义。母亲一生都在付出，倾其所有，如果说母亲是蜡烛亦可。因为更多的时候，也只有在母亲节这一天，才会感动于母亲的光芒。

男人的生物信息决定了其品如山，乃阳气东升。女人用自己的痛苦分娩为爱情传承 DNA、低若河川属阴。天地合宇宙生。赞母亲，也是对女人付出生命分娩的一种宗教般的教义。

母爱是极为特殊独有的一种定义，无需渲染，也不必夸张，更不用在其前面加这样和那样的定语、形容词。她该是什么就是什么，永远都不能改变，不会变味。剩下的，是我们对她的态度，对神灵的敬畏。

茶 • 身体
Body

　　茶与健康有关，这是不争的事实。它的奇妙是说不清楚的，它的功能也是无法真实地描述，你不确定它在哪里起作用，反正就是个好。它带给身体的是综合性调配和清理，温和圆润，不急不躁，和声细语，把好多事不声不响地就给办利索了。

　　但凡提到健康养生这类话题的人，大都是上了一定年龄的那群半死不活，或上有老下有小，或不老不小，或老得快熟透了，这群对生命开始有明显眷恋感的老少爷们、半老徐娘大姨子姑奶奶们。这种对器官的快速衰弱和飞一样的时间流逝，足以给这些人群带来不可名状的恐惧和无望，会真切感知什么叫无可奈何和手足无措。活到了挣扎这个份上，想想挺让人沮丧和悲痛。

回想孩提那个金色的年纪，虽说经常吃不饱，但起码可以穿得暖。尽管顿顿缺少油水，粗茶淡饭，现在想起来都是极其健康的饮食方式。我们这代人，成长的空间和现在的孩子区别很大，有大把时间玩，上山爬树，下水摸鱼，自己动手制作那个时代特有的玩具，身体协调性在无意识玩耍中被激发的很好。不管累成什么熊样，一觉睡醒，就又成为一条活蹦乱跳精力无限的野狗。这是一种幸运。超大的运动量，给我们的身体打下了一个好底子。

每个活到一定份上的人，都明白了到头来身体是我们穷尽一生所求索的第一要素。非常担忧现在的孩子们在长身体该玩耍的年龄，却整天伏案啃书本。那他们未来拿什么本钱去抗衡和必然要遭遇身体的无情衰败。身体好是一种了不起的才华，我们可以拥有各种本领，但最终和最珍贵最美好的显现是自己的身体。

健康不但是一种最高级的才华，健康也是一种文明。健康是一种自由。一个人如果没有健康的体魄，怎么去撑起伟大的灵魂。当身体稍有不适，精力必然成相对比例的数值下降，注意力创造力七零八落，无法聚焦。别说动脑筋，就连想干点坏事的心思都不知躲到哪里去了。任何自由的实现，都是以自身的健康为基础为底座的，特别是精神和思想的高度和距离，必须是因为健康的助力，才会飞得高远，行得漫长。

有心情时，我们可注视一下大自然的身体形态。天地相隔的那个空间，是个大的自然体态，有风有雨，有云有雷，有明有暗，变化无穷。她是一个柔软合理的生命包容体，我们所有的健康都与她任何的一个存在都紧密相连，层层相扣。每一座山峰都是健康的，无数的江河湖海是健康的，那些树木、那些花草是健康的，那我们怎能忍心让自己拖着病弱的身躯与健康的大自然相处。

健康也是一种信念，是一种意念，是一种习惯，是一种要求，是对生命的尊重与契合。通往健康有无数条途径，其中有一个根本之路，那条路也驻足在每个人的体内，那就是我们要能听懂自己身体的语言和提示、请求。每个人都是独特无二的神秘体，每个人都有适合自己的方法和套路，这得靠自己去感觉去判断去处置。

还有一点应该对每个人都有效，那就是保持气息的顺畅。气顺了，气场就会对了，血脉就流畅很多，身体内的五脏六腑的相互连接和运行就较正常。当然真的让自己的气能充沛起来，不但需要生理上的科学调配，还要有精神的导引和配合。

我们应该记住并相信，人生的归宿就是健康与才干。照顾好自己的身体，也是在关心了他人。尽量别给儿女和亲朋好友添置额外的麻烦，这是一种自觉，也是一种尊严，在这类事上，还真别拿自己不当外人。

茶 · 自由
Freedom

　　喝茶时自由感特强烈，对男人来说更明显。这不像在外边喝酒打牌，多少有点心虚，气不足理不壮，经不起老婆的催促吆喝。但要是在喝茶，那就名正言顺得多，似乎在干正事，玩高雅，早回家晚回家自己说了算。很多时候，会拿喝茶这事编瞎话，潜意识中，这本是属于我的自由。

　　许多时候我们并不是缺少自由，而是忘记了自由是什么。自由这个话题，千百年来人们不厌其烦终身追索和议论的玩意，它既具体又模糊，似远似近，一会儿形而上，一会儿形而下，忽忽悠悠摇摆不定。用好了它是治病的良药，用大发了它是杀人的毒剂。它可以是天使，也可以是魔鬼，相处得好是真自由，反之则是残酷的束缚。

自由其实是一种发现，是一种创造，真的自由始终栖息蜷服在美学那里。靠我们的生理本能感知到的，大多是些小自由。而依赖于自我的发现和创造出来的自由，可称之为是大自由。小有小的滋味，大有大的快感，不必比较，浅薄和深刻也没有好差之分。就像有酒量的就得多喝几口才能过瘾，没酒量的也不会觉得那东西有什么好。

通常意义上讲，自由这个概念大都是与现行社会制度、文化、政治等等捆绑在一起。但智者们是可以在此之外，另辟一方自由的天地和途径，比常人多一些生命的味道。性价比高的自由并不是一个具体的自由现象，而是被无限分割之后的无数小自由链接集合而成的，这些组合可派生出无数的自由，随心所欲，呼风唤雨，自由自在。

绝对的自由存在吗，这好像是没有答案的一个提问，我们能做的只是试图无限的接近它。自由的价值大小和实用性是可根据它自身的变量与成本评估的。比如说，人们都会认为目标清晰的人幸福感会较高，幸福当然是一种自由，成功也是，但幸福需要培养，成功则需要多方面的努力与积累，还要有好的运气。在感受到幸福与成功带来的自由感之前，你必须要忍受这个过程中的种种不适与艰难，甚至要扛得住撑得起意外的致命打击，把那口气一直要憋到最后。但只少数人才能幸运地获得发泄的机会，大多数人还是背过气的。尤其那些为了政治信仰而追求自由的人，风险会更大，大到需要以生命的成本去置换。可见对自由的认知和选择，足以导致我们最终的人生走向，这确实是个大问题。

当我们开始放空自己，从无声、无味、无形之中感受到别样的存在，感受到只属于你自己的精气神时，那是一种自由。当我们能开始欣赏风的音律，雨的节拍，花草的芬芳和清凉时，那是一种自由。当我们能深情的体验每一个季节和节气，敬畏和呵护每一个弱小的生命时，那是一种自由。当我们真的善良了，即使遭遇辜负和不公，仍能不忘初心，热情的拥抱自然，相信心灵美丽世界才会美丽时，那是一种自由。当我们还充满着激情，善于发现奥秘与奇迹，保持学习进步的能力，适应未来的每一个变化时，那是一种自由。当我们自觉地让自己好玩有趣，幽默人生，制造美好的事端，创建新的生命架构时，那是一种自由。当我们坚持艺术化的人生，不但善于审美，也能善意的审丑，将大事、小事、好事、坏事、事事都装到肚子里，都能化合成为生命的美好一部分时，那是一种自由。当我们开始不做作、不故意，不装逼，真实简单自然，不假装高尚，也不卑微屈膝时，那是一种自由。当我们不再执着僵化，不要死要活地去实现或获取什么，能拿得起也能放得下，去舍自如时，那是一种自由。当我们不再炫耀，没有了明显的社会符号，不能具体被定义和分类时，那是一种自由。当我们开始以读书抗拒盲目，以思考抵制愚昧，以行动消除无知时，那是一种自由。当我们敢于独处，享受孤独，一个人就是一个队伍，为自己的心灵招兵买马，独树一帜，做那个只属于自己精神世界的王者时，那是一种自由。当我们能参透生死，并向死而生，看到生命的无限的可能性时，那是一种自由。

任性不是自由，为了自由而玩命地去追求自由也是伪自由。自由本身并不真实，也不是独立的存在之物，它需要撞在某个东西之后，才有所显现，有所表达。当触碰到的那个东西越强大、越辛辣、越敌对、越复杂，自由本体的诉求和主张就会越明确，越生动。自由亦是自然，任何勉强和故意都会使它跑偏或破碎，要拿捏到恰到好处时你才可以享用它。自由吗，说白了就是自由地自由。

茶 · 欺骗
Deceive

饭桌上，容易出现谎言。很多求人之事，最事宜的场所是饭局。求人者小心翼翼，半遮半掩，费力揣摩着对方。被求者顾左右而言它，半真半假，连作弄带调戏。酒喝高了，自然可以拍肩膀了，吹牛撒谎也就不是个事。

但茶席前，人们犯不上搞这些猫三狗四的事，总得给自己留块净土，不能到处堕落。面对那杯茶，真想撒谎尿屁可能会不好意思，张不开这口。

很多时候，在屏幕上明明知道那个演员是谁，有些人还挺熟悉，可我们偏偏能忘记他们本来的身份，跟随角色和剧情一起喜怒哀乐，莫名其妙的紧张。

艺术本身就是一种谎言，这个没错，问题是我们愿意在这些谎言的面前，心甘情愿地接受欺骗和愚弄，好像我们大多都是要通过谎言去理解真理似的。细想一下，这事其实挺大，大到会牵涉到我们生活的方方面面，无处不在。

所谓欺骗的定义是个中性词，可以理解为错知或不真或伪实。欺骗可分为善意的欺骗还是恶意的欺骗，大欺骗还是小欺骗，幽默性的欺骗还是有目的性的欺骗，美丽的欺骗还是丑陋的欺骗。

如果是这样，就会发现欺骗就像是空气，像我们身体里的病菌一样，充斥着我们生存的整个空间。天与地，大自然是真实的，但这种真实只是一个超大的背景，在这背景对应之下，演绎着无数各种各样、形形色色的欺骗。

只要我们与外界建立了一种关系，那么这个关系的本身就是依赖相互欺骗而平衡的，无论父母与孩子之间，夫妻情人之间，朋友之间，敌人之间，同事之间，陌生人之间的等等均是如此。即使我们本人，也会时常地自己欺骗自己，那些所谓的自我安慰、自我解嘲、自我检讨、自我忏悔等，均属于自我欺骗之类。

从社会学来看，谁敢断言历史的记载和评说是完全真实的。就拿昨天发生的事来说，一万个人有一万个人的视角，会产生无数种观点和记忆。某个重大的历史事件，背后也必会隐藏着诸多的阴谋和利益，亦可以生成数不清楚的各种解读。如果再加上我们自我认知和判断局限这个变量，绝对的真理和真实就几乎不在，只能是混沌状态中的一种大概估计，所存留的也就是我们各自的口味和喜好，以及习惯性所生成的个人意志最后做出的选择罢了。

　　怎样与欺骗友好相处，就如同我们一辈子怎样与身体的疾病、衰老、病毒相处是一样一样的。如果对所谓的欺骗采取全面地对抗和绝对的不接受，因此而引发出巨大的愤怒情绪，那只能说我们还没有活得明白，或是太看高了自己。这样的后果是一个愤怒激发另一个愤怒，最后愤怒的数量成指数性地增长，潜移默化地腐蚀，让那个人对外界持绝对的怀疑和不相信成为主体性格，以至于惶惶不可终日，迷失自我，永远找不出生活的出口。

　　世界上没有纯粹的好人或坏人，也不应该存在绝对的欺骗和不欺骗。所谓的好与坏并非与生俱来的标签，而是在一次次的选择中浸染和修正之前的生命底色。能回头是岸的机会并不多，大多是硬着头皮走下去的。如果我们总是确信自己又被欺骗了，本质上讲那个人本身也是一个欺骗者，先欺骗了自己，顺带着再去欺骗他人。

　　在现实生活中我们被赋予了很多权利，但有一个隐性的权利却容易被我们所忽略，那就是不知情权。比如说现在网络经常有一些反映社会不公平非正义而不忍细看的视频，搞得每次心情都会很不好，阴霾的感觉久久挥之不去。对此又无能为力，不能说些什么更不能做些什么。为了让自己保持安宁平和，可以选择不知情权，干脆不看。在生活关系中，特别是关系很近的那种家庭关系，不知情权其实挺重要的。

　　作为妻子，就不必一定要知晓丈夫生活中的每一个细节，不能去偷窥他的手机，跟踪他的每个行为，知道的越多，添堵就会越厉害，两人之间有矛盾，这样做也不会使问题好转。双方应该在黑暗中并肩行走，用心灵去感受对方的位置与距离。

　　父母对孩子更应该如此，该知道的可以知道，不该知道的就别死乞白赖非要弄个一清二楚，需要装傻时就得装傻，该迟钝时让别人看上去就是一个白痴。

欺骗是我们生命中别样的营养，就像药，虽然有毒，但它可以治病。如果不能合理使用它，生命必然会先天不良，严重的可能会成为一个重症的精神病患者。

我们能友好地与欺骗相处，就会将每一个不幸的源头，理解成是一桩意外，而每个幸福的源头，感受到是一种巧合。这也是我们生存的不可或缺的能力。对欺骗有效的加工处理，或可能转化为我们重要的快乐源泉。

在夫妻情人之间的甜言蜜语中，深情盲目的享受快感。在艺术表现中，痴迷地与之交融。在宗教信仰中，能友善地与死亡相处，不必去试图解决恐惧，而是尽量让自己没有恐惧，对死亡有一个健康的态度。对被欺骗采取不对抗不对立的策略，是相当高级别的超然和修养，是非常有趣好玩的生活态度，也是一种相当的自信，同时也昭示着那个人把控和解决问题的能力。

这样的人就会把人生当戏，而不是把戏当作人生，将所有的不真和伪实，都作为自我审美和鉴赏的元素。不同程度上的接纳欺骗，你可以获取人生不同的滋味，自会比他人多了一份自由。

被欺骗也可以给人带来恐惧。淡然地对待欺骗，也是一项精神健康的重要指标。这里所说的健康，即害怕就是害怕，就是需要承认它，同时也要想一想自己能做些什么来消解这种恐惧。

如果我们拥有与命运讲和的能力，那么就顺带再加上一项与欺骗和平相处的技巧，使之成为游戏的伙伴和对手。

茶·衰败
Decline

　　喝茶与喝咖啡是否有时代的差异，这事还真说不好。年轻人进咖啡店的比例确实要大于进茶室。喝咖啡的人喝完就走，也可边走边喝。饮茶的人则不同，慢慢悠悠，恨不得一坐就是一下午。节奏感就是时代感。由此说去，喝茶的人更老成，更深沉，更成熟。但成熟离衰败很近，接下来就是腐烂。所以成熟不见得是什么好事，更不能在青涩的年轻人面前显摆。

　　年少的时候，我们经常会把自己装扮得老成，故做深沉状，整天装逼，对成熟是没完没了的追求和向往。今天看起来，那也可以说成是正常的成长状态。可活到了今天这个份上，突然发现成熟对我来说是一件非常危险的事了，成熟的速度越来越快，简直就是一种腐烂和败坏，就像熟透的果实，再往前一点，就该瓜熟蒂落入土为安了。

引起这种警觉可以在自己的照片上感受到。那个熟悉的人拉个长脸，没了往日的灿烂，即使有的面带微笑，也疑似皮笑肉不笑，看不出是打心底散发出来的那种喜悦。问题是我们并没有感觉到与以往有什么不同，这种堕落是在不知不觉中进行的，非常麻木地消费自己的生命，这着实地惊出我一身冷汗来。

只要有自觉意识，会对过去的点滴所为进行复盘，同时也对相似年龄段熟悉的好友做一个平行比对。确实发现有些人变化了好多，多少年前的笑容和调皮活泼的样子已经很模糊了，被刻薄死板所置换，感觉到从未有过的陌生。这就会导致相互交往的方式得重新适配，也就免不了生成不自然或尴尬的场面。

你可以认为他们一定是经历了什么或正在经历着什么，让他们感受到压力和无法平静，走了原有的模样。但他们可能根本就没发生什么意外，只是不自觉地在慢慢的衰老。这种衰老现象或是由于荷尔蒙、多巴胺等激素的减弱，或是整个生理机能系统正常性的退化，或是精神开始出现萎靡不振、难于兴奋，整体打不起精神来，对年轻的异性也没了感觉，不再好奇不再冲动，似乎看透了一切，心灰意冷，同时也给自己合理的解释，什么要舍得呀，放下呀，一切都是虚无的，五蕴皆空等。不管是出于什么原因，结果的颜色是相当灰暗，以至于把各自的面相和形态搞得惨不忍睹，提早地将期望和想象糟蹋掉了。

当然每个人都有自己的活法，都是以各自独特的生命状态生存着，存在就是合理，这一切都无可厚非，没什么好和坏、对和错之分。

很多人这辈子都是玩耍着过来的，不喜欢太有纪律性过于按部就班地活着，似乎从来没认真地为自己制定过什么伟大的目标而坚韧去追求过，大都是游戏人生，见招拆招随遇而安，在乎的是运动中的一种平衡状态，把自己的人生意义放置于无意义的生态中来表达。

人这一辈子，总得对自己有一个像样的交待，坚决地树立一回远大理想又咋了。虽然我不想做出什么惊天地、泣鬼神的大事，但有模有样的活出一个特别的我还是比较靠谱的。可以从衣食住行，言谈举止都讲究起来，打起精神，玩些小资，弄点绅士风度，假装贵族情怀，艺术化的生活，自觉性地审美，每一点一滴都要成为美好的一部分。身体不能有异味，睡着的时候也要摆个优美的 pose，把牙齿都彻底收拾一遍，坚持运动健身，保持肌肉弹性，实在不行了可考虑做个拉皮或打点胚胎干细胞。坚决不驼背，让背部挺直，走起路来假装蹦蹦跳跳，把头发的每根毛都捋直了，衣着整洁，适度穿戴，不当着别人的面打嗝放屁、挖鼻抠耳挠痒痒，不萎靡邋遢，让自己有趣好玩。不固执、不任性，不过分养生，要拼命折腾，宁可命丧他乡，也绝不要死不活地在家里的床上等着咽气。见到漂亮女孩要提起精神头，即使兴奋不起来也要假装兴奋，至少不让她们看出来。使劲地在成熟和天真之间自由切换，力争到了 90、100 岁也让左邻右舍、亲朋好友嘻骂我是个老不正经。年轻时候就长得一副老相，年老了得找回来，从头到尾活出个无龄感来。

相信精神的力量可以减缓生命衰老的速率，相信不同的生命阶段都有它独特的生命特点和意义，都存在重新设计的必要和无限创造的可能。只要心脏还能跳动，就要求自己生出点激情来，就算过分成熟了，也得是发酵的葡萄，醉了别人，然后让自己舒服死了。

茶 · 信仰
Faith

　　爱茶人是追求精神共同成长为主要目标的。从北大光华走出，进入另一个课堂继续相聚和学习。学习是我们要永远坚持的状态，学习本身是一种进步。我们在这个新的课堂里，没有限制，以另外的一种学习方式，讨论和思考。每个人既是老师，也是学生，这也是我们在一起喝茶的理由。

　　所以爱茶人是以宗教这个大问题开始，持续走到今天，个个收获满满。

　　我们对所有人的关注，对自然的憧憬，这本身都是一种宗教情怀。是对人类文明的一种关注，作为精英或某个行业的引领者，都应该有这种思考。

　　人类的文明有三大要素，第一是哲学，它荟萃了我们人类的思想精神；第二是宗教，温暖着我们的精神情怀；第三是艺术，标志着我们的生活状态和社会环境的审美意识，哲学、宗教和艺术形成了我们的文明状态，对文明的关注是我们在座的每个人必须持有的文化准备。

世界上任何一个地区几乎都有宗教行为，为什么会这样，有各种解释。最重要的是人必然会在某一时刻或某一阶段强烈地感觉到自身的渺小和无能为力，需要寄托于某种精神层面的支撑。不管我们多强大，我们一定会遇到很多自身无法消化的东西。会遇到灾难，灾难是人产生对神性依赖最重要的理由之一。

当你从西伯利亚坐了好几天的火车，看到外面全是一样的冰雪景象，那种像是凝固了的自然天象，必会产生宗教情感和宗教想象，包括到西藏，离天那么近，那么蓝，雪山连绵不断，还有在茫茫的大草原，一望无际的碧绿，或置身于望不见头的大沙漠中，也会产生宗教情感。

在宗教情感方面女人的神性比男人要强，女人经历了孕育、生产、每个月要处理一些事情，以及天性对精神层面的极高敏感度，这些都决定了女性与男性之间的差异感。比如佛教，信徒中女性占大多数，女性在天生的生理结构上有个三角区，为什么女人进入宗教和情感会很彻底，就是这个道理。

宗教组织是最原始、最基础、最典型的权力利益集团。各党派与宗教组织从意识形态上采取的经营方式大致相同。首先通过洗脑，完成精神界面一致性，然后建立严密的组织架构，通过宣誓等形式被告之背叛之后的恶果等等。

洗脑是可以不讲究逻辑关系的，主义思想系统是可以不被推敲的。虽然在特定的某个阶段也会检讨和否定自己先前的有关论点和某些思想体系，可一旦被实业派运用了以后，只需强化推行、高密度灌输既可，强调的是可用性。

宗教之所以成为宗教，能够对信徒构成强大的吸附力，它必须对它的信徒有所承诺，第一，会承诺有极乐世界存在，附带的还告知你，有极其痛苦的地方，比如十八层地狱；第二，会承诺在这里可以得到非常完整的母爱，实现个人的心理企盼，像烧香、祈祷，这是都要满足的。

宗教门类太多，除佛教、基督教、伊斯兰教三大宗教外，世界上还存有无数的宗教团体，印度就有上百个大大小小的宗教组织。

不否认宗教是支撑文明的重要支柱之一，但我们需要自由地发展和生长，任何故意的东西都不真实。就像我喜欢自由发挥，表达本质真性，过多地强调个人意志和知识炫耀都是一种妄想，所说出的语言也是妄语。

宗教有非常主流的意义，比如说道德，任何社会的道德首先指向制度问题，那么制度问题不仅仅是文化问题，它源于制度的安排。当制度不真实、不合理，有流氓行为，可以强奸民意，自然会衍生出其它文化现象。

香港和大陆同种同族，但表现出不同的社会问题，包括道德规范、食品安全、腐败等等问题，这都是不同制度安排所产生的不同结果。

制度出现问题必然要由文化来买单。文化又是宗教核心的元素，文化决定了民族的性格和民族的属性，也决定了民族的命运，到头来还是宗教的问题。

在陷入绝境时，信仰力量的出现是对自我力量的均衡和补充。理解信仰有时像伟哥，当你疲软的时候你可以吃，但不能老吃，那会伤身体。信仰会造成分裂，这里所说的信仰，不单是宗教方面的信仰，有可能是我们生活中的一些观念上的相信。当你十分坚信你所信的时候，你自我本身是对现实的一种逃避，对于内心的逃避和恐惧。若你老这么逃避和恐惧，你会把事做实了，便没有了自我。

当你非常自豪你信仰的东西，其实那个信仰不解决你任何实际的问题，它是属于精神上的。信仰有时可以说也是腐败的，当你信仰某种东西，你会膨胀，你把信仰和你自己捆绑在了一起，这也就是宗教中的排他性，容易滋生内心的自我的情绪，而且膨胀，坚信只有自己正确。

佛法从它诞生时刻起，就一直试图超越意识性的自我领域，阐明生命的根本意义。佛教是以和平方式传播的，不争斗、不强迫、不武断，善于与其他民族的宗教和哲学和平共处，包括与中国的道教、儒教、日本的神道都能协调互生。

而基督教、伊斯兰教等宗教是绝对排他的，像基督教本身分裂出来的兄弟教派之间也会争来斗去，甚至不惜暴力来强制推广本宗教的势力范围。即使是所谓的西方理性文化，也经常进行着血迹斑斑的教派纷争，像犹太教徒只认《旧约》不认《新约》。

所以就和平完成社会的大变革的可能性而言，一个基督教徒或一个脱离了基督教的人，比一个佛教徒也许会更具有怀疑心理。佛教追求是同宇宙万物合为一体的终极存在的佛境，与其他宗教相比较，更具柔软和包容性，有机地融和了中国的文化元素，总体上充分体现了中华民族母体文化的特征。

其实各大宗教或者教派的典籍都存在不同程度被后世修改的问题，当然也会被误改甚至篡改的问题。以原始的佛教典籍里的表述，佛教并没有定义为宗教，佛教的意思是佛教化人，而佛就是觉悟了的人。佛教超凡的哲学精神和极强的实用性让早期统治者们将它宗教化，用于治理社会的理论基础，就像现代人将一个德国人的文献拿过来作为自己的行动纲领一样。

统治者所理解的佛教，认为佛教具有驯化他人的功能，教化人们往心内走，而不是向外释放不安定的情绪。比如佛陀核心的观点是强调每个生命最爱的都是他们自己，如果你好好爱自己，了解其他生命也一样最爱他自己，而你爱自己最好的方式就是不要剥削你自己。如果你培养自己的贪婪，憎恨与欺骗，受到剥削最多的也会是自己本身。

还有人有梦想是因为在我们的内心深处，深藏着远远超越我们在清醒时所能意识到的许多事实真相。如果想到大自然总有一种自在规则呈现着，并不关心人的意志，那么我们就要保持一种敬畏。我们不要总被过去做过什么所限制，更多要去想现在和未来能做什么，这样我们对生活才能充满积极的心态。

佛教所期望的最终效果，是让人平和静下来，不执着，不妄言也不妄想，五大皆空，无眼耳鼻舌身意，无色声香味触法，无眼界乃至无意识界，直至涅槃。这正好是每个人的个体和统治集团共同期望的同一个境地，所以佛教的生存环境和土壤十分良好。

信仰和善化是两个不同的概念，那么宗教就不应拥有对善的定义权。从我们的观察分析中，发现不同宗教信仰的人，会容易诅咒他人为魔鬼，成为自我催眠为善的独占者，以自己某种宗教标识辨别丑与善，从而也必然放纵自己内心的恶。宗教的致命伤是被伪善绑架，而伪善是双重之恶，是一个比恶还恶的人为自制品。善这种东西必须是从心里长出来的，才能算上是真的。

作为一个国家，形成团结的力量主要产生于两个方面，一是宗教的神，另一个是外在的敌人。

当我们面对宗教的时候，每个人都会有自己的价值观、追求和自我思辨的能力，可以选择。我们不急于说这是好还是坏，也不急于说这是对还是错，不要用固化的语言来描述所面对的社会现象。

对宗教要历史的全面地看，宗教亦是一个政治性的组织，宗教最早跟政治是有关联的，罗马时期皇权和教皇的争斗死了很多人，还有《新约》与《旧约》之间不可调和性，所以在宗教面前不能说哪个是绝对对的。

宗教分两类，一类是价值宗教，西方宗教是属于价值宗教，会给你些是非标准，怎么做，有明确的规定，在故事和说教中，鼓励你选择价值更高的。另一类是本质宗教，比如佛教，本质上讲内心的修为和圆满，佛教的核心是缘起性空，因果报业，慈悲感恩。缘起和信空，是对立的，缘起是入世，信空是出世。佛教很少有明确结论性的东西，它本身在二元对立中行其道，色就是空，空就是色。

《心经》原是为了高级的修行人选取的教材，260字，现在有普及性。儒释道，儒是入世，道是出世，佛是出世的思想干入世的事。儒家治世，佛家治心，道家治身。

中国的儒释道也可以定义为宗教，用这种宗教智慧来滋养身心。中国的这种宗教应该是教育大众的精神文化，温和而包容，非排他性。

在现实社会中，一个人可以不归属于某一宗教，但不证明没有宗教精神和情怀。强调全社会要有宗教精神的觉醒，这里应是从长远的价值来处理当下的利益关系。这既关乎到个人的人格完善，同时也减少社会进步的成本。特别是在物欲横流、道德沦陷的今天，宗教精神可以为我们找到一个心灵解脱不可或缺的出口。

任何民族都要尊重自己的信仰、历史与文化，像在春节、清明、端午与中秋等重要的中国特色文化实践中，去体现道德自觉与庄严的追求，这也是宗教信仰精神的外化。

宗教是建立在人类对生命有限的反省上的。在中国的宗教系统里，道家说的是"走火"，佛家讲的是"入魔"。至情至性者多为魔，魔过于随性。神是无欲无求，并拥有强大的自我约束力量，这亦是神魔相对之处。俗人是介于这两者之间，有情有爱，既不像神那样清静洁白，也不像魔那般狂野浓烈。但至情至性过了头，就会任性地按自己的心意做事，不顾忌他人的感受，随意穿越界限，这是人身上典型的"魔"心显现。

极端的宗教主义者认定"离佛一尺即是魔"这个武断的判别，看似他们在维护佛的纯洁性、至高无上感，效果却是孤立、限制了佛的广泛意义，让佛失去了话语空间和行为自由，只能是对一尺之外的所有物象的呵斥和打斗。相反如果我们从"离魔一尺即是佛"这个方向看过去，佛的世界会变得广阔，适用性也就宽泛得多了。我相信凡是一成不变的伦理都是危险的，有定法也就称不上智慧。

宗教是社会存在的一个非常重要的混合体。我们在认知佛教的时候，起码有三个区分，要分清佛学、佛法和佛教是不同的。任何一个宗教都有两个层次，一个是低层次，其作用是对基本信徒进行精神上的教化，不需要对佛教认知太深。还有一个是高层次的，是让有哲学思考的那些人用来研究用的。

对于研究佛学的人，完全可以不必践行佛法，也可以不必是佛教徒。底下的人烧香拜佛，可以不懂佛法，可以不读经，上层的人可以做自己的思考，不必像下面人行那种大礼。下面的人，可以做满足内心的境界程式的东西，不必知道很多理论上的原理的东西。这就是看我们每个人的需求，但这种需求，最终会归类到信仰的问题。

我们本身产生的任何信仰，都有可能被教条所捆绑。克里斯·那穆提说过，信仰是危险的。这句话的基本意思是告诫人们过度的信仰就是迷信，当然在这句话的背后还会有其它更深刻的解释。

信仰和宗教的关联度太大了，所以在我们准备进入某个宗教大门时，应该首先想一想这个问题。信仰本身是一种精神上的境界，但它不应该成为我们生命生长过程中主要的支柱，或者夸大信仰的社会性。信仰必然是盲目的，需要界定的前提是世界上没有一成不变的东西，既然世上没有绝对真理，那么我们是否要绝对相信呢。

真正的历史进步大都是由反动的力量来推动的，无论我们对自我怎么满足，或者对现今的无限的热爱，我们所有的反叛其实都是为了明天、为未来的进步，这是一个方法论的东西。

我们在思考现今的任何东西，希望在我们这个层面上，有知识分子的独立思考和判断，无论你信奉也好、热爱也好，当你对这些有更深刻的自己的推理和判断，无论是对还是不对，都会有更深的体验，结果会大不一样，是有趣的。

信仰和宗教是有区别的，信仰是可以拆开来的，可以信，但不必仰。对宗教的态度和接触点可以有三个角度，要判断自己愿意站在哪个角度或有能力站在哪个角度上。第一个角度，平视，同等的角度，比如佛教；第二个是仰视角度，祭拜，比如佛法；第三个角度是俯视角度，剖析宗教，把宗教当作学术和架构来分析，比如佛学。这中间没有什么尊重或不尊重，你不是为了赞同而赞同，也不是为了反对而反对，只不过是你想这么做。这个俯视角度我们每个人都会有，通常都会应用于对自我信仰之外的其它宗教派别上。

印度人 82% 信印度教，只有 0.8% 的人信佛教。他们认为释迦摩尼是个哲学家，思想家，就像我们今天对孔子的文化定位。

无论哪个宗教，我们可以信，也可以不信。不信可以是学术那个层面的，把它作为知识，而作为知识的尊重，必然要带批判性的，否则没有意义。信仰这个东西是外在的，只要世界上没有绝对的真理，那么信仰必然是阶段性的。我们在某个时段内需要信仰来洗脑，用信仰来补充自我精神无力。信仰是工具，也是药剂，会给我们带来支持和力量。在某些困境的时候，我们需要产生信仰的东西，让我们的生命力更坚强，专注度更加集中，信心更加饱满。尼采曾经说过，杀不死你的东西必然会给你重生的力量，这也是一种相信。

我们谈宗教，关键是能选取适合自己的宗教和宗教态度。适合自己的宗教，不仅是对教派的选择，更重要的是对宗教的交往态度，这个行为首先应该明确。

佛教是有神论还是无神论？这个是重要的一个观点，尤其是在鸦片战争以后，持续了相当长时间的争执。西方价值宗教认为，是神造的人，而佛教认为是天造就了我们，而我们经过修行变成了神性的东西。有神性东西和有神论是两个不同的概念。

当你在处理你所面临的宗教的时候，更重要的是一定要变成你生活的本体，这是个非常重要的命题。

我们可以把自己当作佛，把自己的孩子当作神灵和天使，我们的母亲也是佛，父亲也是佛，包括我看到的一朵花，喜欢的物，它都是有佛性的显现，是自我们心中的拓展和认知。

如果只认为庙里塑着的是佛那就太狭隘了，我们确实需要宽阔的狭隘，当我们把这些真正的运用到我们的生活实践中去的话，那样宗教才能产生意义。有些人信佛信到很深程度，走火入魔，相信那些不可能的荒唐传说，自主的基本判断完全被遮障，这显然也不是我们应该选择的方式。

我们应该通过宗教这个话题，建立一个更大的宇宙观，在我们这个知识层面的人，在宗教面前，建立适合自己的宗教。宗教它是一种价值观和方法论，是一个示意。

为什么要有大的宇宙观，比如说，感觉时间过得飞快，还有人说时间是弯曲的等等。如果你认为时间可以非常大，大到我们无法感觉到它在移动，在这个基础上，我们所认识的时间只不过是在时间墙上所刻的一个痕迹。这个痕迹我们可以回忆，可以找回的，在于我们在一个多大的坐标内去审视我们的人生。如果我们在一个很小的坐标内，假如坐标就定为 100 年，设定自己可以活到 100 岁，那么对时间的感觉将会很快。假如以宗教情怀把时间放大到无限大，那么 100 年就是一个点。你说时间在动吗？当我们可以找回过去的那个刻度话，那我们面对爱恨情仇，面对生死就不一样了，会原谅我们的敌人，内心就不会充满太多的愤怒。

在我们坐标足够大的时候，如果你建立了自己的宗教，则佛教中讲的轮回、因果，你就可以假设它的存在，它能给你带来指导生命正向成长的能量。如果真的相信有轮回的话，在现生现世，你会有约束。如果相信因果的话，你会敬畏，这个作用就足够了。

而且在无限的大宇宙中，你怎样定位你是谁、从哪里来、将来往哪里去，你实际是无法定位的。但你可以把你的一些东西寄托在某个宗教信仰上，这样会放大你的生命。假如你想象或相信还能再活一次，你还能再转世，无论是猫狗，那么你对未来的想象会非常无限的，美好的东西会放大你生命的宽度和长度，这是一种自我推断。

讲到空，不执着，舍得，这些话题需要仔细琢磨。舍如果只是单纯的讲宗教的舍，如果没有翻译成自我宗教的语言，意义非常小，跟生活有关联的解释才有意义。舍是分离，分离是我们经常遇见的并痛苦着，分离可能是朋友之间的，亲人之间，情侣之间的，可能是走了，可能是翻脸了，可能是喜欢的东西丢失了。分离是原来一种愿望和美好的寄托的一种投射，当分离时，马上要有一个自我的提醒，分离在那一刻起会产生深深的忧郁，会带给你重新的思考和生命的一种新的选择。

有个人说自己当下特别迷茫，迷茫是什么？它是一种深刻的独立思考，是一种别样的学习方式，甚至可以说是一种隐性的进步。要学会把这些翻译成自我宗教的语言，每个人有适合自己的宗教语言、宗教的逻辑思维和逻辑关系。

科学的目的是认识世界，艺术的目的是传达情感。但是，如果你相信"真即美,美即真"，那么科学与艺术是殊途同归，即皆是求真。

在宗教这件事上，我们都不可能得出确定的观点。宗教既然不能被证实，也不能被证伪，那么我们就不可能从中寻找出一个确切的答案出来，每个人的不同心境不一样的价值观和各自的心理对应也就各有不同。

感觉是很私密的东西，我不是你，你也不是我，这取决于自我的选择。

能被麻木能被止痛，能对心灵中模糊的东西给予寄托和稳定情绪，这是宗教的功能。这不像面对科学的方法时，你自然会生成基于自我认知程度之下的怀疑和否定。但在你相信并崇拜神时，你会不自觉地关闭这种能力。愿意相信，主动服从，自然而顺畅地越过诸多的羁绊和执着，从而实现了心灵慰籍。

看到现在的一些大和尚的不专业的行为，可能会对宗教产生怀疑，就像对社会的其他现象一样。

佛教可以立地成佛。释迦摩尼是太子，皇室出生的人，如果这些人不要用转世来解释，那么这些人是不需要同情心的。作为一个太子，没有必要理会亲戚朋友关系的。一个人没恶过，他怎能容天下难容之事，怎么能体会到放下屠刀立地成佛这个道理。太子在苦难中悟到的，并不影响佛本身的影响和功能。

西双版纳的傣族信奉的就很奇葩。信奉的南传佛教是外来的，但是它的本土宗教一样放在庙堂中。像谷魂，它是农耕文化，有灵必有水，有水才有田，有田才有人。也有茶魂，也要拜。泼水节就是宜佛节，把本土宗教和外来宗教很好的融合，宗教被接受。很多事情都不可测，生命这么渺小，生存要依赖大地，依赖不可测的风灵。可以让一切都是有神灵的，要克制自己，要感恩要敬畏。

宗教和信仰，有一种它是发自每个人的内心生出来的，还有一种是有意识的把这个东西系统化了，变成在组织中有能量体能的物质，是资源的一种。

宗教没有在别的国家发展成像在中国这样，佛教本身的教义非常适合中国的文化。宗教之所以能流行，它必须要被当代的政治力量所承认，我们以前没有把佛教在正式场合提出来，现在提出来发展佛教，对社会稳定有非常大的辅助力量。

中国其实不存在宗教历史，有的只是历史的宗教。虽然在中国也有诸多的宗教派别，但要成为宗教社会，那个宗教必须在社会中呈主流状态。比如基督教在美国，总统宣誓的时候手要按着圣经。我们的宗教永远都在政治、文化、经济的背后，饭后茶余或百姓解脱的一种精神消遣。

基督教教堂在城市里，在社区里，它是平进平出的，我们的庙堂修在高高的山上，在山野里，是高开高走。说是脱离红尘，实际上也是政治上的物理安排，总不能跑到中央政府边上盖个大殿吧。基督教堂永远都是创新的，极少看到相同的教堂，每个教堂它都变成一个新的建筑的表现。他们认为，建筑是上帝的一种语言。我们的佛殿，几乎是不变的，一直坚守着原来的模样。基督教音乐有些是生活化的，比如《平安夜》等，佛教音乐是独树的，里面还会带着咒语，是一种单独的自我特用的文化行为。西方的牧师传教士，几乎都有心理医生的功能，普遍的文化水准比我们的大和尚要高很多。基督教说人人都是有罪的，只是罪的大小不同，基督教的社会中会有很多的原谅，大家可能看到了那个在法庭上受害者的家长原谅了那个害他孩子的人，这跟它的教义有关。

在西方我犯罪了，跟牧师忏悔一下，把我的罪过交给上帝了，轻松了。佛教讲四大皆空，随遇而安，可以互相的借鉴。在生活中不同的情况，因人而异。

我们稍好点的是藏传佛教上师，他是经过二十年左右的教养，天天不干别的，就研究经文、绘画、建筑、音乐，所以好的藏传佛教的喇嘛确实有相当的水准。

宗教本身在出发点上各有不同。基督教是价值宗教，你只要信了就要背负原罪，谁的原罪，亚当夏娃的原罪。你只要信，人生下来就是有罪的，过程中需要忏悔，需要恕罪。但社会的配置是相反的，在法律层面上是无罪推论。我们是反的，人之初性本善，出了事犯了罪是不小心，是偶然的。但我们的法律是有罪推论，这些都是由宗教的基础来设定基本制度。

对信仰宗教方面，个人态度，不希望在这里面陷入太深的观点之中，因为到我们这个年龄，没有这个能力去真正地认识到或触摸到宗教的核心之处。好多东西是可以最为理想存在的，而理想并不是用来实现的，她的主要意义是让我们在追求的过程中使生活变得更有意义，更快乐。

在宗教面前我们不需要目标远大。有一个纪录片，讲一个美国人在越战被抓住后，被打的奄奄一息了，几乎丧失了存活的希望时，有个女孩过来一直握着他的手。他后来还是活过来了。回国后他一直都做善事，他临死之前嘱咐她的女儿一定去找到这个人表示谢意。他的女儿去越南找到了当年的那个女孩，已是一个老人，当那个女儿问她当时跟她的爸爸说了什么，让他有了活下来的希望时，她说我什么也没说，我只是同情，我只是想握着他的手，给他一点力量和希望。这个片子最后给出的标题是，"慈悲并不是遥远的救世主，有的时候就是真实的同情"。这就是我们用得上的最基本的宗教情怀。

在宗教面前，把自己照顾好，把别人照顾好，给别人更多温暖。

通常来讲宇宙观也是世界观，是人们对世界或宇宙的基本看法和观点。世界观具有实践性，人的世界观是不断更新的。宇宙观应用到科技领域会有一种方法，应用到生活或宗教层面上又是一种方法。

我们应该相信灵魂是高贵的，我们经常会说灵魂是什么？灵魂是高于精神层面的最高境界，不自觉的被推动的一种牵引。你经常会被一种东西召唤，你才能承认这种力。比如从爱因斯坦，到牛顿，到老子，到现在的比尔·盖茨，到巴菲特等等。有人问比尔·盖茨，你读哈佛大学怎么半路就不上了，去做软件那些了，他说我不知道为什么，就感觉有种力量牵引我必须要干那事，我就是控制不住。这是在大宇宙观架构下，对另一种神秘力量的认可。巴菲特更神，在六岁的时候就跟家人说，将来我会有无数的钱，钱多得不得了。在十岁之前大病了一场，病了住院。他给护士大夫写数字，是他将来能挣的钱的数。等到十岁，第一次见股票曲线的时候马上就入迷了。莫扎特四岁能写交响曲。

这些东西，我们无所谓证明什么，但要有一种基本的宇宙观的认可。这种宇宙观对于接受外来神秘信号时，会有一些精神上的准备。在大的宇宙观下要解决的是生与死，尤其是对死亡的看法。我们人类所有的潜力都来自生死爱恨，如果放在更大的宇宙观下，很远地去看，就没那么重要，甚至有时候都可忽略忘掉它。如果是一种狭隘的世界观，整天再看待这些，态度是完全不同的。

每个人的特点不一样，我们在生活工作中会错过一次次机会。但反过来想，那个不是偶然的。有一个真实的事例，一个人的妈妈是个疯子，在东北，经常往外面跑，那个人每天来回的找。通过找他妈，对自然界本身就有了他自己的感悟，他的状态也不是我们正常人的状态，他就在精神病和不是精神病的边界状态。这种人，从医学的界定是有精神病的，但是这些人都通灵，他感悟的东西就是不一样。

我们的每个孩子都有根天线，现实使我们钝化了，我们不确定是否能够将我们潜能的部分挖掘出来。所有外来的东西，只有缘起，然后是性空，当你相信缘的时候，内心的温暖和人文关怀就会不一样，会非常珍惜为什么我们今天一些人会坐在一起，用佛教语言来讲，叫感恩。

宗教是世界观和方法论，那它的功能可以用来约束自我和他人，保持人类社会的有序，或是要解决我们跟自己、跟社会和自然之间相通和相融过程中的问题。通了就不痛了，痛则不通。如果我们有了使自己与宇宙相通的世界观和方法论，那就可以是适合自己的宗教了。

在生活中也看到了一些极端的，信仰到一定的极端，甚至某些精神领袖的人，看到他真实的一面时并非那样。在个人生活中，很多人精神空虚得厉害，很成功的人士精神抑郁，缺乏交流。

我们一切的困惑其实就来自于存在感，我们所有的烦恼所有的不明白都跟我们的存在有关，人这一辈子就在不停的因为存在感，调整人跟身边的人和事的关系，就在干这件事，其实这是很逆天的。上帝创世纪的时候，创造了亚当和夏娃，那时应该没有什么太多的困惑。爱情也是最逆天的，上帝不让吃禁果你非得吃，最后，人间带来的爱恨情仇都是因为反叛，逆天而来的。

人意识到自己的存在后，没法弄了，怎么都解不开自己，境由心造还是心改变了境，先自在就自由不了，但是如果真的把自己放空了，忘记或瞬间没有这个自在了，一定会有自由。当人的功能真的变得简单和专一的时候，其实也是先不自在，然后变自由。

哲学和宗教是两条路上跑的车，释迦摩尼实际上把对哲学和心理学研究的成果放到了佛教中，所以，佛教比基督教和古兰经都更有哲学思想。我们现在是末法时代，对宗教有一种莫名的喜欢和崇拜，追逐和向往，被洪流卷进去了。你不知道你为什么信，原始宗教告诉你行为规范，告诉你这么做不会受伤害，是现世报，但现世报很容易被突破。你说山神，在哪？做了坏事不对应。真正的宗教，我们理解它就是个绩效考核体系，什么时候到年底，那就是一辈子到死的时候，将来是好还是很坏有个理论。你现在做什么，到你死的那天要有个清算。中国人实际上不相信有清算这个事，我们是唯物主义的根基，我们一死就没有了。如果相信一世说，人死如灯灭，道德没底线，追求享乐，如果是一世说就不用信教。

基督和伊斯兰教，等待上帝的儿子或使者来审判，或者上天堂或者下地狱。佛教有轮回，三世佛，评价完后再倒回来，不在另外世界惩罚你，是回来惩罚你，当小狗当虫子。如果你不信这些，不相信被考核，那就没有用了。去庙里跪拜，那只是宗教形式而不是宗教行为，在求得自己的心理平衡。佛教进中国已是末法时代，一开始是生死学说，到净土教，包括禅宗，到六祖时候完全进入末法时代。没有了信仰，全变成交易了。到现在就变成众筹了，人人都参与，人人都捞好处。

信仰宗教这事不宜说得太清晰，也清晰不了，是很私人的事。权当饭后茶余唠点家常，过后就可以把它忘掉了。

茶 · 平庸
Mediocre

　　喝茶算不算高雅之举，算也可以，不算也行。那些把茶喝得有滋有味的家伙们，必是对生活有感悟，有审美情趣的好事者。他们善于将微小的事件放大，品味出其中细小的美好。然后再加上渲染，解读，涂抹上各样的色彩，把原本很普通的一件事弄得有声有色，愣是整成一件艺术作品来。

　　但凡可以把自己的团状活成是一座花园的人，都是大能耐。其缘由不单是心大，还在于他们乐观的人生态度，拒绝平庸。

　　经常说人要拒绝平庸，其实也就是说说而已，真要事事都不平庸，家里家外都高尚优雅，谁都受不了，自己累别人看着也累。所以说平庸无法全面拒绝，只能是有选择的。

在情绪和精神都较清凉的时候，在对他人产生影响的社会场所，在涉及原则底线的坚持，在利益取舍或声誉好坏的选择等，你平庸了还是不平庸，结果差别还是很大的。虽然它与温饱无关，但对待平庸的态度，是那个人整体审美的的态度，实实在在关乎到一个人的生命品质，还真不能把它不当回事。每个人起码要思考和关注这个问题，能做成什么样子，根据自己的标准不同和用心程度而有所区分。

不平庸是时光的化妆品。岁月是把杀猪刀，这事地球上的人都知道。一旦上了年纪，人稍不注意就会把自己整得灰头土脸，男的水裆尿裤，女的披头散发。本可以好好捯饬捯饬，可就是没了那份心情，没了那份雅致，打不起精神来，细想这都是平庸所致。

但凡你不寻常一点，哪怕闲着有事没事时得瑟一下，也会让自己挺胸提臀，步伐轻盈，说话办事不拖泥带水，不磨磨叽叽。亲切微笑，精致生活，让自己有意思有趣有活力有念想。

给自己多一些想法很必要，别管是什么样的想法，尽量与众不同，跑偏了也无所谓，顺便在不熟悉的路径和陌生的环境中寻觅新感觉。

通常人们是不愿意承认自己是庸俗的，不会清晰区分与他人的精神差别。只认可外在的一般性事实，比如他比我钱多，他比我官大，他比我会写字画画写文章。铁定认为自己是可以的，有东西有内容，只是深藏不露没有机会表现而已。

庸俗并不是以文化和我们所认为的社会能力划分的，而是来自于感觉不到的卑贱。这句话听上去有点难听，但真相就是如此。庸俗谋划了我们的卑贱，卑贱让我们变得琐碎，琐碎把我们分裂成无限个渺小，渺小让我们自然选择了狭隘。人一旦真的狭隘了，除了我就是我，大事小事都处理不得当，生命充满着冲突和对立，终日不得消停，危机重重，浑身上下都是哀怨和不满。

这样的人所牵涉的对象是所有的关系，并且关系越近，摩擦得就越加激烈越痛苦。心里永远不间隙地盘算着不着边际的虚无成功和所谓完美的欲望，后悔昨日，担心明天。在意家人和社会怎么评价自己，试图想赢取尊敬和认可，讨好他人能接受承认自己的价值。结果必然是思烦情燥，心灰意冷，庸俗叠加着庸俗，平庸鼓励着平庸，深刻地庸俗到底，直到把自己搞得实在不像个样子，死都闭不上眼睛。

人庸俗了，一定是受了伤的人，是不自由的人，是被恐惧和困难包裹的人，是悲伤不快乐的人，是绕着自己的利益和成败打转的人。真要是滑入了这个斜坡，那惯性就大得很，问题制造问题，痛苦放大痛苦，卑鄙追赶卑鄙。

心一旦庸俗了，想让它自我叛变挺难。庸俗首先从顺从开始，顺从政治，顺从社会思潮，顺从一切人情世故，顺从大众流行。什么事都能忍都能将就，留下的只是对自己莫名其妙的不满。长此已久，颓废的不只是精神，衰老的不只是容颜，败坏的不仅仅是身体，生命存在的意义和价值都已不在，活的没滋没味。

为什么说有些人虽然死了，但他还活着。有些人虽然活着，但他已早早死去，就是这个道理。

这些话虽然狠了点，其目的就是想达到唤醒或棒喝的目的。让自己高尚确实是难为了自己，但至少别弄得太平庸了，这个标准并不高。无论你是处于生命的哪个阶段，打起精神来，舒畅地玩一把，潇洒地走一回，这事值。

茶・懂事理
Sensible

懂事理的人，也是懂规矩的人。这些人喝起茶来，也是规规矩矩，端庄正派。会照顾周边所有人的情绪和感受，不让任何人感觉被冷漠，被忽视，人人皆大欢喜。

对一个人较为完整的评价，就是说他懂得事理。真懂了，事情也就会做对，关键在于真懂。可见一个人懂不懂得道理，是件挺大的事。

道理，即可道之理也，因果逻辑也。大道无形生育万物，大道无情运行万物，大道无名养育万物。道之理者唯自然也。自然之理者，顺道者昌盛，逆道者衰亡，天道无亲，常与善人。

可见懂得了道理，也是把握了万事万物的运行规律和准则。有些道理是听得到的，学来的。还有一些则是要靠自己感悟。大多生物都会有这种本能，无需教化。

道理就是道理，不能添枝加叶偷梁换柱，也不能把它当作一件利器，用来攻击别人。道理有大有小，很多时候人们都需要在大道理和小道理面前做一种选择，免得避重就轻，得不偿失。

比如说你必须要在某个时间赶到某个地点，或是有个朋友需要你去救助，或赶着去高考，或是老大等着招见你。那么准点就是大道理，路上的一切磕磕绊绊都是小道理可以忽略不计较。在一些特别复杂的情况下，对道理的认知和使用也就难了许多。道理需要智慧来参与，单靠聪明是会把事情越搞越乱。

凡事都要讲出个理来，那叫无理取闹，或有理取闹，得理不饶人。这是对道理的误判，也是对道理的不当使用。

懂道理和讲道理不是一回事。懂道理的时候要留意，讲道理的时候更要小心。懂了，那是在自我认知系统中的运算结果，对和错还真不好说，这取决于自我检测和甄别的能力。给人讲道理时涉猎的函数会更多，既要顾及他人的现实状态，还要用区别于自我的价值观来做参考。

自己的世界、他人的世界或双方共同的世界，完全都不是一回事。道理与道理之间可以是一致的，也可以是相悖的。同样一个道理，不同人的使用效果也完全不同。

可见道理这种事，很不稳定，也很没有立场。好多场合，它只是个配搭，有点像小鸡炖蘑菇还是小鸡炖萝卜，味道大不相同。

有些道理需要时间来养，当时是不理解的，时间久了，才能慢慢品味出它的道理来。还有些理是不能讲的，比如遇到土匪或恐怖分子，比如夫妻之间的一般意义上的常理，都说不得。一说就乱，一说更没完没了，憋住，化悲痛为沉默，这是唯一的大道理。

对政治来说，理这个事完全可以不存在，合法不合理使得，这就是政治的独特待遇。

道理不在于大小，而在于深浅。大道理不能往小了用，小道理也没必要往大了说。大的当小的用，既可惜也不合适，甚至起反作用。就像我们给孩子讲道理时，涉及到看破红尘，放下舍得，与世无争等，这些论调显然会误导他们。因为在那个年龄，就得要据理力争，激情加盲目，懵懵懂懂地闯世界，在痛苦和错误的磨砺之后，逐渐成长壮大。小的往大了说，必然会歪曲和混淆事件的本相，制造事端，用平常话讲那是在挑事。

无论大小，关键在于使用。就像性格无所谓好坏，直也好曲也罢，标准在于你是动了好心眼儿还是动了坏心眼儿，你的企图心的善恶程度决定了事件最终走向。

身边如果有人有事没事了总是强调自己是在讲什么道理，那必定是一个无情无意无理之人。一切都是为了你好，这是最没有道理的话，是变相胁迫。

其实我们每个人都有愿意给别人讲道理的这种性格倾向。会讲的人让人感觉舒服，听的人有收获有启示，有愿意被指引的随从感。不会讲的或者不适合讲的那些人，你会发现讲着讲着，就变成了是个人意志的宣泄，只是刷一下自我存在感而已，或者是一种自大。

道理和观念虽然很像，但却是两码事。道理是地里长出来的，实实在在，而观念是空中漂浮物，是经过个体的加工处理之后的精神产品。谈道理的时候一般情况下错不到哪去，而观念这个东西就有点不靠谱，好多是未经实证的空想，有洗他人大脑的嫌疑。

茶 · 陪伴
Accompany

　　人以群分，经常会有那么性格相似的一伙人，聚在一起喝茶。赶上都是那种不正经、不严肃、吊儿郎当、嬉皮笑脸、玩世不恭类型的一拨人凑到一块，那更是热闹。

　　问题是这些家伙不管是男孩还是女孩都很出息，他们会很得意地抿着茶，你一言我一语，给自我存在找理由：只要是老爸不着调的，孩子都会早熟懂事，自觉性比较强。

　　这种说法不无道理，估计孩子们早就知道，摊上这当爹的，未来的事算是指不上了，靠山靠水都不管用，只能靠自己，玩到哪算哪。

　　这是他们的共识，有这个话题垫底，然后再展开去，当然这茶会越喝越爽。

话可以这么说，但绝对不是普遍有效的道理，需要很多条件的适配，才有可能把事给碰对了。

这类当爸的，跟儿女间几乎很少严肃认真地谈过话。大都是开着玩笑，真真假假，一会儿正经一会儿不正经，把想要传输的信息不具象不经意，松松散散藏在笑声中送达过去。很少用加重的语气来强调某些关键理念，对孩子不灌输不强迫，能在他们脑子里留下了什么，剩下了多少，那得靠自己的悟性和认知能力。有些事没到那份上，说破了天都没用。时间久了，有时孩子们还没等老爸开耍，看那鬼头鬼脸的样子，就先笑了。

不正经说事，在这样的状态下，沟通相对顺畅，所谓的教育才有可能更好地发生。但凡孩子们预知到家长认认真真策划自己的企图，煞有介事一本正经地做报告，这事八成是要搞砸。再加上父母的精神世界覆盖不了孩子，事和理也说到点子上，人家给个面子哄着爹妈假装听着，不出走不对抗就已经不错了。父母还真不能拿自己不当外人，把陈旧的经验当大事来说，这样只会把孩子推得越来越远。

这种事的里面还有一个潜在的关联，就是高级的手段和方法，都是以游戏和玩耍的方式显现的，无论是艺术创作还是教育或其他，也包括各种关系的处理，无一例外。

对孩子的最大的破坏，就是剥夺了他们的需求感。现在当父母的，大都是曾经历吃苦的过去，满足孩子所有的需求，是一种情结。一生所有努力奋斗的成果，都是为了孩子，为他们存留的越多越好，自己省吃俭用而忽略了自我的生命状态。所以孩子们对一切所需要的东西来的都太容易，以至于他们想不起来真的爱吃什么爱喝什么，头等舱坐过五星级酒店也住过，好车开着名牌穿着，但这些并不是通过自己的劳作所换来的。没有什么比失去了渴望更恐怖的了，兴趣不在激情不存，生命前行的动力系统给搞出事了，再来谈什么教育意义就小得多了。

无论哪个做父亲的，起先都不可能有什么特别的自我设计，做到哪算哪，随性而来。做一个真实的父亲，比做个装扮的父亲要好些。在孩子的眼中，我们并不是单一父亲角色，通过你的表现，还得让孩子们知道男人应该是什么样。如果你过于为人师表，把三观摆的太正，讲的都是大道理，自然会失去真实的身份，人性表达模糊。

在我们那个时代，父亲的标准角色是威严的、不苟言笑的、有家庭至高权力，说一不二的，不容置疑不容分辨的。即使是现在，中国的父母要命的问题还是主角意识太强，三观过于端正，永远是我比你懂，总怕自己少说了一句，孩子就会变坏似的。动不动就来句"不听老人言，吃亏在眼前"这几乎近于诅咒的话，整急了还会动起手来，让孩子感觉他们永远不会被相信。

事实是孩子永远都属于未来，而父母属于过去。教育的前提是认同与跟随。如果他不认同你，教育就不在场，想获得孩子的认同的前提，是你得首先要认同、接受并信任他们。当然父母们会有所困惑：他的想法那么蠢，也要认同吗？答案是：必须的。

现在流行着一句话，陪伴是最好的爱。这句话本身没有什么毛病，关键在于怎样的使用。太多的爹娘，在这方面用力太猛，害得好多职业女性总觉得对孩子亏欠了太多，左一个对不起右一个请原谅，甚至干脆辞职不干了，回家做全职太太。

陪伴不是陪护，陪伴不仅仅是一个时间概念，重要的是相互交流的质量。没有正常的交流关系，双方在心理上都会彼此失去。如果你的陪伴用力大发了，就有可能把家庭搞得像个牢笼，陪伴越紧密，孩子遭的罪就越大。

教育的本质，不是教化。能让孩子释放负面，懂得聆听，你的一切我都懂，你的不好我也接纳，这基本齐活。能无所顾忌地跟父母袒露负面心理的孩子，是不容易跑偏学坏。

家庭所有成员都相信爱懂得爱会爱，那么全家人自然会向着光明的方向生长。靠谱的家庭教育标准，就是孩子即使到了青春期，还愿意跟父母好好说话。

人生绝不是可以被某一次考试，某一次成败所能定义的。当家长的正经也好，不正经也好，一会正经一会不正经都成，首先要放大心量，别唧唧歪歪的，和孩子之间分不出大小个来。

茶 · 善恶
Good and Evil

人到了一定的阶段，心会柔软很多，不愿去践踏一棵青草，不忍心折断一根树枝，更下不了手杀鸡宰羊。眼看着喝剩的茶根儿，就那么被倒掉在垃圾桶里，心中不免会生出不忍。刚刚还好好的，转眼间变成了废物，短暂的亲密被长久残酷的别离替代，这不是我们愿意看到的。

当你越成熟，就越不愿提及阴暗负面和恐惧的东西。甚至对烦你不行的苍蝇，大多时候也下不了狠手。这倒不是因为什么佛性使然，而是出于心理的本能，对生命深切的怜悯同情。就像蚊蝇这类的生物，生命周期也就那么短，我们已经比它们多活了太久，也就不忍在我们这里断送了它们短暂的飞行，闹就闹腾几下吧。

但这并不能说明我们就是个善人了，善恶是需要很多的对应关系和背景的衬托才能较真实显现。从过去的打打杀杀，到今天不愿看惊悚片，不愿正面接触邪恶和暴力，不愿与他人摩擦争斗，那只是我所选择的一种生活环境和生活态度。只想静静，不希望尖锐刺耳肮脏、污浊的东西来影响和干扰我的生活秩序。

我们现在是有条件和有能力去拒绝或远离我们不接受不喜欢的人和事，可以左右和把控自己及周边环境。倘若我置身于社会最底层，周围都是流氓地痞的野蛮环境中，或背负着冤情、耻辱或有杀父之仇，身处绝境等等，我们还能像今天这样优雅大度地跟蚊蝇平等相处，你来我往悠闲自得？显然是不可能。

灾难不幸在大多数情况下会使人们心胸变小、报复心更强。这样一来，高尚有可能是个伪命题，无私利他那要看你处在啥样的境地，人性是试探不得的，真要是恶起来，连佛都度不了。

中国人讲的人之初性本善，有对善的特殊理解和定义。西方人认为人之初性本恶，这是包含着他们对未来生命成长之后的管理逻辑。不管男女老少，你是有罪的，需要后续的不断赎罪来修正你生命的完整。无论是有罪也好，无罪也罢，后面紧跟着的都是一整套文化体系。

但对成熟的生命来说，之初的那个善恶似乎已经失去了它的功能和目的，已不作为原点而引发以后的一连串的相应关系。之初的善和之后的恶，之后的善和之初的恶已搅和的不清不楚，早已辨别不出是非黑白，来龙去脉，善中有恶，恶中有善，善恶已是一件很难说清楚的一件事了。

从社会心理学来讲有一种观点，就是人群中有 5% 的人天生不具备同情心、同理感。也就是说既不会怜悯他人，也讲不得道理，更不怀有感恩情绪。别人对他的奉献，是理所当然。贪婪是这类人明显的符号，只要满足不了他的要求的人，都属于十恶不赦之类。

所以有时我们会遭遇这样的困惑，就是你对那个人百般的好，换来的却是以怨报德，对此怎么也想不开，委屈的不行。其实你只要理解那个人是属于5%之列，这是他们的本色，赶上了认倒霉，这事就解了。这5%中还包括那些极端的残暴之徒，见血就兴奋，虐待杀人有快感的魔鬼们。

心理学家们的研究认为，很多犯罪是由基因引发的，这种邪恶的基因是可以遗传。人作恶基因会引起低级情绪，而这种低级情绪，能激发任何人变得恶毒。每个人都会存在负面情绪，但是这种恶若是从小就生根发芽，又得到大人的纵容，散发出的毁坏力将难以想象。

假如你碰上个心胸狭窄的同学、同事和朋友，那也许你死我亡才是他们真正的结束。人性的恶最让人不寒而栗的是，我拥有不了的，那就只能毁掉，鱼死网破，同归于尽。对这类人，善意就像一纸契约那样会被随意撕毁。

所以人的行为若不受限制，那么每个人都有可能成为作恶的始作俑者或帮凶。弗洛伊德有一个观点认为，性和攻击是人类的两大驱动力，而令人恐怖的是，通过性和攻击产生的恶未必是蓄谋已久的，只是潜意识的一个念头。他这个观点让人毛骨悚然，特不想它是真的，这样会让我失去对他人的相信。

心理学还认为，婴儿在学走路之前就已经产生了嫉妒的情绪。从情感上来说，我们对此宁可持怀疑态度。优秀、漂亮会引起嫉妒，嫉妒导致怨恨，怨恨必然要滋生恶毒。好多人只要你比我过得好就受不了，包括旧情人和分离夫妻也是这样。只要你不过得惨淡痛苦，心中不免多少有些酸劲。

凡是被嫉妒打昏了头的人，本质上都是卑微者。对于卑微者而言，只有将美丽的事物踩在脚下才会满足，才能得意。只有被妒者再也激发不起他们的嫉妒心，才会不吝惜自己的友善，似乎威胁已经解除。

自卑的人是缘于自己的不完美，本质上是屈从于人性的恶。成人的友情很是虚伪，有时假的像塑料花，总怕别人过得比自己好。有些混得不错的人，每次参加同学会时，总是要提心吊胆，尽量表现的卑微，讨好每一个人，但仍感觉到人家能看穿你假惺惺的虚伪嘴脸。心理学家们其实很操蛋，他们尽说些让人引发悲观情绪的结论，也不知靠不靠谱。

多少怀有一些恶意，不加克制就会演变成灾祸。如果说人性的黑暗面由低级情绪引燃，那么爆发可能只是作恶成本太低。当行善成本提高，作恶成本降低时，人性的善良和卑劣转变就很快捷，易如反掌。若行为不受限制，人人都可以作恶，当欲望失去了枷锁，前后左右都是深渊。不加克制的恶意，最终造成的伤害，我们都无力承受。

柴静有句话说得好，"真实的人性有无尽的可能。善当然存在，但恶也可能一直存在。歉意不一定能弥补，伤害却有可能被原谅。忏悔存不存在，都无法强制，强制出来也没有意义。人的一生，本来就是善良与罪恶，人性与兽欲不断交织不断干戈的过程。"

人性本恶，但我们可以安抚，并努力，习得善良。

茶 · 成熟
Mature

粮食是在成熟时才被收割，果实也有瓜熟蒂落这一说。但还有些却是正壮美或青春期时才能表现出它的价值。比如花朵，正是在灿烂辉煌之时被腰斩。人自己都不好意思了，用一句采撷的诗语来掩盖自我的卑鄙。

茶也是这样，成熟了也就没了价值，必须还正欢实活着的时候，就被采集。随后是一整套的煎熬，最终被封存在各种各样的墓盒里，供人享用。结局是成熟也是个死，不成熟也是个死。

人也是如此，剩下的是怎样在有生之年尽可能活得舒服一点，能更平静安宁。

有些上了年纪耳朵有点背的老人，会选择性能听到什么或听不到什么，也搞不明白他们是怎样区分，哪些是他要听见的哪些是不愿意接受的。不过可以从中得出一个道理，护住自己的耳朵，也就护住了自己的心灵，这事挺大的。

眼睛看的，耳朵听的，自然决定了你心里想什么。如果整天听到的都是别人对自己的评价和议论，这一句那一句不着边际的负面猜测或想象，当事人必然应付不过来，即使再坚强的人也会被搞得心烦意乱，无所适从。搞大发了，可能会莫名其妙地怀疑自己，这实在是犯不上。

从大众心理学来讲，大多数人不愿意强于他们的人生活在身边。如果超过的过多，或他们感觉有被超越的端倪和可能，就会自然排斥和抵制，抗拒他们认为的危险，不可容忍。除非能力超强的那些人，能给自己适当的帮助，包括物质的和精神的以及声誉。如果利益上不存在任何瓜葛和牵连，那就可能会成为假想敌或被攻击的靶位。

一个人要做到难得糊涂并不是件易事，即使是那些极有涵养的人，也是有负荷的极限，也要根据当时的心情和身体的好坏来决定应对的态度。所以说没事别去人多的地方凑热闹，眼不见心不烦，耳不闻意不乱，独自一个人好自为之。

我们每个人不能指望生活主动取悦于你，要学会创造更新自己的生活环境和状态。与其特别在意别人的背弃和不善，还不如认真地经营自己的尊严和美好。

现在人人都会说做自己这句话，但你还要知道，成为自己其实是一个人与生俱来的本能。成为自己不是一种结果，而是实时动态地表现在生命的过程中，需要在浮躁嘈杂的尘世里保持多一些的天真，否则你所获得的还真不见得就是你所期待的那个自己。同时还要注意不能只想着做自己，还要给别人足够的空间，让人家也能舒舒服服、大大方方地做自己，这个观念在家庭中尤为重要。

我们每个人都很在意自己是否成熟。成熟有很多种解释，需要看重的是人性的完整，欣赏那些能看透人性但又宽恕人性，知晓黑暗但不植根黑暗，用欢歌笑语来回报生活痛吻的人。

这事说起来容易做起来很难，真要是干到这个份上，必是成大事之人。这样的人懂得大道理，这种大度主要是源于自身的大格局所赐。

什么叫勇敢，什么是英雄，平时讲这些没有说服力，那得是在认清生活真相之后还依然热爱生活，理解不完美并接纳残缺，在关键较真时才会方显英雄本色。

大有大的难处，小有小的痛苦，人虽然历经沧桑苦难的折腾，人情世故的打磨，但依然能够将真实的内心与这个世界进行剥离，不沉湎不消极地去享受生活，这得需要很高的修为才行。

成熟并不是为了走向复杂，而是为了抵达天真。天真这件事很管用，天真的人不表现出侵略性，自然抒发着亲善力，让好多不舒服的事自我化解。不走心不入耳，大大咧咧，对人情世故迟钝不敏感，这样能相对较少地免遭一些不必要的嫉妒。

天真不是一味地刷白，而是能够容纳尖锐、棱棱角角的非标准的人和事。可以接受整个世界，但并不因此丢失自己。天真也意味着不掺乎到复杂的社会系统中去，不在是非中出出进进。

天真是锻造出来的，并不是无知无畏，而是饱经世道沧桑之后的沉淀，用复杂与阴暗调配出自我独特的生命底色。这种天真是超越了世俗的成熟，回归于丰富的单纯不忘初心。

有些设计师喜欢灰白搭配的色彩，因为简洁的白灰两色，含有特有的哲学思考。白则可看成是坚守自己的价值体系，保持内心能力的一种语言。而灰可看作是懂得融洽那些琐事繁杂，表现的是应对外界的能力。他们还喜欢穿黑色的衣裤，这种色彩有一种暗示功能，就是我不会主动去打扰你，没事你也别来烦我，艺术家们大都是以这种色彩着装。

王尔德说过：把人分成好的与坏的是荒谬的。人要么迷人，要么乏味。

天真很迷人，无论是大人还是孩子，只要天真了，给人感觉都很舒服和愉悦。复杂则离荒谬很近，颜色也容易弄混。所以当我们认为自己变得所谓成熟时，是取天真半斤，还是舍复杂八两，这事还真需要拿捏好了才是。

茶 · 观察
Observation

茶越喝越能清洗五脏六腑，包括心灵。喝茶其实玩的是细活，既然是细活，精致的观察必须要有的，对每一滴水，每一片绿叶，每一口的味道变化，都放在自己的心头，然后随意生出这样或那样的想法。

人活到一定份上，总会习惯性对外界的关注转移到自我内心观察，不管效果咋样，都应该是一种进步的状态，也可以归结于那个人的成熟程度。这种成熟有意义的地方在于，他们能够对人和事用靠谱的价值观去判断和处理，讲究了许多，不再像以前那样尖锐刻薄，事事都要赢的过瘾才行。

比如我们打球时要多少带点赌资，有大有小。在球场每个人都计较得很，激动的时候脸红脖子粗，所有的满足与荣誉都集中在那些纸票子上。而这个时候输得起，输的快乐，才能见得那个人的真本事，大涵养。如果一个人重视快乐甚于成就，重视自己成人甚于自己成才，可以说这就到火候了。

人不管你选择了什么样的活法，不管你追求怎样的成熟度，心境必须要年轻，状态要鲜活才是。为什么这么说，因为只有保持年轻、纯真和清新，才会有发现新世界的可能。人若是失去了发现的能力，只剩下了陈旧的经验和仍心有余悸的教训，那才是真的老了。

纯真跟年龄无关，孩子的心也不一定都是纯真的。干净纯粹应该是饱经世故却不累积经验残渣，以新换旧，总有新鲜的思想、新的话语出炉。

心被老化是传统的经验和记忆的余烬。如果对过眼的烟云，对即将被火化的尸体，对被随意践踏和伤害的生物植物，以及对生活在最底层的穷苦打工族们没有任何感觉和怜悯，那个人的生活必定还没有从世俗红尘中走出来，不能从经验中抽离出来，必然是僵化腐败。

世上大多的事情都是简单的，只要感觉复杂了，基本上都是自己糊弄自己，自己跟自己过不去。你选择认识谁，相信谁，选择看见什么，看不见什么，基本都是随性的事。人没必要那么精确应对周遭的一切，也真难以事事都准确无误。即使你有天大的能耐，也要相信人算不如天算，能真正把握所有的变量运行规则，那是上帝的事，咱凡人做不了这么多。

能把握住在合适的时间合适的地点适当的调整自己，就已经足够了。yes or no，喜欢或不喜欢，都应该根据自身的能量和认知，大都会有一个适合自己的判断和对策，前提是让自己感到了自由才好。

没有什么道路通向真诚，真诚本身就是一条路。真诚即是爱，爱是在真诚的土壤里长出来的。慈悲也是爱，它是跟心智活动无关的一种生命固有的品质。在慈悲和爱的状态里，心是没有自觉意识的，由此而衍生出的诸多其他，必定会是自然的，不故意、不做作、不强迫。否则一旦清晰地意识到自己在宽恕、在施舍什么，结果可能就无法真的宽恕和施舍了，而是为了某种目的，某种心理情节，某种满足，或为了避免某种伤害。

当你看到一个急需要救助和帮助的乞丐也好，老人也罢，你随手掏出硬币或伸手扶住要摔倒的那位老人，或让个座位等，一定是无意识的，天性使然。这类事就是这么纯粹，容不得一星半点的虚伪。当你有意识地培养一种美德或说服力，爱就不见了，同时慈悲也不在了。

这件事告诉我们，爱与慈悲及其他涉及到人性本质的东西，都不是靠努力培养出来的。如果我们过于倾注于野心，必然会压制了热爱与善良。野心的色彩太重，一个人的洁白无瑕是经不起它的涂鸦。

人通常会倚靠外在的东西，让自己有信心。天长日久习惯了以后，就会恐惧突然与外接隔断联系的那种寂寞。我们实在没有必要让做的每件事，度过的每一分一秒都要有用，这样会导致我们不再留时间散步，不愿意坐在窗下发呆，把自己装扮成一个大忙人。拿官场和企业那些步调匆匆低头想事的大官小官，高管低管说事，就会发现他们总是惯性地说那句话：我马上还有个会。

人若是不闲了，自然少了很多孕育灵感的机会，也不太会有大变化。折腾来折腾去，不管如何努力，都很难跳出原有的格局。当你过于专注有用这件事上，及意味着那个有用是你事先精心设想好的目的，你所做的一切都是为了满足既定目标。那你发现这个目标范围之外的林林总总，就会受到局限的遮障，根本不可能眺望更广阔的可能性是什么。

有事没事时读一些所谓无用的书，做做无用的事，花费些无用的时间，这一切都是为了在已知之外，预备出超越自己的机会和空间。事实也证明了，人生中一些很了不起的变化、灵感、发现和创造，都是来自这一美丽的时刻。

人必须学习与疾病相处，因为疾病与我们是不可分离的共生体。几乎绝大多数的病，单靠医生是治疗不好的，病情的转机，主要还是依赖于自身的生命能力。

这些话的意思是，有相当一部分人真的已经丧失了学习和被教育的能力，还有些人大概都知道自己半斤八两，优缺点是什么。如果想明白了舒服了，这事还得要靠自己去拿捏，外人只能起到辅助的药物作用。

要记住并相信，能欺骗你自己的，只有你自己的思想。

茶 · 婚姻
Marriage

茶无所不能，就连在婚礼上也用上派场，而且功能重要，被叫做改口茶。新郎新娘恭敬着将茶递上，人家抿了一口，他们就又多了一对爹娘，也顺带收下了一个鼓鼓的大红包。

最近看到一篇文章，题目是"婚姻制度是一个正在消亡的腐朽旧制度。"咋一看挺吓人的，有点邪乎，绝大多数人会持否定意见。

婚姻这件事，不管你喜欢也好不喜欢也罢，合情不合理或合理不合情，它都要老老实实地待在那，不得被撼动，永垂不朽。否则这么多一团子一团子各种颜色的人，真要是让他们自由的发起性来，瞬间就会人脑子打出狗脑子，人人都会成为一个恐怖分子，天王老子来也管不住。

虽然说婚姻制度并不符合人性，充其量会逐渐改变它的功能和相互关系，但消亡的可能性不大。即使是有更多的人呼吁请愿，跳楼投河来胁迫，结果也不会改变，一切免谈。

说归说，但婚姻关系确实是在悄悄变化着。有更多的年轻人被逼婚，无论是女还是男。特别是在一线城市，你会发现身边优秀单身的人越来越多。特别是长相身材好的女性，独立上进，受过较高的良好教育，情趣和审美都是相当有层次，但是她们就是不轻言婚姻，不勉强不应付，整天高高兴兴的走南闯北，在职场上各显风骚，滋润得很，估计未来坚持这种状态的人会越来越多。

从社会学上来讲，确实面临个体崛起的时代，更多的优秀的分子逐渐从家庭里解脱出来，要理直气壮地成为自由人。还有很多人，不满足于铁饭碗所带来的安全感，从企业里解脱出来，宁可承担风险，也要成为我的地盘我做主的自由职业者。如果是家庭经济条件殷实的，这种选择就显得更加大气和勇敢。

表面上反映得是一个社会的进步和时代的变化，其本质是由于在未来的社会，人们是以个体来替代家庭和企业为基本组成单位，这些精英们会以追求自由、理想和幸福为主打目标。把个人感受设定为最高标准，不再是传统意义上的家庭美满工作畅快的一般性的眼光和尺度，绝对坚持幸福的硬道理是自己是否开心自由。

要搞明白这事需要往前倒扯。生物都是有延续血脉的本能，人也是如此，只不过人更介意去识别那个婴儿身上是否流着自己的血脉。这事与女人无关，都是那些臭老爷们放心不下，有事没事地担心自己被带了绿色帽子。在母系社会没有这类问题，一轮到男性主导社会，这个问题就出现了，而且变得很大。上到帝王将相，下到百姓庶民，都在这件事上划了一条死杠杠，是不能逾越的红线。可以忍受别的大耻辱，但在亲生子这事面前很较真，宁可抛头颅洒热血，也要生得明白，死得其所。所以男人们绞尽脑汁，设计出一整套制度，规定男性对一个或若干个女性有所有权，女人作为财产的一部分归男人所有，这就是婚姻制度的由来。

可以说婚姻是产权制度，男权制度。婚姻很容易被理解为是男女之间的契约关系，但仔细琢磨一下就会发现，这哪是男女的婚姻契约呀，整一个就是一个男性和其他男性之间的关系，这个女的归我，你不要算计，给多钱也不能碰，没得商量，否则不是你死就是我亡。这件事就这么作为千古不得更变的天理，一代一代延续下来了。

传统的夫妻体系中，丈夫与妻子之间是从属关系，妻子是由丈夫圈养的，要唯命是从。为了不让这事搞得赤裸裸的，男人们还弄出三从四德，贞洁牌坊等。二十岁左右女人要是赶上倒霉，死了男人，就要守一辈子寡，受一辈子是非折磨。说难听点，这种关系就像主人和家畜，生杀大权都是掌握在主人的手里。这就是传统婚姻制度的本质，尽管不人道残忍了点，但还是有当时历史存在的合理性。男性所有劳作被视为是主要生产力，连同喝酒赌博一起算上。

而女人生孩子、抚养子女、做家务、饲养家禽，大多也要在田间地头干重体力活，但不被看作是生产力。即使富家女陪嫁嫁妆数量够大，在家庭里也没有经济地位。婚姻上屈从于男人，是女性生存不可二选的途径。女性真正的崛起，是借助于第二次工业革命，大量的工作摆脱的力量的限制。标志性的节点是 1920 年，美国女性获得了投票权，正式参与了社会的政治活动。这并不是男性的良心发现，有收入就是牛逼，女性经济独立了，也就可以自我选择。

　　这也就导致了今天的婚姻制度，从属关系变为合作关系。既然是合作，夫妻双方在地位上平起平坐，虽然生理上有高低之差，但在心理上是平等的，相互尊重妥协，同风险共利益，再加上法律绑定双方的财产，婚后这个合作关系就被确定下来，听起来跟开个股权公司差不多。真要是哪天公司破产不开了，那就剩余的家当分吧分吧各奔东西。赶上那个男人大方点或急着要去赶别的场，净身出户，女人们也乐意接受，心里不留一抹歉意，双方皆大欢喜。

　　相对于从属关系，可以说夫妻合作型会显得不那么稳定，经常会遭遇利益不一致或无法达成共识。谁也不会因为没了对方就活不了，自然都强硬相碰，针尖对麦芒。如果再没有情感粘着，实在想不起有什么让自己放不下的事，散伙就像朋友分手一样简单，这就是现在社会离婚率呈上升趋势的原因。假惺惺的一句"只要你比我过得好"，背后满是非善意的期待，

　　获取社会生产力越强的女性，选择权也就跟着越大，范围也越广，婚姻的合作属性就越强，当然婚姻也就愈加不稳定。心理研究中心发布的数据，说六成的都市人对婚姻感到失望，实际数字可能会更高。

　　鞋挤脚只有自己知道，大面上还是要过得去，整天是在破产还是硬扛着的一种平衡上思前想后。心理学家尽力地去寻求妥协方案，但不见得有好的效果。夫妻双方最要命的问题，就是沿用着过去的从属观念，来处理一个新的合作关系。男人希望妻子对自己言听计从，招之即来，挥之即去。结果现实完全相反，还被发号施令，难受得不行不行的。而女性期待男人要解决一切问题，包括换灯泡、买菜做饭，我负责貌美如花，你负责一些其它。但发现婚后事情完全不是原先想象的那个样子，老公用处不大，大多问题还得自己解决，甚至还要帮助老公来处理疑难杂症，家庭开销也要自己分担。那么

嫁和不嫁、在婚姻里和婚姻外意义区别并不大。

相对于我们常见的商业合同而言，婚姻契约相对简陋得多。传统婚姻中，一个粗糙的契约并不影响生活，因为双方地位不平等，左右都是男人说了算，顺我者昌，逆我者没饭吃。合作型的关系中情况就不同了，各方都有一票否决权，这时就需要按合同来处理。事实上契约只是契约，如果有一方或双方都没有契约精神，那就是一笔糊涂帐，说不清道不白。那么这家所谓的婚姻公司，想破产就破产，让人难堪的是，后面持续的是一场无休止的利益争斗。

法国人在这方面倒很想得开，领导干部带头。前总统奥朗德，与第一任女友相恋同居 30 年，弄出四个孩子，在法律上仍属单身。他们之间签署了一个同居协议，不涉及财产的绑定，较为宽松，属于灵活的合作契约。还有知名的萨特和波伏娃也是这样，俩人签个为期两年的协议，还附"约法三章"，简单说就是灵魂紧紧相依，身体可以自由，关系要透明。遵守则合，违约则离。双方不得隐瞒任何私情，双方分开后，保持通信联系，一日一信，如实讲述。据统计，欧美独身男女数量多得惊人，就连日本，2015 年的不婚率已达到 70% 多，看来这是全球性的统一行动了。

婚姻制度将在未来的一段时间内只是作为惯性存在，要死不活的左右摇摆永远不倒。对于女性来说，在社会福利和个人崛起的背景下，丈夫这个角色确实已经越来越不重要了，成为餐后的甜点。

优秀的女性结婚率仍会持续降低，这是因为要寻找一个合适的合伙人，不那么容易，也就没必要死皮赖脸非得找一个凑合着。当然是分是合，选择的从容程度，和当事人的经济实力成正比，这也是剩女们越来越多的原因了。剩女就是有选择权的女性们，其数量增多，也是社会进步的一种特殊现象，是好是坏，说法不一。

但很多人还是要结婚的，即使不结婚，也得要找个人借用一下，了断无后的遗憾。假如一定要过把生儿育女的瘾，那么首先要弄明白自己偏向于从属性的婚姻还是合作型的婚姻，然后找一个偏向差不多的人，观念一样就减少价值观上的冲突。不同的婚姻体系，评价人的标准也不一样。

从属性的婚姻，站在女性角度，就是对方要强大而且要对自己足够好，站在男性角度主要是对方是否听话。合作型的婚姻靠谱程度，主要是评价对方有没有契约精神。但不管怎么折腾，历史发展的趋势是不能改变的。

打小就知道马克思那句"生产力决定生产关系"，直到今天才真正弄懂到底是咋回事了。

茶 · 悟性
Power of Understanding

悟性好的人，对茶的感觉就来得快，无论是品相、出生地、味道、水的使用等等，都能说得头头是道。那些悟性顿一点的，即使喝了几年的茶，很多细小的差异还是分不出来，解渴就行。

有这样一句话："世界上最浪费时间的事，就是给年轻人讲经验，讲一万句还不如他自己摔一跤。眼泪帮你做人，后悔帮你成长，疼痛才是你最好的老师。人生该走的弯路，其实一米都少不了。"这是一种自我的人生体验，这也是对年轻人非常有益的一种提示。

每个人的悟性不同，那么所获得的人生感受也很不一样。有些人可以靠着自己的生命能力得到完整的人生经验和感受。但有更多的人，是需要他人的明确提示，需要阅读和交流，来懂得事物的本质和真相。即使那个人流过泪，后过悔，疼过痛过，多走出更多的弯路，自然会明白了许多事理，但不见得能弄清楚全部，另外还会有深浅远近之分。

一个人能走多远，单靠说教是不管事了，但对于特殊的一部分人，恰好的一次辅助推动或拨正，就可能改变他整个人生的轨迹和方向，正也好斜也好，只要前后的方向没有差错，教育的功能就被体现了。

用一个医学的现象，来意喻与教育相关的方法论问题。我们每个人都有发烧的体验，其实你身体发烧这件事不是细菌和病毒干的，它们是没有能力把你的身体体温升高两度。发烧是身体为了抵抗细菌和病毒，把身体储存的能量转化成热量，而这个温度状态，是细菌和病毒最难以繁殖的生态环境，有利于消灭它们。

但就是因为这点温度的提升，身体要消耗很大的能量，这是一个巨大的工程。所以说你会感觉到发烧之后身体非常疲倦，感觉到很累。问题是身体好不容易把温度搞上来，大部分人就是在这关键的时候，去医院打针吃药吊瓶，把烧给降了下来。大多发烧的孩子，他们活泼的身体和非常灵敏的免疫水平和系统，被父母亲和医生给抑制了。

因此你会发现，凡是习惯性用打针吃药吊瓶来治疗感冒发烧的人，感冒发烧频率就会非常高。而那些靠自己亲自去战胜的，就会坚持很久不重犯，发烧原本是我们的身体用来战胜细菌和病毒非常有效的一个手段。

老外对待一般性的感冒发烧，基本都不吃药不去医院，拼命喝果汁，补维生素。他们认为病情再严重，不管怎么折腾，反正也得大约耗个七天左右时间，还不如相信自己的生命力量，硬挺过去。

人的精神成长也是这样，特别是那些年轻人，他们可以不断地试错。犯错是老天赐予他们一种特殊的权利，他们就是在不断地对错误的处置中成长。就像小孩每病一次，他们就长大一点是一样的。

对长辈来说，年轻人在犯错的时候，不必着急，不必急于纠正，就像发烧一样，反正事情已经发生了，获取教训也是对错误的一种弥补，一种另外的收获。将错进行到底不见得是一件坏事，负负得正，否定之否定，这就是辩证法。

一颗植物的健康生长，不但需要天上的阳光和雨露，也要依赖于地上肮脏的粪便或其它腐朽物质。自然同为一体，人与其它生物和植物的生命成长方式和内在的因果关系大致相同，道理都比较接近。

不要被孩子们所谓的逆反搞得心烦意燥，逆反这个词是个外来语，本身这个词的翻译就有点夸张，有点邪乎。其实每位成年人能清晰记得自己当年曾经逆反时候的样子并不多，大多数人都会认为自己是正常走过来的，在那个阶段并没有什么特殊的异样。照此推理，将心比心，孩子们也是这样想的，我们怎么就叛逆了，一切再正常不过了，没有谁明知不正常却要愣去故意表现不正常。只是大人们把孩子正常的成长状态妖魔化了。如果你们承认这个观点没什么问题，那么就知道自己该怎么去做了。

我们要相信那些鲜嫩的生命对缺陷的自我修复能力，泪水、悔恨、苦痛是他们不可或缺的精神营养，弯路虽然会耽误点功夫，多走几步也没什么大不了的。他们只有在不同困境的打磨之后，才能把天大的事看得越来越小，把似乎不可逾越的障碍视为宽阔的坦途。走着走着就会跑起来，蹦蹦跳跳连接着必然是高远的飞翔。

茶 · 遇见
Meet

　　每次喝茶，都是一次遇见。这个几率说大也大，说小也小。你看中缘分这回事，那就大的不得了。相隔千里来相会，怎么就你俩遇见了，相信了缘分，也就相信了奇迹。

　　如果你不在乎这些，茶遍地都是，这里就根本没有遇见不遇见这回事，不是这个它就是那个它，总有一款适合我这也是一种道理。

　　人成长是有明显阶段性的，重要的节点通常有三回。初始发现自己并不是世界中心的时候，这意味着那个人开始有放下自我的主动意识，不再过于强调个人意志，不再为了反对而反对，不轻易否定他人。即使是有不同的观点，也是把别人的话认真听完了，先肯定，然后再以委婉的提示方式表达自己的意见。第二次是在发现即使自己无论怎么努力，终究还是有些事不可逾越，无能为力。这个存在的意义是使那个人明白何为天命，何为命数，该与命运讲和的时候，不死皮赖脸纠缠到底。学会等待，相信时间会将死结打开。第三次是在明知道有些事可能会无能为力，但还是尽力争取。这是让人懂得何为尽人事，相信人生就是先尽人事，后听天命。

无论什么事，必需要保持积极的心态，首先要假设你能行，然后再去极力寻找解决方案。先往成了方向使劲，不习惯性的去否定、以负面消极情绪来思考问题。作为年轻人，所面临遭遇的大都是陌生不熟悉的案例，要保持对新东西的兴趣和兴奋，在未知的穿越过程中逐渐长大。因为年轻，他们可以有不断试错的资格。

一个年轻人被信任、被使用，首先要具备勇敢精神，然后才有其他的可能。倘若事情还没怎么招，先把自己给为难了，自己绊着自己，那么剩下的可能性都不会发生。这件事对大多数人来说好像并不大，其实它会直接影响到一个人的性格和处事方法，关系到自我生命阀门开启的大小，甚至左右命运。

很多老板在公司交代任务时，但凡碰到消极悲观的员工，都懒得去解释，会转而交给积极乐观的那些人。长此已久，就区分哪些人是中坚力量，哪些人是边缘辅助人员。无论是哪个行业哪个团体、党派，还是工农商学兵，处置方法大致如此。

这类问题不光是发生在年少人的身上，在绝大部份不同年龄段人身上都普遍潜伏着这种致命的弱点，并不易警觉，会被理解成是合情合理。所以世上成事的始终是少数，因为机会就那么一点，稍微怠慢就转而即逝，所谓机会是留给有准备的人，就是这个道理。

我们一生都有很多次的遇见，相向而行也好，同向携行也罢，只有你在意了，你专注了，你尊重敬畏了，才有可能去发现人群中哪些是你的贵人，哪些是你生活和事业的伙伴。

一个人的重要改变，关键是在于你遇到了一些什么样的人，遇到了一些哪样的朋友，无论是正经事还是不正经事，工作上的还是生活上的，精神上的还是情感上的，专业的还是业余爱好，均是如此无一例外。

只要看看我们身边的人，凡是那些有创造力有进步状态的家伙，必是有想法、有设计感、有审美情趣支持之下的一种特殊发现能力。长此以往，在无数次的遇见之中，积累出了一种准确的判断和筛选能力。机会是捕捉而来的，更多的机会带来更多的选择，那么自我愿望实现的可能性就会越来越大。所以说对每个遇见的态度端正与否，大致会决定那个人基本生态的好坏。

如果要找一个包含所有美好期待的词汇，估计会有很多的选择，但如果让我来挑选，我会首选"靠谱"这两个字。一句"这个人靠谱"的褒奖，其中就涵盖了可信任、可托付、可合作、可做永远朋友等种种判断，这也是彼此遇见之后最美好的馈赠和获利最高的收益。

靠谱是一个人完整的修养，是诚实，是善良，是整体综合能力的优秀表现。若是两个或更多靠谱的人集合在一起，成事的机率就要大得多，心理成本的付出会很小，不管结果怎样，都将是一桩划算的买卖。

成为一个对别人有用的人，彼此遇见才能彰显出它的意义。有用就意味价值，高价值的人就决定了他有可获得高价值的机会。不要相信这世上有什么公道之说，真实存在的只是功利的价值排序。你没用没价值，自然不会获得他人关注你的权利，怨天尤人没有任何作用，只能是让自己更加衰败。当你有用有价值了，也就拥有了某种特权，以及更多的选择权和被选择权。压力人人都有，面对种种压力和窘境，在学会生存的同时，也要学会放别人一条生路。

　　一个人如果能在一件事情上体现了没有目的的大方，这种人通常会大方一辈子。快乐的游走吧，别着急赶路，把更多的专注度放在你身边过往的人群和景致。所有去处，都跟来路有关，不忘初心，你才会有秩序有纪律地体验和实践你的人生想象。

茶 · 孤独
Lonely

　　独饮，每个人都干过。这是另外一种滋味，无论是酒还是茶。习惯性独自喝茶的人，应该说是爱思考的人，能自己打理自己，自己安慰自己，是自己可以和自己说话的人。

　　柏拉图在《斐多篇》里说，"当灵魂自我反省的时候，它穿越多样性而进入纯粹、永久、不朽、不变的领域，这些事与灵魂的本性是相近的，灵魂一旦获得了独立，摆脱了障碍，它就不再迷路。"

　　柏拉图这句话，我可以读得懂，但却不一定能说得明白。世上有些事情，确实只能意会，不能言传。

　　比如说"灵魂"这个词，似乎每个人都知道这两个字的存在，而且被引用的频率和范围非常之巨大，但真要单独来解释清楚它到底是什么意思，恐怕大多数人干不了这个活。多少人想搞明白灵魂到底应该怎解释，即使阅读了大量的有关文字，但不一定能形成一个清晰的概念。这可能是由于说法太多，都有各自的理由和解释，有神论有有神论的说法，无神论有无神论的解释，众说纷纭。或有些事你就是说不清楚的，但他就在那，不生不灭、不垢不净、不增不减。

灵魂这个概念奇怪的是，它很重要，说多大有多大。也可以说它很轻巧，说多小有多小，甚至可有可无，有它无它，都不会耽误你吃喝拉撒睡。它的存在意义，在于你把它放到什么样的界面上。对所谓高尚者来讲，它要大于生命，但以俗人眼光来看，换不得二斤白菜帮。看中它的人，会认为它虽然看不见摸不着，但它却是实实在在地存在着，而且是作为生命的一种状态存在着，并认定魂属地而灵属天，上下都有着落。功能区分是，魂局限在人的单体中运行，感知世界。而灵能识透万事，并能推动宇宙有规律地运行。不屑它的人，则会坚定的认为纯属耍神弄鬼，闲着蛋疼。

说白了，人本质上都是孤独的，只要一个感觉自己是成熟的、有思想的成年人，多少都会有孤独感，真的会这样，假的也会这样。不管真假如何，只要当他们自己独处的时候，必然是自己与自己相处，用现在时髦的话，那叫做回自己。往好了说，那是自我沉浸，审视内心，通过洗礼和孤独，来磨炼成熟的心灵。往难听的说，那是中老年危机，连打个喷嚏腰背都痛，加上盗汗、肩周炎、三高，实在折腾不起了，只能消停下来，趁没人的时候想想自己这一辈子都干了哪些缺德事。高晓松曾说过，人生到了下半场，敌人只剩下自己，真正的"中危"是奋斗半生，恍然抬头，拔剑四顾心茫然，不知何处是所依。

有些人说，没有什么能比孤独来得更奢侈。这话不是每个人都认可。孤独不就是想一个人待着吗，你深情思考也好，胡思乱想也罢，跟奢侈挨不着，把自己当回事了。

本来一个人独处就应该是生活的一种正常状态，不就是喜欢热闹，到处刷存在感，丢失了本该应有的一份享受。人这一辈子有一种糟糕的感受，就是不得不怀疑先前深信不疑的东西。这种自我否定和颠覆，会让人失去精神和思考的支点，必会长时间陷入迷惘和不知所措的泥沼。这个时候如果你感觉到有一种东西会让你清醒，让你明白一些事情的本相，那你就索性把它作为灵魂的觉醒，或说你智慧了。如果你无论怎么动心思，还是浑浑沌沌的一种状态，那就老老实实的待着，别瞎耽误工夫，整懵了容易走火入魔，跑得太偏。还不如去找个高人指点一番，明白了就明白了，实在是糊涂不清，那咱就老老实实承认自己是个俗人，安分地过自己的日子，保持善良就好。别在追求什么高雅的精神世界，也少喝点心灵鸡汤。

孤独就是孤独，独处就是独处，当你生命进入到了一个特殊的阶段，无论是生理上还是心理上都会有这种要求。说什么我们要享受孤独，很不真实，也略显做作。纯属一种中老年危机的语言，也是开始对自己生命的一种担忧。

人就是这样，一旦开始惜命，生活的一切都将发生改变。老实一点的，自然会安坐在家里，想想这琢磨琢磨那，直到人将致死，其言也善。那些不甘心的，算是有活力的一些人，试图在撸铁和耐力跑里找到突破自己的健身意义，跑不动的就往死里走，身上挂个计步器，偶尔在朋友圈里秀一下自己的步数。

所有的一切，只是为了让自己身上的一些器官和自己不那么作对。但那些肉眼可见的谢顶速度和无力回天的身材走形，突起的啤酒肚和日减稀疏的毛发，让人无论怎样的努力，都回不到从前。几十年前一口气能吃五个窝头，今日面对满桌子山珍海味硬菜，从头到尾只能加几口凉食，嚼几粒花生米，抽了半盒烟。

精神空虚了，也没什么劲了，床上床下都无所作为，这个时候人必然只想自己一个人待着。有文化的玩弄点易经八卦，试图解释未来。土豪们则会选择用物质上的占有来刺激自己，换车换房换妻子，狠一点的换性别，整一个再不疯狂就彻底歇菜的绝命感。不管有钱没钱，大多数男人们靠喝酒断片来使生活平添冒险，但结果是每断一次片醒后，大脑就迟钝一个量级。

这个年龄段的人也没法不孤独，周围越来越多都是要依靠他的人，可依靠的人却逐个减少。唯一可行的，就是要学习如何假装做个好爷爷奶奶、好爸爸好妈妈、好妻子好丈夫，穿着过时的衣裤，给儿孙们哼着几十年前的老调，回想老掉牙的黑白片电影情节，唠叨几句陈旧的流行语。

有想法的人，会跟年轻人看齐，穿瘦腿裤扮小，假装小众，假装没喝醉，有事没事习惯性装逼，借由一些异样夸张的行为，来证明自己仍然保持着骚动的心。看不明白的，就混个高兴。一眼看穿的，千万别出声，给个面子放一马，就权当做一回慈善。

茶 · 权力
Power

有权势的人，自有好茶伺候。定点种植，指定人管理，监督摘采。他们也不见得真的能喝到多少好茶，品味单一。更多品种好东西，一层层都被小鬼给吞了。到头来，委屈了茶农，也委屈茶。

有些年轻人会对我们说：你们比我们这代人要幸福得多。我们自然不同意，你们几乎是在蜜罐子里长大的，哪像我们受过那么多苦。但他们认为我们这代人经历很丰富，不像他们那么单调，少了好多生命的精彩体验。

我们这辈子的经历是丰富得有点大发，苦过甜过饿过饱过穷过富过，目睹时局起起伏伏，上上下下，就像在看一幕幕大戏，精彩纷呈。再加上科技高速进步，国泰平安，中国人在国际舞台可以大声喊话，随意招呼各种肤色的人来家做客，甚至制定游戏规则，真是改天换地的活过。

我们的先辈们背对青天面朝黄土，几千几百年不变的生活方式，到我们这彻底变了个样，空翻了几个跟头。从内容上讲我们似乎活了五百年，未来科技还将有巨大的进展，政治也将会更加多元化，也就是说我们还可能再活五百年，上下加起来算是活成了一个千年的王八，值。这是一种算法，如果按照现在国际上所谓的中老年重新的年龄划分，我还是属于青壮年。不管这种说法是否科学合理，但听起来确实让人舒坦得很。

权力这东西是个毒品，会让人兴奋，分泌出比常人更多的肾上腺素。就单"前呼后拥、你吹我捧、喝五吆六、无所不能"这件事，就足以让更多的人你争我夺前仆后继，不枉活这一生。为了夫荣子贵，鸡犬升天的那一刻，可以不计后果，或后果也无法预计出来。

事情总是这样，你的光亮面越强，那么你背面的黑影也就越长，就像树有多高，向黑暗中扎的根系就有多深。权力也是有成本的，获取的权力越大，那它失去的生命成本也就越高。

这些人公开场合下已经不会说人话了，不能真实表达自己，东张西望、小心翼翼，像一个惊着的鸟，倒是训练出永远保持相同微笑的机器人脸，看上去挺可惜的。如果在山高皇帝远的地方，那是一方诸侯行霸四方，但也得时时提防对手的攻击和自己人的反水告密。当权者心思重，危机意识强，不管大官小官，你没法中立，必需要占边选路线。搞错了，轻的要卸甲归田，重的就势挂掉了。

当官也是高危行业，挺累心的，会严重影响睡眠，长此以往自然会有疾病找上来。心理长期阴暗，气血自然不顺畅，不是这堵就是那塞，再加真的赶上个什么事，一夜白了头的人比比皆是。

当官在位和不在位反差太大，一但下来就脆弱得可怜，退休没多长时间，会迅速脱相衰老，气急脉乱，心理学上讲这叫精神脑震荡。如果被双规什么的，立马交代，按都按不住。没在江湖走过的不能算是经受过考验，以前的威风强壮其实都是虚胖。

官不管权力大小，习惯坐上位说上几句，人家不小心的怠慢，都会生气愤怒，已经不知道自己是谁了。对你的善意都觉得是应该应份理所当然，没有同情心，个人意志爆棚。长期的权力腐蚀，很难有人顶得住扛得起，人性人格必会大损，弄大发了准要长成一个人不人鬼不鬼的嘴脸。

权威也是权力一种，在某学科的霸主或某行业的权威都拥有左右一切的生杀大权，比如新闻操控集团、影视团伙、艺术派别甚至手工匠人等都是如此。财富当然也是权力，只不过它与政治连接的太紧密了些，一损俱损，一荣俱荣。

权力的本质就是集体赋予领导主体支配公共价值资源份额的一种资格。从哲学意义上讲，宏观的权力即是个体对整体的控制力，微观的权力即个体对自身的控制力。权力是权位、势力、包括职责范围内的指挥或支配力量。

马克斯·韦伯将权力定义为"一个人或一些人在某一社会活动中，甚至是在不顾其他参与这种行动的人进行抵抗的情况下实现自己意志的可能性"。托马斯·霍布斯认为权力是"获得未来任何明显利益的当前手段"。而伯特兰·罗素认为权力是"预期效果的产生"。

虽然每个人对权力解释的着眼点不同，但有一点是大致一样的，即权力是一种力量，借助这种力量可以或可能产生某种特定的预期局面和结果。权力主体凭借一定的政治强制手段，在有序的结构中，对权力的一种支配力和控制力，是职位、职权、责任和服务的内在统一。许多心理学家视权力为人们行动和互相作用中的一个重要的基本的动机，是一种与理解的预测行为特别有联系的动机，是主体以威胁或惩罚的方式强制影响和制约自己或其他主体价值和资源的能力。

权力永远都是被追求被争夺的主体，无论是人类社会还是其它生物界。不管是为了生存还是为了交配权，都在竞争中进化本物种的生命。人类的高级在于多了一项财富的存储和占有，多了卑鄙的设计和阴谋的手段。控制欲望慎用权力，为了他人也为了自己。

茶 · 秋日
Autumn

春茶最好，其次才是秋茶。有些做普洱茶的人，把春茶命名为黄印，秋茶为红印。通常我们认为的收获季节，对茶来说却不是这样。只能理解成茶很有性格，也任性得很。

今年的秋天比往常热，空气像燃烧的火，热浪逼人，喘气都有些堵得慌。要不是因为微信朋友圈的提醒，真不觉得已经到了立秋的日子。秋天来了，本来应该是即见温润又圆满的大自然问候，却不见了成熟，没了秋高气爽，整一个毛小伙子，躁得不行，感觉有点多事之秋的架势。

打小是在北方长大的人，后又到南方工作，自然就少了春夏秋冬四季分明的滋味。无论夏天还是冬日，满眼都是绿绿一片。若赶上酷暑，大半年除了热就是热，没有最热只有更热，能存有的只是自我心中的季节，弱弱地回味曾经的清凉和漫天飞舞的雪花。

现在节气已经开始成为很多人计数光阴的尺度，替代了以往以月份来丈量一年光阴。这种方法既是一种成熟，也是一种新的认知，或是上了年纪人的无奈或自我安慰。将十二个月的计量单位拉长为二十四个节气，有事没事地多数几回，假装时间会慢一些，内容能更丰富一点。

秋这个字是由禾与火字组成，是禾谷成熟的意思，这可是农耕社会时人们一年之中最强烈的祈盼。周代时每逢立秋这日，天子亲率三公九卿诸侯大夫到西郊迎秋，举行祭祀仪式。一叶落而知天下秋，宋时赶上立秋这天，宫内要把栽在盆里的梧桐移入殿内，等到时辰一到，太史官便高声奏道：秋来了，梧桐应声落下一两片叶子，以寓报秋之意。

一年四个季节里，先人们唯有把秋天特当回事，鼓捣出这样和那样的艺术行为来。官方是这样，民间也是如此，有秋社、晒秋、啃秋、贴秋膘，养生之类种种说法，借此来收割一整年的生活保障和精神喜悦。立秋之后，接下来的场景丰富得很，也有更多的期待，比如一候凉风至，二候白露生，三候寒蝉鸣。在北方往下的事就是猫冬泡澡堂子，养精蓄锐造小人去了。

现代文明的进步总会多少要冲刷古老文化的泥土根基，高楼大厦的围合，自然让我们淡漠了对四季的敏感和新奇，恒温恒湿的室内科学技术使人们缺失了冬日寒冷所带来的清醒。

过分的舒适一定会造成物种的某种程度的退化，圈养的虎狼豹豹会失去它们原有的野性，人类也免不了丢掉对大自然的同情和深情，变得冷漠生硬。我们坚信因果关系，种瓜得瓜种豆得豆，其实只要我们走进大自然里，就会发现合理存在的并不是所谓的因果关系，而是应果关系。并不是因为有了种子才生长出那片森林那片田野，也不是因为我们关注自然才有了春夏秋冬和二十四节气，它们永远都在那，亘古不变。

所以也就自然存在变幻的四季，丰硕的果实和飘洒的种子，那是一种必然，所有的都是应了那个果。绝不是因为天上的雨水，才有了身边的江河湖海，也不是猿人们拼命的直立行走，才进化成今天的我们人类。从更大的宇宙观来审视，我们通常把很多关系的次序搞反了或错误认知了事物的本质。

秋日是金黄的收获季节，但文人墨客会从中窥视和预感到某种凄凉，寒蝉凄切的悲伤，这倒大可不必。整猛了只能说是那个人意志爆棚，不懂得四季，也不解风情。还不如用眼前这丰满的秋色，把时光灌醉，连同自己一起忘掉。在装满雪花的酒杯里，体会的不是离别而是相聚。秋日就像一个成熟老辣的智者，是满满醇厚的修养。尽管我们学会了很多的生活的本事，但最后能平衡我们生命状态的，还是沉淀下来的这份珍贵的修养，这份完整的人生态度。

茶・学习
Learning

　　茶是一个知识体系，范围很大。涉猎的东西太多，涵盖植物学、地理学、生物学、考古学、营养学、气候学、历史等。谁要是把这事全弄明白了，那就可以称的上是大师级人物。

　　中国的文化真是厚实的不得了，光这方块字，就隐含着太多的含义。同音不同字，同字不同音，即使是两个字的组合，也可引伸出大学问来。

　　比如说教育这个词，可分为教和育两个概念来。如果把它放在社会层面上来说，中国的教是不错，而育则是有太大的问题，接下去可无限延伸论证。学习亦可分拆为学和习两回事，既然能分开说，提问就跟着出来，你学得很好，那习得怎么样，是否把学和习对立起来等问题。知识也是如此，知是知道，识是懂得，知道了不见得懂了。

这里聊的不是语文，而是现实存在的问题。可喜的是全民似乎进入了一个学习的时代，无论是从书本上还是微信阅读，或是讲座和各种各样的短训班等，获取了大量知识。更多的人已经不满足于心灵救济之类的汤汤水水，开始实证，讲究打坐修行、瑜伽闭关、各种宗教信仰等。

但可疑的是，人们急于知道和掌握了更多的人生道理，可以掰扯明白基本的人情事理，但却依然过不好这一生，关系处理还是仍旧扯不断理还乱，一会明白一会糊涂，这是我被问到最多的疑惑。

当然我可以给出很多的解释，其中最简单、最有效的答案是，知道和懂得完全是两码事。看书、听几节大师的课是可以让我们很快知道了很多道理，但要真正懂得，则需要整个人生慢慢地用心体味，小心求证，静心修养，直至彻悟。具体是真的懂了还是假的悟到，那是另外一回事。有些人可能无论怎样折腾，一辈子都弄不明白。还有少部分人，一点就透，一推就往前走，给个竿子就可顺着爬高。

这类事不是搞群众运动，人生最高处只是给少数有灵性的人预备着的，对大多数来说，能高一点是一点，进步一些算一些，前提是如何懂得。

过去是知识驱动，未来是智慧引领。知识是知道我要什么，而智慧则是懂得我不要什么。一个人的坚持，是在剔除了哪些是我不要的之后，才会清晰我为什么要坚持。而只知道我试图索取的是什么，那么那个坚持不会比前者走得更远。知识的多少与思想进步没有太直接的关系。知识可以量化，而思想不能。

如果我们能像自然那样转换，像植物那样生长，我们就会发现这个世界其实很单纯。之所以感到复杂感到困惑无助，那是我们把自己搞歪了，是知识让我们想多了。细想人和人之间需要的其实真的没多少，一群人是种活法，一个人过得也会很舒服，增加互相了解不见得是什么好事，只能横生误会，平添烦恼。

人之为人，我们的认知是非常有限的。所有人的世界观价值观，哪有什么自己独自创建的，都是因袭来的，在没意识到时就已经借助知识学习而被植入。真正觉察到这一点，那是在与别人对峙争辩时，才发现我们来自同一源头。

人是混沌的，试图能清晰地规划自己的人生是徒劳的。靠谱的办法是将大问题分解碎片化，逐个解决，具体问题具体分析，走一步算一步，走一步看两步、三步或 N 步。这有点像下围棋，见招拆招，随机应变。熟练了，可像机器人那样程序化，胜天半目。

别轻易相信这个观念和那个真理，那都是知识罗列之后所生成的所谓属于自己的思想。要知道能欺骗你的只有自己的思想，谁也不能根据一些知识性的观点就看清了世道。相信需要理由，理由决定于选择，是正确还是错误，生还是死，这都是个问题的话，那么如此罗圈关系绕来绕去的，我们真的不能确认什么是对什么是错，最多只能是假设。

人生中的点滴小事，很可能带来人生的大改变，那是缘于我们脆弱的不确定性。带来的大改变无论自己认为是好还是不好，都不属于正常。我们会认为正常是生活的常态，实际上不正常出现的概率要大于正常，否则快乐应该大于苦恼。比如我们经常会发现生命有诸多不顺，总觉得周围的人跟自己作对，其实是自己跟自己过不去。就凭这一点，谁还能正常得了。认识到这一点，往往是挺难的事。

如果活在蒙昧时代里，活在自我虚构和自我陶醉中，即使明白了也没用。社会容易被质疑，人群总是显得麻木腐败，这时似乎需要理想的帮助。我经常强调，理想并不一定是用来实现的，但在走向理想的路途中，会有约束，会检点，会有纪律性，会假装高尚，会有个奔头等等。这些已经够本了，最后能否实现理想已不是重要的不得了，说不定发现那个理想根本就不能称其为理想，可以拐到别的方向去了。理想不见得都是清白的，好多罪恶的欲望也被当作理想来使用。鉴别理想与欲望区别的办法是：当想它时你是快乐的，那个东西可能是理想；每当你想它时总是痛苦的，必是欲望无疑。

其实知道和懂得并不像说的那么玄乎，它俩之间的差异也没那么明显，挺模糊的。知道了一定份上必然更加懂得，以为自己懂了，有可能是知道的并不多。人们在这事上是提醒自己要把握住火候，整猛了那就是耍神弄鬼，有装逼的嫌疑。很多事谁也不可能把这事搞懂了，只是想到哪说哪。用一句歇后语形容自己比较恰当，那就是：闭眼睛撒尿，瞎哧哧。虽说难听了一点，可像那么回事。

茶 · 留白
Leeway

　　茶有一个特征，就是淡雅清馨，处处留白。不喧闹，不嘈杂，存在感又很强。说它像一幅中国的山水画也可，把它比喻成美文也行。里里外外都透着秀气甘甜，文化味道十足。

　　文字表述的时代感是最强的，不管是鲁郭茅巴老曹，现代的王蒙、张贤亮，还是现今的王朔、阿城，甚至时间更近一点的韩寒，对孩子们而言，前辈们所表现的精神和思想以及话语风格多少显得陈旧了点。我们会看一些新锐的作家和年轻们吐槽的语境和方式，那就是很不一样，时代感非常明显。

　　回想我们年轻那个时候，最爱读的或是能真正打动我的还是同年代人的作品。可能是鉴赏力的缘故以及思想深度不够，无法感知企及到先人们的意境。能影响我的东西，新鲜可口是排在首位的。

唐诗宋词固然好，但唤起我诗性和内在的激情还是要属现代诗和朦胧诗。可能是那些人与我年龄相仿，就像读自己认识的人写的东西就是能品出别样的味道，好像与自己有关，弄大发了还真以为是自己的事。

这不是作品的水平高低问题，也不是人的鉴赏能力有什么差错，而是时代感自然的所为。专业归专业，对大众教育来说，是逐渐地提升的过程。感悟过去大师的能力必须要与自身的生命丰富挂钩，才会慢慢读懂几十年前、几百年前甚至几千年前的巨著，才能较正确地体会到他们的精华和用意。

我们会对上了年纪的人公众场所的话语特别敏感，很担心他们语言陈旧老化。有些国内著名的顶级经济学家，但列举的案例和数据大多是 85 年的，措词中时有时无地还会带出旧时代的痕迹。

一个老的人能写出不老的话题，这是大能耐，当然也要取决于那个人是否处在一个年轻的时代。但时代是什么样由不得自己，克服时代本是一个卓越分子必备的心理坚强和基本的反叛。能在纷纭不完美的社会现状中，看得出品得到别样的图景和滋味，并找得到适合于自己生长的缝隙，这是大智慧、大胸怀，也是喜悦的舒坦和精致人生安排。学习木心好榜样，这个老头子即使在他生命生长到最后一刻，他的精神仍然还那么鲜活茁壮，实属不易。

现在的人写东西时底气是不足的，生怕与现代精神断了韵脉。虽然有意无意中装小扮嫩，但总会涂抹得不到位，遗漏出年轮的沟痕。问题不在于年纪的大与小，而是我们的精神境界是否随时代的进步同频共振，别跑了调。

当然老有老的味道，小有小的香甜，各所其得，可一味地咬定我是最正宗的，那就是低级的霸道。每个上了年纪的人，都会多少分泌出不招人闻的体味和口臭，思想语言也会这样，所以准备张口说话时，真得先清理一下自己。自己不易嗅出自身的邪味，别以为人家不说你就干净了。

现今的文化权贵们，不能用自己的社会影响力和控制力来强化本体的地位和所为，应该从大的历史观，合理客观地评价和推介不同的文化在不同历史时期的峰值。更多地去关注儿童作品，鼓励青年写作者发声，这是对时代的尊重，也是对未来的责任。

时代的强音不是从权利者口中发出来的，而是那些将接管未来的孩子们。即使声音还会略显稚嫩，并不强壮，但他们会自动建成修正系统，新时代悄然到来的脚步声就是这样的。老家伙们没有资格也没有权利压制和限制他们的发展和生长，有的只是惊喜、欣赏和扶植推动，这亦是一个民族文明的进步。

人有个毛病，就是越活越着急，越活越急迫，眼看着人生终点逐渐清晰，免不了会有些鸡皮蒜脸的样子。这事得控制一下，尽量别倚老卖老，跟年轻人争地盘跳广场舞，或暴走在高速公路的快车道上。

现在最让我们脸红的是让晚辈们疑惑：他们怎么会活成这样。即使我们做不了榜样，那就静悄悄地说话做事，倒出更大的空间给未来，听他们说话，听他们放歌，给孩子们留个好念想。

茶 · 老子
Lao Zi

老子那个年代是否有茶喝，好像没有考证。即使能喝上的，也不叫茶，被称之为药。实在不能把茶跟《道德经》扯到一起，大概是这些茶友们较为遗憾的事。假如他老人家边喝茶边写着文章，估计这篇道德经就有可能不是 5000 多字，喝高兴了指不定几万字都是它。

老子还真是个可以无限牛逼的人，盖世无双。没有他，你还真不好意思开口说中国的哲学这样那样。

他老人家说"勇于敢则杀，勇于不敢则活"，这句话很有意思，也是相当的深刻。今天人们向来都是把勇和敢连用的，勇敢了就把事情做彻底了，做实了。勇敢是最饱满、最正向、最终极的情绪，几乎可以与高尚平起平坐，是可以不需思考、不容质疑、不得检视的正当行为。一句"你要勇敢",我们就不怕丢了性命、不计后果、不讲究方法、不辨是非地冲上去,勇敢是全部的理由。

勇敢这个词本身没有任何毛病,关键在于怎样使用。大多时候我们需要这样的气势,尤其是公众行为集体合作,克服某些障碍,实现具体目标时,勇敢的激励是必须的。作为个体的自我鼓励或壮胆,也离不开勇敢的激素。但在一些特殊的场合或特别复杂的境地,勇而不敢则是一种智慧,一种妥协,说白了是好汉不吃眼前亏,也可以说成是见好就收,给人家留点余地,也给自己备好了退路,或是一种迂回,一个策略,特别是在你死我活的战争对抗中。生活中很多的时候,我们还真任性不得,不能无所顾忌地使性子,也不能得理不饶人。那个狗都落水了,还要痛打不停,这显然是有失公允,丢了风度也损了怜悯。酒桌上喝高了特容易勇而敢,为朋友两肋插刀,头破血流。一时兴起许下诺言夸下海口,事后收不了场子,给他人落下夸海口吹牛逼的印记,既尴尬又狼狈。君子智勇,有的时候该认怂时要认怂,该服软时就别硬挺着,敢于承受胯下之辱,方能有大的担当。既然我们不可能永远至高无上,不可能永远天下无敌,不敢是缺不得的。在大自然里,那些霸居生物链最顶端的狮虎们,也不可以为所欲为,该躲闪的照样躲闪,该退避的绝不争先,动物如此,况且人乎。隐忍是勇于不敢,勇而不敢为天下先是制胜不可或缺的法宝。这种境界是那个人的修养品质,平静淡然、不急不躁、气定神闲多种元素混搭而成,然后在利用合适的环境激发出来,比如说喝茶。

政治上的勇敢是制度的安排,是价值观和文化驱动使然。比如说二战时期,日本人与美国人投降的比例是 1 : 45。那些战死的日本军人会被称之勇敢的牺牲,不苟活,是勇士,获得国家和本族人的尊重和纪念。而活着回国的那些被俘的美国人,也会得到夹道欢迎的礼遇，勋章照样挂在胸前，也被视为是大英雄。

他们并不被鼓励去做无谓的勇敢，生命权是第一位，这是文化的区分。我们朝鲜战争被俘的战士，回国后都被发配到大西北，背负着耻辱罪名。打小有一句印象很深的台词：三爷最恨的就是被共军逮住的人。可见无论是国军还是共军，哥俩在对待勇敢这个观念上还是大致相同。

老子还有一个观点让我眼前一亮，他说，"我有三宝，持而保之。一曰慈，二曰俭，三曰不敢为天下先"。前两句很容易理解，关键是第三句。从小就被教育做前人不敢为，敢为天下先，要敢革命敢造反，破旧立新，从没听说过不敢为天下先这类说辞。但这是很重要的一个观点，也是很实用的辩证法。现在我们盲目地鼓励人们创业，这不见得是明智的选择。很多时候，思想无禁忌，创新无规则，什么事情都敢，其实是可怕的。

老子还有很令人寻味的诘问："名与身，孰亲？身与货，孰多？得与亡，孰病？"这是人生最基本的态度。人都爱名，对有些精神洁癖的文人斗士，名誉与生命平齐，在极端冲动时甚至要高于生命。好一些是为了某种理想信念，为了追求的境界和目标实现，忠于职守，宁为玉碎不为瓦全，殚精竭虑，不惜毁坏身心，不在乎牺牲家庭，不惜性命。

古时有些大臣官员，就为了坚持某个意见或个人意志，被皇上灭了九族甚至十族，那些弟子学生也无缘无故地躺着中枪。但凡想一想还要有那么多老老小小你最亲近的人都要跟着你殉葬，你丫的就必须要犯浑到底吗？你的狗屁主子都那个操性了，还有必要表忠心献生命吗？这是不能再愚蠢混沌的老朽了。一想起这些我就气得

不行，但更奇怪的是这些悲惨的闹剧总会被别有用心的后者或统治
阶层美化为一种矢志不渝的忠诚，进行过度的渲染和放大。

恶心一点的是为了权势和虚假的名声，必要时奴颜婢膝，出卖
人格，这个你们都懂的，俺也不愿多写，别脏了自己干净的小手。
记得反正那些将名声看得比自己身体更亲的家伙，一定不是什么正
经人，不管他们出于什么目的。剩下老子那两个提示，人与身外之物、
得与失的权衡，估计是不说自明，原理都差不多。如果在这上面还
迷迷糊糊似是而非的话，那你就没事别怨天怨地的，所有的不快和
痛苦都是自己找的。

老子还告诉我们一个至深的哲理，就是"甚爱必大费，多藏必
厚亡"。人这辈子太爱什么，过于在乎什么，那个东西就是自己的软肋。
爱权的人会死在权上，爱情的人会在情网里困死，太爱孩子的父母，
有的时候就被子女败了自己的名声，被这个爱所累。人不可无所爱，
但是爱到痴迷，物极必反。

"多藏必厚亡"，天下的许多好东西，是属于大家的，有些珍贵
独本的藏品要在博物馆里共赏的，囤积在自己家里，有可能遭惹杀
身之祸。最后就丢得更惨了。所以对此老子又讲了一句话，"故知足
不辱，知止不殆，可以长久。"

茶 · 做自己
Be Yourself

"做自己"几乎成了时下的流行语或正能量的辨识符，搞得谁要是不想想"做自己"这个事，都不好意思跟人家坐在一桌吃饭喝酒聊天。

喝茶是最正经的做自己，一个人或几个人，假模假式地端着，懂和不懂都得说上几句，好喝不好喝也得点头称是，不能轻易从嘴里蹦出来个这茶不好喝之类的外行语言。有的时候，集体喝茶是很典型的心理从众行为，有那么点广场效应，只要一个人说好，大家自然都会跟着喊好，被落下者显得很不懂业务，很有可能有出局的危险。

很多有独立思考的人，向来小心随大流，深怕自己一不留神卷入广场效应，只要有一个人突然站起来呼喊着什么，所有人就一同跟着高叫起来，不在乎那个人嘴里到底发的是什么音。这大概是打小落下的毛病。

在文革年代，经常会被召集到学校操场或市里的中心广场举行大型集会，不是批判这个就是斗争那个，还有游街示众、枪毙反革命分子，当然也包括喜迎最高指示之类的活动。十来岁的孩子，深更半夜被轰出被窝，紧跟着宏大的人流亦步亦趋，呼天喊地，很是热闹。

现如今人们的从众心态依旧如故，只是形式不同而已。我经常调侃做电视节目主持人的朋友：我们笑话朝鲜金牌女主持人慷慨激昂豪情万丈，其实我们的宣传片跟人家没有什么区别，五十步笑百步罢了。随便一个城市展览馆里，那些介绍本市发展远景和蓝图的配音，听来都是一个调调，真可以跟朝鲜有得一拼。一个民族，能达到独立思考各显千秋真不是短时间可以办到的事儿。

强国有强国的范儿，大国有大国的内涵，就像学识渊博的智者需要时间和阅历来锻造，而暴发户只要挖准一个矿即可实现一样。

但凡流行的东西，都近乎于平庸或低俗。做自己这件事没那么邪乎，也不必要较真。做自己和不做自己是同义词，就是这么简单，也是这么困难。之所以说它简单，只要你把自己整得真实了，没事别装逼别做作，齐活。就像当你不知道讲什么话的时候，那你就讲真话一样有效。说它困难也是同理，反着看即可，关键是要把握一个度。那个活生生的自己绝不会因为你要怎么着就怎么着，不管怎样揉扯，终究还会还原成最初那个样子。

一个人生命的状态是终生进化的结果，涉猎到那个人过去和未来有意识和无意识的自我建树，成型或未成型的价值观、人生态度、品行和品质、正义和善良与否。有大把的人拼了命地做自己，我行我素舍我其谁，晚上在家烧香拜佛，白天出来欺骗作恶。做自己搞不好很容易走火入魔，本来过强的个人意志，更是强上加强，失去了不可或缺的柔软和韧性，易爆易折。做自己是个静悄悄的活，精细而美丽，是内心一步步填补一点点修缮，认真比对小心微调的精密工程。

没有标准也不存在好坏高低，自己评判自己，自己审视自己，自己释怀自己。无需外人插手，也不必他方干涉，所有的效果和结局都应该是模糊朦胧的，一旦你感觉清晰了明确了，那可能会更接近于错误。

不做自己是什么，从某种意义上说是无为无我无分别。一个人不在乎自己了，或者是破罐破摔、不求上进、任其堕落，但对于有精神准备和完整人生态度的人，则可理解成是放下了所有的装扮，逐层剥离自己解剖自己，将自己的本来看个究竟。表现在行为上，就是平和、安宁、客观或不矫情。用句俗话说就是皮糙肉厚不要脸，任凭东南西北风，经折腾抗打压，啥事都看得开，啥事都能过。大大咧咧，对所有身外之物，不管是精神的还是物质的，多也不觉得多，少也不觉得少，感觉一切都正好。这样的人可以说是有点二，也可以描述为大智若愚。他们的本事是轻易不会被外部的干扰影响了心情，也不会被其它说教干扰了自己行进的方向，定力足，韧性好，自信并自满着，在自我的小宇宙里做自己的皇帝。

那些看上去是在做自己的人，也是在不做自己，不做自己的呢，本质上也是在做自己，真假难辨是非不清。我觉得这本是不该强调的事，或不该成立的一个观点，该是什么就是什么，没事别瞎折腾，把握不当用劲太大，特容易把好端端的一个人给整拧巴了，不是在模仿别人，就是在演自己。

　　我们都是大自然的一份子，没必要动那么多的心眼，要学习四季那样流畅地转换，像二十四节气那样自然承传。简单到把自己视为一粒种子，被风吹到属于你的世界里，被泥沙覆盖，被生物重重地践踏，深陷到泥土里，被雨水浇灌，被晨露滋润，被阳光沐浴，然后你生长了。不管你是一朵花还是一棵树，是一麦穗还是一株草，都是在自然地做自己。

茶 · 低俗
Vulgar

　　喝不喝茶跟低俗扯不上关系，就像喝咖啡的人不见得就高雅到哪去一样。但这茶喝着喝着，你能慢慢让自己不低俗了，经常进食些精神茶点，这事还是有可能的。高尚是少数人的追求，咱普通百姓别市侩别小市民就已经不错了。

　　越来越发现，无论是男人女人，年龄大还是小，在一起能不负面地否定和议论他人的机率会很小，即使好久不见的老朋友，也会不经意地抖落出只有知己铁哥们才可分享的他人秘密和隐私。似乎只有在此话题下，相互间给予特别待遇，才能发泄和满足，聊到尽情时，若彼此话题接得默契，自然淋漓尽致舒服畅快，像是喝着小二，就着花生米咸菜，品味出别样的滋味来。如果你坐在其中不凑上个三言五语的，那就如同大伙都饮着酒，只有你喝着凉水，既不入流也无趣，就差你这一把柴火，那锅水始终烧不开似的。

如果这算得上是低俗，那我们都曾经低俗过。倘若把这事划入卑鄙的系列，恐怕你我也卑鄙过。不管他人怎样看待这个问题，但对于自己来说，应该反感和深恶痛绝才对。尽管如此，我们到今天并没有能完全剔除掉这个坏毛病，劣根性真不是一下子就能弄干净的，偶尔还会说三道四。尽管有充分理由，被误解、被怠慢，被攻击、被欺骗、被算计等等。有时即使那件事与己无关，也会旁听出快感来，很解渴。

这事克服起来为什么这么难，全民无一幸免，无处不在，看来是涉及到人性的问题了。不愿意将此事归结到人格上去，这是对人性善良的根本性的质疑，也会动摇人与人之间的信任的根基。如果认为自己是可以做一个高尚的人，但细想起来，如果此关都无法越过，何来的高尚。看来这对于所有的人来说，都是一个最艰难的考验，高尚甚至是无法企及的人生高度，这还真不是随口就说的一件事。

人之所以会这样是有好多因素所驱使的，我判断其中最核心的要素应该是嫉妒。嫉妒心每个人都有，打小开始，它就没离开过我们，无论是谁，即使是圣人，都不敢说自己从没嫉妒过谁，也不敢保证以后永远都不会起嫉妒心。

我们暂且不去议论嫉妒是怎样程度的恶，但它确实是对他人无声挑衅和打击的侵略行为，也是对自我道德的蔑视。人的本性是自我的长处不能被抹杀，同时也不愿意看到他人的优秀压过自己。在对他人的嫉妒攻击后，会从生理上收获相对的满足，也可以说是悄悄获利。嫉妒是每个人的天性，只是有不同程度的表现而已，无论是大师还是凡夫俗子都会在所难免。

既然如此，我们也许把它定义为中性的东西比较合适，当它伤害了自己时，可以认定是病；在它开始攻击别人时，它才是恶。还真不能过于强调和夸张它的恶，否则我们自己也太不是个东西了，会无休止的深陷道德伦理的谴责中，永远怀揣内疚和负罪感。

从生理学上讲，一个人不断重复着嫉妒他人他事，那么神经细胞之间就会建立起长期稳定的关系，会不自觉的就变成了一种情绪模式。当我们的身体和大脑层面产生这种情绪感受时，下丘脑会马上组装一种化学物质叫胜肽，随着血液会跑到我们身体的每一个细胞里去，并被细胞周边上千个感受器官所接收，久而久之感受器官对某种胜肽就有特定的胃口，会产生饥饿感。

所以如果你有段时间不嫉妒不生气的话，细胞会让你有生理需求，只有习惯性嫉妒一下，发个脾气才算了事，否则难受得很，那种瘾头跟吸毒差不多。问题是这种饥饿感到了受不了时候，那受害者就不止是一般的社会关系，包括亲密朋友、伴侣、兄弟姐妹甚至亲爹亲娘都会无缘无故地躺着中枪。

这是件大的不得了的事，必需引起我们足够的重视。真要是习惯大发了，不去适当地控制约束自己，那必然会腐蚀我们的人性，败坏我们的性格，平庸和低俗，卑鄙甚至无耻，欺人有笑人无是免不了的。

对此我们要有所警惕，尤其不要在孩子面前，表现出对他人的嫉妒情绪和闲言碎语。

所谓的情商，说白了就是指管理自己情绪的一种能力。自由只能是自由，为了自由而自由，容易跑偏，会演变成了一种破坏力。

自律也是自由的一种，只有自律了才会自在。圆满的人容易看到他人的圆满，善良的人才能体会到他人的善良。曾经受过的伤害，让我们看别人不顺眼的时候，实际上是未经修复的自我阴暗面的折射。当我们觉得愤愤不平，什么事都过不去的时候，那一定是自己心灵存在着某种重要的缺失。

　　也不要相信什么把敌人消灭了，也就把自己的意志给废了这样极端的观点。每个人活得都挺不容易的，别吝惜对他人赞美的话语和情绪，积极主动的鼓励你我都很需要。少一点嫉妒，多一些欣赏，既为了他人，也是为了自己。

茶 · 修为
Practice

爱茶人茶社，这两年队伍发展迅速，已有 200 多人，都是在北大读过书的人。这些人凑着热闹，起着哄，不知不觉把茶喝出点名堂来，对这些绿叶子多少有些感觉了。

人们一般都把喝茶当作是件闲事，但很多茶会，那是相当正式而隆重。每个人的穿戴也非常讲究，姿态优雅端正，不像酒桌上的那些人横七竖八东倒西歪的。

这显然是把喝茶当做一件值得忙的事来做，把别人都当闲事的事来忙它，把别人都忙的功名利禄放下，心头有一道闲情，这其实是很牛的。能闲世人之所忙者，方能忙世人之所闲，能攀至到这样界面的人，都是很牛掰的高手。

　　喝茶人在一起喜欢说缘分这两个字，我想这是特指碰上好茶或遇到投缘的人。缘分这两个字是可以分拆解读的，与好茶好人相聚是结了这个"缘"，但是自己修不修这个"分"，够不够这个份量则是另外一回事。包括国学、养生、诗情画意甚至哲学，都属于修这个"分"的范畴。

　　当然把茶给喝透了，也可以在那些汤汤水水中得以体会和感悟。会喝茶人讲究，不将就，就是这么一个转音，味道就大不相同。讲究了，就能喝出不可替代的价值来，将就了，自然要丢失诸多情趣和味道，也慢怠了身边的乡土。

　　生命体有个特征，越高级的，颜色就会越含蓄，反过来说越低级的，颜色就越艳丽或越纯粹，从矿石，到植物，再到动物都是如此。这里的高低之分可能会引来歧义，有人认为任何生物和植物不该有高级和低级区别，一切生命都是平等的，这是另外一个话题。

　　茶体现了大自然的奢华，而且是低调的奢华。一片茶叶，可以洞见草木的千年灵秀，万古精华，也能嗅出那块土地、那片雨水和周边伴生物的清凉气息。而我们可以在一瞬间，唇齿相碰，就可以有舌底鸣泉之感，实在是一件幸事。但真能品出别样的滋味来，一定是心境在前，舌感在后，走心品茶是必须的。

　　好茶温韵实在，当年那股戾气已经被岁月发酵掉了，原始的冲撞，辛辣霸气的芬芳，已积淀成今日的光华。老子所讲的"方而不割，廉而不刿，直而不肆，光而不耀"，可以概括茶成长的境界。

　　从另外角度来看，人生最早感知到的、最直接的幸福，便是唇齿之间的那点香和甜，厨房冷清的家庭，是养不出幸福的孩子的。

当我们长到了一定的年岁，就需要一种"干净"来清理被污浊的精神和身体，最有效的选择就是茶了。

真水无香，真茶无欲，平平淡淡，那是生命另一种配方，是对大自然深情的向往。茶是可以轻松地进入生活各个空间，使平凡的生活呈现出精致生活的品味与质感。有一种说法比较玄乎，说喝茶也是心灵成长的一部分，喝着喝着，心灵就长起来了。对此俺半信半疑，不过只要有人相信，估计多少会有些作用。既然可以去信仰宗教，那么被茶水洗过脑的人，视茶为崇拜物也没什么不可以的。

闭门即是深山，读书随处净土，很喜欢这种描述。喝茶人很讲究茶道，也在乎茶道里每件物品、每道程序的安置。这是有道理的，因为室内静物听命于和谐，大自然听命于和谐，人类生活也必然要听命于和谐，喝茶人会在美妙的和谐中体味从未感觉到的生命快感。

茶道是因由对美的倾慕而建立起来的心灵仪式，并可在这仪式中感受纯净和谐，理解互爱的奥义，从秩序中挖掘出浪漫的情怀。

喝茶时心要静。心若乱了，茶再香也不见得能品不出滋味来。喝茶不但是一种味道，更多的应该是一种心情。繁华终归是过眼云烟，一杯茶最初再香，也会沏至无味，只待静静接受，默默相守。人生长度是被时间限制的，我们只能用宽度来增容。遇见好茶，懂茶的人会敬畏，不浮躁，不轻狂，不喧哗。

有人说生命的意义是喝酒，生活的意义是喝茶，这样说有点拽。更同意另外一种说法，喝茶的人有心事，喝酒的人有故事。好像喝茶的人总是在琢磨着什么。酒如豪士，茶如隐逸。

酒是用来结友的，而茶是用来静品的。喝茶不能像喝酒那样，大声吆喝推杯换盏，敬一个名片求一个职务什么的。好酒是不能糟蹋，好茶更是不容亵渎，喝茶本身就是一件正事。

喝茶可深可浅，慢慢的自会有自己的归处。为了解渴也好，健康也罢，随心所欲即可。可形而下，也可以形而上，或两者兼而有之。把茶当作神物，那你就去敬畏它；把它视为尤物，你就去享受它；倘若你只把它看作是一片绿叶也成，有也可无也行，理所当然随遇而安。

茶·死亡
Death

　　人随时都在与死亡打交道。体内细胞的消亡，你践踏过的小草，折断的树枝，吃进肚里的鱼肉菜，随大自然变化而重复更新的花草树木，抗拒不了时间的蚊虫。大到宇宙的星体，小到看不见的微生物，时时刻刻都在死亡。

　　茶叶也是这样。每次的茶席，都是与死亡面对面的对话和亲吻，以旧换新，既是相遇，又是别离。

　　摆在我们面前的茶，是死的还是活的，这事仁者见仁，智者见智。说它是活着的，那是把死亡看作是活着中的一种静止状态，或是一种乐观豁达的生命态度，或是一种诗性的语言，对美好的赞美和颂扬，或是很有深刻意义的纪念和缅怀。把它说成是无生命的，也没什么毛病，不就是几根草叶吗，只要它存在功能性，就像人腐烂的尸体，可以化为肥料，供其它植物生长，那也是不可抗拒的自然转化。

从茶那里，我们可以追溯到死亡这个话题，这亦是非常有意义的思考。

哲学从某种意义上说，是寻找人之为人的存在根由的一种诘问。

苏格拉底认为：哲学就是预习死亡，为死做好准备。一个人如果把死亡问题想明白了，在哲学上就通了。有这样一个观点：哲学不是用来做学问的，而是教人如何更好地面对生死。这种说法从字面上看似乎有些命令的口气，过于绝对化，但在这文字背后可以理解成我们面对生死学习的过程中，可以从中获取更深层面的人生检讨。

死亡与文化有绝对的关联性，死亡文化是生命文化的折射。一个至死都在追求艺术的人，一定会尊重死亡的实质，同时也尊重了生命。

人类历史延续到今天，都是一直存活在生命的丧失与获取的自然法则之中，生是让生命获得了一种存在，死同样也是让生命获得了另外一种存在。生命的整体本是一个圆满，死亦是生命最终的回归，是生命中最重要的一个环节。倘若我们真的能参透这个本相，将每个生命独立分类，抛开其属性，那么我们就可借助心理学的外化技术，减少对死亡的恐惧和痛苦。

柏拉图那句"哲学就是练习死亡"，就是在解释这种练习最大程度上用来减少身体的控制程度，让身体的惰性尽少地对人的心理产生影响和暗示，这样才会让心灵自由地追求智慧。

真的生命不是走向死亡的生命，准确的说应该是走向善的生命。生命是靠我们的感知而存在的，但这种直指生命将会消失，触及到生命的天堑和未来的感知，无论是谁都得打起精神来面对。

作为人来说，一生一世大都是任性随意的，只有面对死亡的时刻我们才会真正严肃起来，为自己所拥有最后可预见的残留时间作出妥善的分配和安排。

生命是在时间里表现的，如何掌控自己的时间，也就是如何安排自己的生命，只有死亡开始在我们面前打招呼了，才真正体会到时间并无止境，时间概念不再抽象，所以人生实在浪费不起。

人生无常，死亡随时可能来叩门，它会呈现出残酷的真体性，这种非常经历可以击垮我们，同时也可能成为觉悟的契机，这取决于我们心性的品质。

死亡会给人带来冲击力非常强的生命体验，既让我们悲痛，也会让我们重新检视人生，重新看待生与死的意义，或让我们更勇敢。当然人在不同的生命节点对死亡有着不一样的感受，生命就如同一个水果，死亡就是那个包裹在中心的果核，生也长，死也在长，对待死亡的认识也在成长。对生命的态度取决于我们对宇宙的认知，是无限的还是有限的，

所生成的生命理解会截然不同。在生命的坐标中，生命的长度是可以超过时间的计量的。在时间系统中，生命的面相是横向，时间是纵向，纵横交错才构成全体，通过死生，才能真实辨别生命轨迹。

所以死亡不是失去生命，而是走出时间。要想了解死亡，你必须有一份冲动，一种强烈的感觉。

死亡是未知的东西，一旦了解它的本质深度、美感和其中的孤独感，它也就止息了。认识死亡便是幸福，因为死亡即是未知。智慧豁达的人是可以抗拒死亡的，让有限变成无限，注重精神和灵魂的培育，如果是这样，死亡就不是终点。生命是我们在这个人世间暂时借住的一个躯壳而已，最终还是要将自己交还的。

我们所拥有的一切，包括躯体，最终都将会像水一样蒸发，像梦那样消散。无论我们是在勤俭或挥霍，都不会改变这个结果。思考或者不思考，有我或者无我，几乎没有什么差别。

从物理学角度来看，物质既没有产生也没有消亡。生成和灭亡，均是运动中产生的形态变化。如果把生命还原成光、电、磁等粒子组成的能量，那么那个人就没有死亡，只是生命能量的一种转化，转化成另外一种形态，而能量还是守恒的。

简单的比喻，物质生命好比是一个杯子，生命能量就像水，即使杯子打破了，但水依旧还在，没有任何的损耗，只是形态上发生了变化。认识的角度决定了人生的方向，认可自我是杯子，杯子打破也同时意味着自我的毁坏。反之认为自我是水，虽然杯子破碎，我们反而更加的自由，另有去处。有形的总会消失，因为有了开始，也就一定会有结束。

死亡，是一次相聚，是去除了外形的能量呈现。当更多的杯子被打破时，无数的水可以融汇在一起，成为一体生命的存在，你就是我，我就是你。所以生命存在的目的是让我们逐渐脱离对杯子的执着，回归到水的状态中。这既是生命的目标，也是死亡的本相。世界是我，我是世界。

如果从宗教角度来看，佛家的生命轮回说，本身是具有积极的意义，将死亡解释为涅槃，是对死亡的接纳，只不过是从一个生命形式转化到另外一种形式而已。但人类通常都在隔离死亡，这也是焦虑和恐惧的主因。

作为文化性东西，死亡本身就是一种存在，是事实，但不是生命最后时刻。如果我们一旦把肉身的消亡当作了最后的终结，那么必定会悲观预见到生命生成的那一刻它就要注定毁灭，这是相当缺失意义的混乱思维。如果我们允许生命无节制地败坏，那就是在加大失去的速率。能以智慧来面对败坏，也是人们面对老与死的态度。在禅宗里修道士总是把死亡作为参悟的目标物，参破生死并乐观淡然地去主动接受它，反而会为自己寻找出更加生动的活路。

其实最不该恐惧的是死亡，因为它的能力太强，不可逆，我们都是自然地被它裹挟着，抗拒不了东西就要顺从，不挣扎。所以我们都是它的子民，终究要随它而去，具体那个地方是什么样子，倒是我们应该保持好奇的心，那可能是我们最终极的向往，有趣、好玩。死亡是需要学习的，需要豁达和勇敢的情绪。

对死亡的恐惧最终是缘于对现实的不舍，那也是一个人所获得额外的幸福和快乐所需要付出的心理成本，这亦是一种天然的平衡关系。既然有些人痛苦到极限选择了主动投向死亡怀抱，那必定也会有很多像我们这些幸福饱满的人不同承度的恐惧和不舍现实中的一切。如果真懂得了世间所有一切都是不生不灭、不垢不净、不增不减这个道理的话，那么死亡就会成为一个再正常不过的话题。死亡是生命不可或缺的一部分，腾出地方，让其他生命成长，这是必须的。

时间的渡口，我们皆是过客。无论我们怎样珍惜与挽留，抑或怎样荒废与抛弃，生命的田地终将是一片寂静荒芜，我们无力留下什么。看看身边人流如织，可真正驻足的又有多少？

你就是再成功，光阴的橡皮也会慢慢擦去你的名字。不是世道无情，不是自己薄幸，人生本来苦短，不必诸事计较，但求问心无愧就好。

茶 · 真爱
True Love

　　一个人的周末，爱茶人慕名去了北京东面的一个新落成叫黑天鹅的糕点店喝下午茶。

　　这家店的宣传说是花了六个亿用了六年的时间才建成的。不过还真是相当有水准的建筑精品，在京城来说应该是数得着的高品位场所。无论是园林还是室内设计都有独特的美感和创意，由来自于日本、韩国等国家知名设计师所为，由此而引来几乎所有观看者的赞誉。

　　但其间有一位朋友发出与我们的感受完全相反的意见，几乎近于全面否定，这让我十分诧异。因为他是专门从事艺术工作，并受到过良好的教育，也是有一定水平的专业人士，那么此类分歧那就决不是技术上审美的问题了。

通常我们会认同一种观点，那就是人更应该展现他们的智慧而不是聪明。为什么这么说呢，我理解如果那个人过于聪明，必然反应速度过快，会将智慧甩得老远，无法与智慧结伴而行，那么自然不会生成客观或较全面的评价而有失公允，也会影响善良的情怀正常出场，让他人感觉厚道度多少欠缺了那么一点。

简单的聪明易偏激，并且会习惯性地强调个人意志，喜爱彰显与众不同的性格，不情愿和他人保持一致性，强大的批评是他们的主题词，并视之为己任。聪明并没什么不好，这就像性格无所谓好坏，关键在于适当地使用一样。我认为如果能让智慧先行，聪明略后，用聪明来补充智慧的技术空缺，效果应该会更好一些。这是因为，若是智慧不完整，那所欠缺的是关系中最核心的东西，理解、包容、善意、客观、敬畏、同理心和人文关怀等等人们必备的美好情绪。

情感的正确远远要高于技术的造诣，就像慈悲的施舍要优先于对受施者真伪的辨别一样。一个人尽量让包容和接纳成为自己的真实的生命状态，而不要把它处理成虚伪的技术应对。审美时当然允许观者以个人的价值感和美学认知角度来做自我的判别，但失去了对神圣的恭敬和对大自然的谦卑，那么就必然要走向狭隘和偏颇，在态度端正与对美的鉴赏力的级别排序上会出现混淆。

一个画家评论另一个他不熟悉的画家作品时，很少听过认同或赞美，大都是部分否定或全面否定，很是夸张。极少数的人会隐晦地说些不清不楚、漫不经心的话语，但从头到尾都会掩饰不住对那个作品的轻蔑和不屑，当然同伙除外。

　　这不单单是简单的对艺术审美范畴内的情感表现，它将影响那个人在社会行为里面对各种关系所使用的态度，包括在家庭里面对自己最亲近的人。这个时候，我们需要诊断的可能要从人格、人性、人的品质这些最深层的生态系统开始。这事往大了说，它最终会决定我们未来的生命走向及生命的高度。往小了看，要波及到人们获取幸福感和喜悦度的多少。说白了，在生活中多一些厚道少一点尖刻，那就是一个既智慧又聪明的好人。做到这一点并不难，只要你能有勇气在这个选择题上打勾即可。

茶 · 爱情
Love

　　茶席间，人们会经常聊起情感这个话题。这件事谁都逃不过，门槛也低，不管你是聪明的还是呆傻的，机灵的还是迟钝的，幸福的还是悲伤的，达官贵人还是一介草民，均有此过节。

　　人类的永恒主题是什么，无论从严肃的学术著作还是浪漫的文艺作品，大致都归结到爱和死亡这两个话题。对它们的描述，从内容集中度到数量，都要远远高于宗教和战争等其它人类现象。

　　前两者，爱情充当的是喜剧角色，慢慢演绎成悲剧。半路分开的是悲，走到头的没能同时咽气的也是个悲。死亡起先是悲剧，从最坏打底开始，再往后怎么也悲不过死，什么上天堂了，解脱了，一死百了，寿终正寝了等，看上去都挺喜庆的。

　　爱情与死亡相比较，前者更具观赏性。所以爱情这个东西，成事是它，败事也是它，故事自然就多，事故也是连绵不断。

即使是美丽的爱情传说，凑近了细看，可能都是一些笑话。比如梁祝的故事，由于那把小提琴奏出的乐章太美，跟着激动了好多年，也被误导了好多年。现在才搞明白事实真相：一个叫梁山伯的无能男人附和了一个绝望的女人，她的名字叫祝英台。

我们都会赞美一见钟情，但我看来，那只不过是爱情毒药急性发作的异常生理反应而已。反过来推理，长久的等待和相思，应该是爱情毒药缓慢释放所产生的药物效果。明白的人真不能拿爱情说事，过度的浪漫是件很危险的事。笨理合计呗，一个人在药物的控制下，哪能做出清醒的举动，把爱情视为海枯石烂都不会变心的比喻，实在是疯狂得很。山崩石裂俩人还能不动摇，这真是逆天的物理定律，牛吹得实在是大发了些。

统观前后左右的周遭事件，你不难得出这样的结论，在所有美丽的遮羞布下，其实是荷尔蒙涌动所生成的肉欲横流，生生多出了许多以身殉情的烈女和批量人比黄花瘦的薄命红颜。这些均是来自人性的本能，而这种本能并不怎么高尚，主张的都是性，却光冕堂皇地被冠以爱的名义和理由。少年少女们还真有那么些的纯粹，干干净净地给予或被给予。

爱上一个人，不需要任何理由，没有前因，无关风月，只为真心。但对大男大女老男老女来说，用相互欺骗这个词难听了点，可其中的各自企图各自所需是免不了的，牛逼的是最后可以把种种不堪一股脑地推给了一个名为爱情的替死鬼，了结一切及其他。最差的是那些男渣女渣们，为了各种明确的利益，男人贱卖气节，女人出售身体，事前拿爱情铺路，事后以哀怨散伙，好生无趣。

男女之间关系的本质，只能意会不能言传，真相是不能被揭示和告白的，只有二到家的人，才会疯言疯语说了些不该说的话。这是种特殊的关系，属于特级保密单位，不能太清楚也不能过于糊涂，大多时候需要用麻醉来催眠，方能走得更远。

长时间如此紧密接触共同过日子，装聋作哑是必须的。两性关系复杂得很，平衡需要太多的条件。有些可以觉晓，有些永远都可能是未知。把所有的问题都能对应准确了，似乎是不可能事件，妥协或不情愿的主动认输是免不了的。只要双方都把对方正常的标准看成是不正常，事就来了，误会也就一个接着一个。但凡之前没能把自己的精神和情绪整理好，内心持有委屈或优越感，事后的关系必然会相对脆弱，绝对经不起折腾。

男人的性别优势在于可以把性和情感完全分开，女人则不行，上了床就以为生活会从此不同。但善于学习的女性，她们会综合雄性激素归为己用。如果在经济和精神上都能够自给自足的话，一旦学会男人这一招，会比男人玩得更欢实。

有些男女搞灵魂伴侣这类事，但后果是没什么比灵魂伴侣给更多人生造成不幸了。如果说它是可以存在的，那也只限于艺术家们当作行为艺术来表现，咱们这些俗人是驾驭不了这么高超的关系。

人无论是在婚姻内还是婚姻外，等到分手那天，都会相信性格不合是最实在的理由，从来没怀疑过。实际上，两性之间根本就没有性格不合这一说。男女纯属两个物种，双方的关系天生就是不和的，都会为一些相同的事情产生分歧，别指望只要遇上合适的人就不会吵架闹别扭了。选错了人这种说法也是很难站住脚的，是认知上的误区。

想让自己不那么难受，在于要学会两只眼来看事情：一只眼从他人的角度看，一只眼从自己的角度看。

茶 · 剩女
Leftover Women

这茶要是喝高兴了，满心都是喜悦，越喝越兴奋，但有时也会勾起了心中的忧虑。尤其是几个当爹妈的，家里再有个大龄剩女，那就会借着茶劲相互倾述，彼此取暖，道个明白。

经常有些聚会，是以家庭为单位，几对家长带着孩子。男人们喝酒谈球论道，女人们说些衣服化妆品之类的事，最后的话题一定是指向孩子的婚姻大事。如果恰巧来的都是大龄未婚女儿，针对婚姻大事，在座的长辈们你一言我一语，似乎是轻描淡写无意而为，但话语中的严厉加威逼是显而易见的。搞笑的是，彼此配合相当默契，你的话我替你说，我的意思你来帮我表达，整一个群口双簧，主题就是一个，逼婚。

　　正是剩女数量的激增，逼婚劝婚这事已成为很普遍现象。这也真是把家长弄急了，茶饭不香，彻夜难眠。如果有兴致去一下相亲市场，就会见识了那些老妈老爹们为了孩子配偶的事焦虑成什么样子。可对孩子们来说，她们并没那么急急火火的，虽然这对她们来说也是件事，但绝不至于到这份上，几乎跟生死悠关似的。

　　父母的心情是可以理解的，可婚姻的搭配很微妙，它是一个静悄悄水到渠成，不能说、不能劝的慢活。但凡大张旗鼓惊天动地去吆喝，非把事搞砸了不可。这本是一件桌子下面很私密的两性博弈，你非得拿到桌面上，像做生意似的公开交易，这让谁都会感到难堪。急归急，想归想，当爹当妈的得沉得住气定得了神，别搞的像处理家庭废品似的，伤了孩子也捉弄了自己。

　　催婚的人主要催的是什么呢？无怪乎他们觉得是怕跟别人不一样，心里不得踏实。把自己的陈旧价值观要活生生地包裹在孩子身上，这实在是愚昧不该。你们急火火地想抱孙子，让孩子觉得被生育的目的，原来就是想要下一代，那么她们的自身存在感和价值将受到颠覆和破坏。有些家长竟然放出断子绝孙这类的狠话，恨不得马上找个人过来当晚就造出个人类，再也没有比这更能伤他人自尊的了。不顾当事人的心态和具体情况，只知道一味地催逼，这就好像小时候家长只关心你期末的成绩，不在乎你的兴趣爱好，开不开心，有没有交到好朋友是一个性质的。

　　父母着急的原因是把大孩子当小孩子看了。25 至 30 几岁的人该懂的都懂了，这个道理当爹妈的要明白。你会发现但凡所谓剩下的，都是优秀精英分子，不是她们不选择，而是没到或不能选择的时候。时代不同观念自然不一样，让孩子的精神世界跟我们一样，那他们得堕落成什么样子。当她们经济和精神饱满自信可以独立时，就可以不将就，结婚与不结婚都是一种正常状态。时机到了，该怎么着就会怎么着。

生活方式没有什么好坏，只有适合与不适合，开心是第一选择。过自己喜欢的生活，就是好的生活，人生就是体验过程，她们有能力有资格可以按照自己编排的剧本来活，做主角也做导演，对为了满足他人的各种期待而委屈求全的限制可以大胆说不。

当催婚者联盟无法说服年轻人按照他们的期待生活时，他们会拿出孝道说事，家庭是这样，社会也跟着起哄。曾经有个大型相亲网站打出了一个广告，外婆快不行了了，含泪想要抱重孙子，然后女主角唰的一下就结婚了，外婆顿时喜笑颜开，也就不用"走"了。这个广告完全站在道德高地绑架了年轻人的择偶观，生育观。

在我们的文化中，似乎总把生育当做结婚的目的，把繁衍看作子女人生的首要大事。一路被催着赶着，好像是一群家畜，好像不手把手教授，家里就可能断了香火一样，完全把孩子当成了白痴。早恋吧，就如同做了流氓似的，不谈恋爱吧跟着急，刚谈上又催着你结婚，然后火急火燎地等着抱孙子，生硬地参与到孩子清爽的世界里，把人家本来美好的生活阶段搞的鸡飞狗跳，不得安宁，实在精彩不起来。父母为了这个面子，忽略了孩子自我做主的权利。只有达到了他们内心早已设定好的目标之后，才会觉得有安全感，才会不觉失败。

大多的父母都有观念落后，主见大，意见多的问题，多元化生活方式对他们来说实在太难懂。僵化的人生经验会让人自恃过高，懂或不懂都要教育几句。一旦超出了他们的认知限度，就会觉得不稳定，觉得你给他们丢脸了。如果自己的生活还是一团糟，自己的人生还处于迷茫，心态都没调整好，马不停蹄去生了下一代，这实在是不靠谱。现实还存在太多的孩子抚养问题，假如真的后悔了，孩子又不是淘宝上买个东西想退就退，不满意还能打个差评。

人类是这个世上自我升级最快的。不要什么都还没准备好的时候，就办了人生大事，从容一点没什么不好。留下一个美好的地球的同时，也需要留下更好的下一代，两不耽误是好的选择。不被周边的思想带着走，我的事我做主，先让自己自由了再谈别的。

茶 · 禅
Dhyana

　　爱茶人一干人马，去柏林禅寺的路上时天色已黑。恰好赶上初十六，月亮好圆，高高地挂在车的前上方，你走它动，很有禅的味道。之所以能生成这种感觉，是来自于对柏林禅寺的向往和对明海法师的兴趣。

　　历史上著名的公案"喫茶去"就是发生在这座庙里，传世之作的赵州桥也与之相对遥望。地域是有区分的，为什么有人杰地灵这一说法，讲的就是天地人三而合一，在古时的燕赵大地这个特殊的方位聚集了那么多特殊的人，也留下了千古传奇，供后人滋养，沐浴纳凉。

　　虽然这回是北大光华爱茶人一次例行的茶事，但对所有人来说很有朝圣感。玄奘印度取经之前，特来此研习，这可是个历史的巨人。我们相信即使时间长河已流动了 1500 多年，在今天仍可以嗅得那时的历史味道，感受到他老人家留下的深远浑厚的气场。

柏林禅寺曾是中国禅宗史上的一座重要祖庭，燕赵一带的佛教中心。历经金、元、明、清至今，诸多大师轮流在此坐而论道，恢弘自然在那。当你一脚踏进那院子里，被加持感就已经开始发生了，不管它是实际的物理作用还是自我心里长出来的，你就是情高气壮，精气神足得很，看见每一个和尚都觉得那么干净整洁，每一道风光每一座庙堂似乎都跟你有关，所生成的情绪由不得你，都朝着断苦恼得快乐方向去了。

还有一个情结就是想会会现寺庙住持明海法师，都曾经在一个学院子里读过书，自然感觉亲切和好奇。他是 1968 年的"猴"，湖北高考的榜眼，北大哲学系毕业的高材生，公认的大才子。在校期间就潜心习佛，毕业后旋即剃度出家，浑身上下都是故事，前前后后皆为传奇，出书立著，传善送良，在佛界里做得风生水起，好个引人瞩目。近距离接触果然与众不同，浑身上下流溢的是仙风道骨，口出的是名言禅语。他把自己整理的很纯粹柔软，谦和的没有你我，低微的像一个尘埃，浑身都是能量，放射着让人可融化的亲善力，有那么些神性的味道，可明显感觉到修行过的高人特有的人格品质和悟到以后的生命表情。当你直对他的眼神时，莫名其妙地会起一种心思，就是想去相信些什么。

庙是一样的庙，佛是一样的佛，但寺庙与寺庙之间各自的风格会有所不同，这主要取决于那个寺庙方丈的人文状态和向往。柏林禅寺给人的感觉就是比较开放有活力，文化内涵较深，有一种特别的宗教修养，估计多少会有些北大的人文精神揉捏在里面吧。

在与明海法师的交流中，其中接受到的关键词语是自由，这个自由的含义包括身心的自由，行事方式的自由，发展方向选择的自由，相互关系的自由等等。不盲从不迷信，坚持信仰，敬畏善良，感恩包容，解脱放下，都是在自由之下的自然生长。虽然事是这么回事，但在其它寺庙中，自由概念并不是作为主题词被提及的，这是非常重要的区别，这也寓意了柏林禅寺未来的独特成长。在末法时代的说辞下，我们更愿意看见佛教的进步，佛教的创新，佛教与社会和人们生活的新关系新概念。这事很大，我们总感觉明海法师有这个理想和抱负，也有能力把这件事办好。

大老早就爬起来去万佛堂上早课，奇怪的是，像我们这些习惯睡懒觉的人，变得非常主动，没有了以往的不愿和拖延。人心里有大事的时候，行为感就会自动从属于精神。如果承认佛是在每个人的心中，那么有些时候的精神驱动可以理解成是神的力量。区别的是，多了一个字的精神是社会用语，而神是宗教语言，想表达的意思大致相似。

恰好赶上铺天盖地的秋雾，整个时空变得很神秘离奇，让人有飘飘欲仙之感，亲见了红尘是怎样被隔离的。整个早课的过程庄严神圣，只有亲临现场真实体验，才能彻底理解什么才叫仪式感。群体低浑厚重的诵经声，在大堂上下翻转游动，让人感觉你在那也不在那，有一种被推动被裹挟被震荡，从没有过的虚无。当僧人们整体面向佛像跪拜时，你可以看见他们一个个像军人一样的笔直的背影，顶天立地，坚实如磐。你能被震惊，跪姿可以如此美丽，如此尊严。你也会知道，清规戒律到底是什么，佛教的世界与凡尘有怎样的不同。

明海法师还特意为我们这一行人留下了"禅茶一味""一念三千"的墨宝。禅茶一味这句话很有名堂，寓意深刻，就像那句"喫茶去"一样，可以无限想象，没有提问，也没有答案，只可意会，无需言传。禅是梵语，用我们自己本土的语言无法完全对应，大概的意译有许多种，比如静虑、思惟修、功德丛林等。但这些都是对禅的一般意义的说明，而非禅的本意。

禅是实修实证的东西，这也是佛教区别于其他教派独到之处，是通过精神的高度统一来治理散乱之心，然后完成自我透悟。佛陀拈花微笑为2500多年前的秘密，传递的是一种祥和、宁静、安闲、曼妙的心理境界。在这种心境中，可以试着达到纯净无染、悠然豁达、无拘无束、坦然自得、超脱一切、与世长存的涅槃过程的境界。

打坐也是我们这次禅之旅的重要体验。盘腿、闭眼，保持稳定而缓慢的呼吸。在此状态下，你会慢慢感觉到身心的融合，那个"我"在不觉中融合于天地。一种很深邃的安静、自由，一种没有悲喜的淡定，一种充满爱与生气的空间，一种超然与实在的混搭，那种感觉很甜蜜很安详、很奇特，似乎找到那个你不愿面对的自己，遇见了唤醒你的声音和味道，或许，这就是禅。

禅茶一味，一味在哪里，一念三千，三千区分又在何处。对于一般人来说，这似乎是一个无缘的话题，好像弃置在一个和我们生活关系不大的遥远之外。但你如果有心有缘，那可能会在禅中悟出茶香，在茶里喝出禅意。茶心与佛心本无分别，佛教里有拈花一笑，生活中也可拈茶一笑，大体上都是返璞归真，反真归本，殊途同归。

茶 · 光棍
Bachelor

双十一好多人都在忙着购物，几个爱茶人从下午开喝，主题当然是网购的销售额是否再创新高，顺带的就是光棍的问题。

神话是硬讲出来的，节日也是人们拍脑门定下的，但能制造出一个日子，成为百姓购物狂欢夜，只能说人家真是有能耐。估计这个史上第一个商业节日，且得没完没了折腾下去。但对没有购物习惯的一群老爷们来说，光棍节可能更恰当些。或潜意识中，他们真的在这一天，享受光棍的待遇，悄悄地自由一回。

现在市面上光棍不少。这些家伙其实挺不招人待见的，属于得便宜卖乖那路货色。好好的日子你不去过，愣是一个人死扛着，假装享受孤独，害得不知情人为你着急上火，冷了病了怎么办，没人给洗衣做饭怎么办。事实上他们什么都不耽误，好吃好喝好玩哪一项都不缺，比谁都舒服。

为证明自己的合理性，总把事得往大了捯扯。说什么柏拉图、伏尔泰、达芬奇、梵高、贝多芬、牛顿、尼采、诺贝尔、叔本华等等都是高逼格的光棍。他们都敢，我们为什么不能。

尤其是半路改道的二手货，没想能好到哪里去，也不在意别人把自己说的坏成啥样。反正死猪不怕开水烫，先暖和了再说。

正常的人都会穷尽一生追寻另一个人去共度美好，而光棍就不是什么正经东西，应该大都是些自恋狂。总觉得自己还有足够的情趣和喜好，可以自我慰籍，自我料理，无需他人陪伴。他们还会精心算计，发现在对方身上得到快乐，不见得比自己给自己的多。他们还发现自己可以与自己相伴，仍然可以觉得幸福和喜悦，并可相对安全稳定，不必付出额外的情绪成本。

光棍也是自我自大之人，平衡能力较强。坏事自己担着，好事是被窝里放屁——独吞。基本的关系原则是，没事你别来烦我，我也不会去打扰你，各自相安无事。

这些人并不是天生就这样，坚持单身的主要原因有很多。或是被失败的经历伤透过，恶心过；或是曾经的阴影始终挥之不去，不愿意重新试一下；或是独惯了，身边任何一个人都成为打扰；或是没有特殊的遇见，会让他动心去改变现有的生活方式；或是有太多的事要做，自我感觉无限充实富足；或是不愿为了一棵树，而放弃整个森林；或是一回忆起残酷的磨合过程，就后怕得不行；或是不再相信美好，恐惧自己再次犯错等等。

总之只要是还光着，就说明这些家伙根本懒得去找，甚至压根就没动这个心思。我不愿很清晰地把自己归类，也不确定到底归属于其中的哪一条，有可能哪个都挨着一点。即使有人替我看明白了，俺也不愿承认。总觉得这不是值得说道的一件事，也不想把这事说清楚，糊涂着自有糊涂的道理。

那些没光着的人，会劝这些光着的，别再走进婚姻，好像在光棍的身上，寄托了他们自由的向往，光棍的自在的状态即意味着他们臆想的自由。不过这也把光棍们搞得上不去下不来，左不行右不了，晃晃悠悠就这么混到了今天这个模样。

光棍遭人恨的地方，是他们因为有更多的选择，所以自然就会落下超出正常挑剔的毛病。在这种状态下，就会更善于发现别人的缺陷，而选择一个带有缺陷的人也变得更困难。再加上社会文化的巨大变异，光棍们不再是只为了安顿下来而去与另外一个人锁定在一起，不死心将自己本来多元化的生活方式随意的变得单一。

对年轻人来说，选择越多，那个人的青春感觉就会跟着逐渐延长，结婚的需求也就自然地在不断延后。年轻的光棍们更在意的是，宁愿花费大部分时间去体验去成长，也不肯将就着，心不甘情不愿地把自己轻易打发了。

延迟婚姻也代表着更多的人乐于独居，并享受单身的自由。女孩要是想搞定那些所谓头脑清醒，活得明明白白的优秀光棍们，难度还是挺大的。但办法总是有的，或上手段把他们灌醉，按上手印；或一棒子打昏，直接拖到登记处，把手续办了。

光棍们有能力在一定程度上，控制他们的时间和空间，婚姻状态中的人们却没有了这种可能。他们有更多的机会享受孤独，可随意鼓捣自己喜爱的那些破事，乐此不疲。长此以往，自学成才，各庄的地道都有很多高招，把孤独演绎得很充实。在他独自享用的那部分私密时间里，这些不要脸的家伙，竟可以斩获到像是绿洲一样额外的舒适感受。

这群光棍还乐于让人们称之为单身狗。享受着无与伦比的自由，坚持一切都只与自己有关的基本原则。他们特得意的是，遇到情绪的时候，不需要和任何人作解释，不在乎他人这样成那样的评价，独立就是给自我最大的奖赏。他们一旦这么想，那个个都成了死不改悔的铁疙瘩蛋。

这些人越来越坚信，幸福取决于自己，单身生活会帮助他们找到内在的平静和充实，可以比常人有着更多不同的精彩体验。他们决不肯把幸福寄托于外界来提供，相信那种失落是必然的结果。这些鬼人还有个歪理，说是只有真正理解了自己，才能清楚地知道想要一个什么样的伴侣。这话听起来既绕口又很拽，不知他们自己是否搞得明白。

单身狗们独自久了，看问题多少会有些偏激。他们把恋爱、结婚还是单身，都认为只是一个状态，并不能真实地代表你这个人。就好像户口本上会写你是已婚、未婚还是离异，也只占了一个小小的格子而已。

历史上，无法找到一个像当今人类的单身社会所具备的条件。当处女情结不在，性不再是成为通向婚姻关键的因素时，那么婚姻现今已成为昂贵的习俗。

婚姻中的男男女女，相互紧密捆绑着，一点点地明白，一点点地妥协，好坏都得受着。在外边晃荡的单身狗们，无论是已经掉了牙的老狗，还是年轻的家狗野狗，自由地在一点点地适配，一点点地回归。一股劲独自走远的并不多，大多还是折腾乏了烦了之后，臊眉耷眼地乖乖回到自己早已瞄好的狗窝里。

茶 · 作为
Feasance

　　茶的包容性很强，适合任何的人，也配合所有的心性和情绪。当然这是从人的角度看过去的，对茶的理解越深，敬畏感就会越大。会喝着喝着，逐渐地让自己平和淡然，包容感也跟着出来了。虽然会有大有小，有总比没有要好。

　　包容也是一种妥协，一种退让，说得严重一点，那叫忍受。往下推理，还多少有那么点消极的意思，有不作为的嫌疑。

　　什么叫不作为，这个事没那么简单，说明白了不容易，想做对了更难。这是一个观点，观点或概念就是这样，想说又说不清，想道又道不出来。一张窗户纸，捅破了也就是那么回事，否则永远是迷雾一团。

作为或不作为，那是一种习惯，一种选择。需要搞清楚的，什么是作为，为什么要作为，你作为了又会怎样。

作为这件事，一是自己内心的一种需求，缘于想自我改变或在乎别人的眼光和评价。另外一点则是外人对你的要求，督促或强迫你去完成什么。作为的本身是自我的一种创造、尝试、展现，也是一种新奇和惊喜。有的是在更新自己，有的是试图帮助和影响他人。

作为可分为小作为和大作为，小中有大，大中有小。从生活上来讲，让自己变得可爱，这属于小作为。但你只有首先完成了这个小小的作为，你的周边才会出现那个让你觉得可爱的人，无论是你的伴侣还是你的朋友同事。这将会终生影响你家庭生活和事业成就，其意义大的不得了，回头看那个小作为其实很大。如果这个小的作为你都做不好，成天灰头土脸，低声叹气，怨天恨地，那么未来的生活和生命状态可想而知，后果也是严重得很。

从政治外交上来说，可拿与日本关系为例。轰轰烈烈的全国性声讨，游行抗议，烧车砸店，从形式内容和情绪上看，是想有一番大的作为。但对人家来说，可以不理，也可以不在乎，悠然地过自己的生活，忙活自己的事，到头来你还得花钱到我这旅游，疯狂购物，买我的技术，预期的作为效果就变得很小。人家不怕你跟我对抗，怕的是跟我学习，把我所有好的东西都学去了，那才是他们最致命的软肋，也是最害怕的，包括美国也是一样。学习这件事怎么说也不能把它划进大作为那里面去，但它就是有大作为的效果。

大多时候有作为要比无作为好，但有的时候无作为不见得比有作为差。有些看上去无作为，其实是作为，有些似乎是在努力作为，效果却是无作为。

无论是政治，还是社会管理或企业经营，都有无为而治这一说。这是出自《道德经》，是老子对君王的告诫，不与民争，是道家的治国理念。无为而治不是什么都不做，而是不过多地干预、充分发挥万民的创造力，做到自我实现。

从百姓日常生活上来讲，不作为这句话很有名堂。简单地说，面对不可抗拒的死亡，即将离去和临别相送得俩人，相互微笑着，彼此都不想让对方难过，这既是在作为，也是在不作为。夫妻之间，父母与孩子之间，这种对作为的把握都是家庭里天大的事。能把作为悄悄的藏在无作为中，不露声色，不露痕迹，那可是个大智慧人。

作为的目的性太明显太强烈，再加上使用不当，必会用力过猛，武断、专横、胁迫、越界等等都会跟着跑出来。稍不注意，就会把个人的作为当成是大家的事，把个人的意愿理直气壮地强加在别人的身上，把个人的意志当成是所有人的共识。有作为，本身也是一种欲望的实现，本质上讲是很自私的一种行为，具有侵略、侵占和干涉他人的嫌疑。作为的情绪越大，其表现就显著。所以不管你想要什么样的作为，都得需要小心行事，谨慎把握。

欲望本身无罪，对欲望的执着才是问题。说和做不是一回事，对那些有作为冲动的人，要懂得哪些事只说不做，哪些是只做不说。有些事说说而已，不能做也无需做，有些事必须要做而无需言语。生活中是这样，政治上更是如此。这个基本功要是没练好，很多的事，做了还不如不做，说了还不如不说。

每个人的自身修为大不一样，都不完整，有这样和那样的问题。想要有作为的人，先要把自己身上的优缺点盘点干净了，把心底的光明与阴暗、发愿与企图、善与恶、公和私等都划分清楚，才方可理直气壮地去落实你的打算。要明白我们都是带着满身伤痕和太多的人性弱点在这个世界上混的，别一时糊涂，把自己真当成一个无比高尚的人，一个大英雄，有强烈的使命感去拯救世界，普度众生。

如果你真要是心地不善，或是一个坏人，那就拜托行行好，千万别想着有什么作为。大作为是大破坏，小作为是小伤害，横竖都是在坏事。

不作为在某种程度上也可以理解是在面对自己，有意愿把自己收拾清理一下，算是对周边环境的一个照顾，亦是精神环保，像花一样在那静静的呆的，供他人欣赏，给人余香。

有作为在青年时代，意义和功效最显著。人真是活到了一定年龄的份上，有作为的意愿越小越好，要既实际又适宜。管好了自己，才会有资格去谈作为，才会有一个较为正确的作为。不故意修行，不强迫自己，不把本没什么意思的事当作有意思来感觉，要明白在生活的诸相中，到底哪一个才是真正的生活。

简单的幸福是大能耐，适当的不作为是大智慧，空即是色，色即是空。慢慢琢磨吧，你下辈子能否成仙成佛，是猫是狗，那还得要靠你自己的悟性和有准备的社会和家庭实践。

茶 · 圆满
Satisfactory

但逢一年一度元宵节，只要是没别的大不了的事，几个好友总是要坐在一起喝口茶，同时相互致意圆满的问候，并由此感到温暖。

但心中总是有所不忍，因为在我的认知中，完美值得祝贺吗？

如果不把完美这个概念当真，不让它成为生命中真实的考量标准，只是作为一个情绪借助，来表达对目标物的极度地欣赏和爱戴，这倒没什么太大问题。可事实上，大多数人一生中都是被完美绑架和操控，让我们这些劳苦大众总是因为或多或少的不尽意而丧失了本该属于自己的快乐和幸福，无法彻底利索地体验生命。

比如说选配偶这事，如果过于强调完美情结的人，则很难有结果。

即使无奈妥协做了选择，那对完美地不舍也会生成哀怨情绪，破坏整个事态的进程。其它由完美地执着所生成的疯狂的事例比比皆是，把我们生活品质打得乱七八糟。

完美从科学上来讲是瞬间的一种平衡，转眼即逝，它不是常态，极不稳定。完美是一个美丽的陷阱，是甜蜜的毒药，是让人永不可及的虚妄。社会不可能完美，也不可能绝对公平。我们每位个体无论是在心理上还是生理上都是有不同程度的缺陷，所有的行为和思考都有瑕疵和偏颇，只有踏实地承认和接受这些，我们才有可能获得平静和喜悦，才不会被社会丑恶和黑暗的现象扰乱了心智，才不会让内心充斥着太多的愤怒和憎恨，才会与疾病和苦痛友好相处，才会在困难和问题面前变得积极和主动。

所以非常奇怪为什么会有和谐社会这种提法，很是不讲究。和谐也是一种完美，对一个社会提出这种无法实现的标准，有点像随意地喊口号。

或许这些是上天在设计人类这个物种时，有意地编写了这样的程序，让我们总是处于不满足的追求中，由此而生成向前的推力。但这是被前提条件控制的：如果把握得不准确，那走的是一个方向。如果劲用得不够，走的则是另外一个方向。如果用劲适中恰到好处，那又是大不一样的效果。可见完美这个事跟其他事情一样，做啥都要把握个度。

我们应该把完美情结当作是一件画或雕塑什么的艺术品，挂在墙上或摆放到地上都可以。用好了会养我们自己，用歪了也可能伤到自己，是一把锋利的双刃剑，就看你拥有什么样的武功，也要看你怎么舞动它。

茶 • 魔鬼
Devil

　　茶很清淡,清淡会引发人的思考。就有那么一天,几个人喝着茶,从一战聊到二战,从德皇威廉二世说到希特勒。这两个人也都喝茶,只是里面加了糖。

　　魔鬼希特勒说过这样一句话:动员民众不能用爱,要用仇恨,仇恨是最好的凝聚力。他还十分坚定地相信:我会让世界记住我一千年。看来,他是有可能做到的。70多年已经过去了,他的阴影至今依旧挥之不去。当然能以这种印象被人记住的不止是他一个人。

　　独裁者、野心家大都是出色的心理学家、社会学家,包括以欺骗为常态的那些个别的阴险商人们。他们比常人更有洞察人性中的阴暗与罪恶的能力,并善于激发放大,再利用人们的善良和无知。

就像希特勒曾得意地呼叫着：我来到世界不是为了使人们更强，而是去利用他们的短处。

这些极端分子非常清楚，人类虽然需要爱，但让人恨比让人爱更为容易。虽然爱可能会让个人或少数人产生所谓积极的正能量，但若要把更多的人，甚至千千万万的人都给激发起来，利用仇恨和敌视效果则会更加明显。

希特勒就是充分激发起当年整个德国对犹太人的愤恨，将德国人的一切不幸都归咎于他们。也正是因为仇恨，德国人眼中的犹太人已经不再是自己的同类，是蟑螂、是老鼠，像除四害似的赶尽杀绝，并于水晶之夜拉开了大屠杀的序幕。仇恨的情绪可以无限放大，任意叠加，紧接着世界跟着卷进了相互绞杀的灾难之中。

其实这场人类历史的惨烈过去的时间并不久远，它给人类一个深沉的警示：世界若要维持一种平衡与和平，就不要轻易鼓动国家与国家之间的仇恨，民族与民族之间的仇恨，宗教与宗教之间的仇恨。这些仇恨随时都可以成为人类集体大屠杀的理由。

仇恨会轻易让一个温顺儒雅的人在你想象不到的极短时间内突然变得疯狂，我们曾经历过那个火红的年代，真实见证了从人到魔鬼的蜕变过程，从中也验证了希特勒说的那句话：只有那些疯狂的大众才是驯服的。

这个恶魔越玩越顺手，以至于他敢公然喊话：谎言越大，就会有越多的人会相信。民众不思考就是政府的福气。他也真是有办法，让产生黑格尔、马克思这样一个严谨而富于哲学思辩的民族，集体性地失去了独立思考，心甘情愿地成为不正义战争的炮灰和残忍的刽子手。

希特勒蛊惑民众的手法很简单，就是告诉自己的国民，这个国家是他们的敌人，那个国家也是他们的敌人，以至于他们的敌人遍布欧洲，然后再点燃自己的国民"爱国"火焰和民族复兴的宏图。

我们都会痛恨希特勒，生灵涂炭那么多无辜的人们，毁灭了无数人类文化珍宝。同时我们也为那个年代的德国人感到悲哀，正是他们的集体无意识，共同将自己和家人、将自己的国家推向无底深渊。

茶 · 心理
Psychology

　　爱茶的人，他们的阅读量通常要高于一般的平均数值。不是说每个喝茶的人都愿意读书，但读得多的人，一定多少会跟茶有些关系。所以大部分的茶室里，总会摆放些书籍，有的是用来读的，有些是个摆设，与茶搭配适宜。

　　前段时间，《巨婴国》这本书下架被封杀，引起了好大的风波。原本只是心理学方面的学术研究著作，被官方这一举动而推向了一个作者自己做梦都没有想到被关注的高点。如此瞩目的焦点，事后无论是名留青史还是遗臭万年，作为历史的印记被刻画在时间的高墙上，是一个难得的幸运巧合。况且，飞来的商业价值也是难以估量的。说实在的，这本书的作者真得要叩一百个响头，也真是生正逢时。

这本书被封杀是有绝对的理由。心理学研究通常都是在生活的技术层面说三道四，一旦把它作为批判社会的政治利器，那就已经突破了科学边界，成为另外一回事了。

其实精神分析历来都是常常与统治集团的意愿相悖，精神分析让人知道事件的本相，培育的是个体的独立思考能力和自由奔放的个性，鼓励人们活出"黑色生命力"。而统治者更希望大众内化出更强的"超我"，提倡二十四孝，实践弟子规，忽略自己的需求，群体无意识，极端性地表现出集体主义精神。

从政治意义来说，集体主义的真相是，个体的心理发展水平低下，千人一面。用共生的方式，追求和他人的融合，以此将个体镶嵌进一个集体性自我中。而带有政治诉求的某些心理学家们却要偏偏抽离出叛逆社会的独立批判，明确强调要拥有一颗独立的灵魂，不要也不可能做同一个梦，不是臣服于某人，这个某人可以是父母，也可以是君主，只臣服于"道"，什么皇帝梦，极权梦，都是巨婴梦。这些说法完全被权势群体看作是一种煽动和挑衅。

客观地说，这是一部写得很有深度和深意的心理学读物，尤其是针对一些家庭生活现象作出了精辟的本质性的解读。其中一个观点是，人这一辈子要有两次出生体验，一次是作为婴儿来到世界，第二次则是通过恋爱和结婚，用爱的力量去疗愈自己童年的创伤，然后通过爱的力量重新组建家庭。也就是说人整体生命成长一次是生命的诞生，另一次则是灵魂的觉醒。遗憾的是大多数人恰恰缺失了那个另一次，所以很难说他们生命是完整的。

家庭关系本质上最重要的是夫妻关系，在这一点上，很多的家庭做得不好，或相当地不好。作者由此分析出一个家庭共生绞杀现象，在这个混沌的、合一的共同体中，只有一个人说了算，而这个人当然最好是自己，这就构成了共生中的各种冲突，故称之为共生绞杀。即妻子希望把丈夫拉回到家庭，但丈夫因为不会爱，又要躲避这种拉扯的关系，所以要找各种借口逃避，脱离出这个家庭。

一旦有了孩子之后，就会逐渐衍生出另一个新的家庭关系，就是妻子既然拉不住丈夫，就把全部共生的纽带和孩子连接在一起，说难听一点叫绑架，把孩子变成自己生命全部的寄托。这种母亲和孩子的关系的紧密程度，是与夫妻关系的紧密度成反比的。

所以很多家庭一旦新生命呱呱落地之后，家庭的重要次序也随之改变，这个既幸运也不幸的孩子成为这个家庭的核心，孩子和母亲的关系也理所当然地成为家庭的关系核心。那个可怜的丈夫也是父亲角色的男人立马在家庭中就找不到存在感了。但是他暗暗地庆幸这种方式不错，本来就想逃离家庭，正好把孩子推给妻子，假装不情愿地勉强认同地位被取代的事实。就像很多家庭伦理剧，里面无论是好婆婆还是坏婆婆，表演的戏份比较大。公公好像在这个家庭当中是缺失的，他也没有什么发言权，可有可无。

男人以后的生活大致是沿着这个路线越走越远，女人则是紧绑着孩子，甚至牺牲自己人生全部的精华和美好，忘我地培养这个孩子。这样家庭的孩子长大之后会发现一个现象，他没有见过什么叫爱，什么叫正常的夫妻关系，所导致的结果是男孩和女孩普遍存在爱无能窘境。即使长大结婚后，从小看到的都是父母感情淡漠，经常吵嘴、打架、冷战，他们将成为爱无能恶性循环的受害者。

标准的家庭角色配置是这样的，一个极度焦虑的母亲＋一个缺席的丈夫＋一个有问题的孩子。绝对意义上的皇帝和皇太后，只能有一个可以端坐在皇城中。但是，在每一个中国式的单元中，都有一个皇帝或皇太后，如中国式的大家长，如单位中的一把手。

心理学的主题思维方法是精神分析，虽然精神分析有弗洛伊德的系统体系作为标准平面参考，但根据不同心理学者的心理差异，再加上看问题的不一样角度和认知能力，那么所生成的结论就会有无数种组合，千差万别。

所以心理学家的观点总是被争议，更多的是发生在同行之间。我认为心理和精神分析这种事适用于宏观的描述，而不必过于量化。比如作者认真而又绝对地定义"巨婴即是心理发展水平还停留在要一岁前的成年人，即成年婴儿。并不能否认地肯定我们集体都停留在婴儿期，身体上是成年人了，而心理发展水平，却还是婴儿水准。多数中国人都是巨婴，这样的国度自然是巨婴的国度"。

还有"中国人的集体心理年龄没超过一岁，这看起来已经够低了，而我还有一个更激进的判断。我认为，中国人的集体心理年龄，没超过六个月"。这种说法是可以理解的，但话语有点狠，怀疑是不是跟谁起急的时候的争辩词，不属于学术话语体系，起码让人听起来就有所茫然，好个不舒服。另外有什么科学数据，可以那么具体量化到365天的一个弱小无思想的婴儿身上，用一个复杂成年人的思维和善恶喜好，来度量混沌稠浊不清的小生命，实在是不妥。

无论怎样故意去随和，也无法接受这一观点。即使是弗洛伊德将人的心理发展分为五个阶段我也不是完全能接受。可以把它作为学术的一种观点倒是无可非议，但以此作为真理推演出整个社会整个民族的生命特征，这很不靠谱。

弗洛伊德的五阶段论是这样：

口欲期，1 岁前，嘴部是快感中心。

肛欲期，1—3 岁，肛门是快感中心。

俄狄浦斯期，也称为性蕾期，3—5 岁，孩子有了明确的性意识，快感中心也转移到了生殖器部位，并且男孩有了恋母弑父的动力，女孩有了恋父仇母的动力。

潜伏期，6—12 岁，性能量像是突然间消失了一样，孩子们表现为更喜欢与同性伙伴交往。

生殖期，13—18 岁，即青春期，性能量大爆炸，一个人身体上做好了生育的准备。

以上观点估计大多数人能接受大部分，但全部相信就很难。生命是宇宙最神秘最神圣最美好的活生生的实物，如果一个人间凡人能把它当作实验室的解剖体，以某种量化的数字就能把本质的东西说清楚，那是绝对不可能的，即使是天才也无法企及神灵的的至高界面。估计老弗也只是一种大概的推测，只是后来者把这件事神化了，当真了。

神就是神，人就是人，互相不能逾越，也不可替代。既然不是真相，那由此往下推论的观点就不会准确真实，很难被接受，也站不住脚。

耍流氓的一种形式就是把人拉到一个低的层次，然后用丰富的经验打倒他。无论是谁，都应该在此问题上保持冷静，不放狠话不做狠事。该大度时就大度，该客观就客观，小心谨慎是存活起码的须知。

茶 · 频率
Frequency

　　同频共振是爱茶人喜欢说的一句话。因为这个组织没有纲领，没有明确的目标指向，谁也说不清楚一定要干啥，就是想没事大家一起坐坐，喝茶聊天，与你相遇，只为悦愉。

　　事实也是这样，如赶上几个投脾气的混在一起，那舒服程度又高出好多。一来二去，容易上瘾，有段时间不在一起热闹一下，还真觉得少点什么。

　　前段时间有个视频，是日本人做的。实验道具是相同的 24 个钟摆，按三排每排八个整齐排列在盒子内。然后一个人不分次序随意拨动全部的钟摆。

一开始所有的摆动都是杂乱无序的，而且声音嘈杂得很，但逐渐可以看到钟摆有的在慢下来有的在加速。在一分零四秒的临界点时，几乎所有的频率经过不同变化后，逐渐趋于相同，所有的声音都神奇地变得整齐划一。它们之间没有任何接触，全部依赖于它们的声音和震动声波所传递的能量形成了这让人瞠目结舌的自然现象。

时间又过了 31 秒时，最后一个相反的钟摆也在加速，很快调整过来，所有钟摆一个不差齐刷刷一致，声音也同步了。这种集体震动所形成的共振，就像一个纽带，将万物彼此相连。

根据量子力学理论，万物都是震动，我们的想法我们的情绪也是一种震动，当然也产生共振相互影响。就此推理，当一干人同样发出一个想法，那么这种想法形成的共振会带动很多人，影响更多的人也跟着发出相同的想法，而这个临界的人数是 144,000 人。我不知道这个数字是怎么算出来的，但就凭那 24 个钟摆的神秘的表现，我相信如果一群人共同冥想，同发善念，所形成的共振必将会影响周遭世界。如若发出来的都是愤怒和恨，那么也会产生一致的共振，就像我们看见的广场群体暴力事件。

我经常会用同频共振这个词来鼓励自己和他人，建立一个良好的人际关系。每个人的生物波都有差异性，频率振幅各有不同。再加上时间这个函数，情况会更复杂。

早晨和晚上心绪不一样，喝酒没喝酒不一样，堵车和一路顺畅不一样，捡钱和丢钱、赢钱和输钱不一样，结婚和离婚不一样，有企图和无目的不一样。那么多变量搅和在一起，两个关系或 N 个处理的纪律有序，融洽和谐，难度系数是相当大的。

所以我总是强调美好是短暂瞬间的平衡，剩下的都是在波浪沟坎的颠簸下，不倒下就是可以了，别死心眼地把理想当作常态来对待，习惯了，就变成一个把不是当理说的，让人不舒服又涩又各的人。

别说在学校在社会，就连在家里，你与伴侣孩子之间也是存在这种对抗性生物波。换算成通常的说法，就是把夫妻比喻成冤家，孩子分为要债的还债的，急大发了认倒霉，算是前世欠的。这样也好，有了排气孔，总比把自己憋的昏头涨脑气急败坏要强得多。

事就是这么回事，弄明白了，即意味着有些事情是想开了，那么往下走就会多讲些道理。死活弄不明白，钻进了牛角尖，固执僵化是必然的。

固执僵化是成长进步的死敌，不共戴天。僵化了，也在表明他的生物场在塌陷，频率长短不一，波形尖锐，难与他人适配融合。你跟他说不出个理来，错得离谱，低级地吓人，完完全全失去了被教育的能力。倘若你跟这个人又是不能分割的关系，必须在狭小的空间里厮守，像夫妻、儿女与父母，兄弟姐妹，那只能是刻苦的忍受，相互败坏，气场谁也影响不了谁，各玩各的。

当正负阴阳的力量相当时，好的干不过坏的，黑的绝对胜于白的，圆润的会被尖锐刺破，君子斗不过小人。道理很简单，人们对美好是享受，对邪恶是恐惧，敏感度后者要远远大于前者。美好可有可无，但恐惧绝对不愿接受，心理强烈程度同比不得。

再洁白的纸面，再干净的心灵，一滴墨水，一次不留意的过错，就可能毁了你的全部。反之，一次的失误，一回的不检点，一时的贪心糊涂所酿成的人生大错，你用一辈子所有的善和忏悔都弥补不了。就像一团黑呼呼的污秽，即使倾尽了所有的白，也很难完全将它覆盖。

纯粹善良的同频共振需要太多的条件支持。你可以从《敦刻尔克》的电影，发现我们现在常说的拿起放下，不执着不无明，发善心求善报等，都是和平年代的语境。在大难临头之际，在你死我活的关口，在战争灾难面前，只有极少数的人性是经得起考验的。

即使我们快乐生活在天下太平国泰民安的盛世，或是时代大利益的受益者，对善良的考验不见得你都过得去。

人性的丑陋、自私、无理、野蛮，社会部分的不公平不公正，局部的黑暗邪恶，商业的狡诈和官场上的角斗，都会与你多多少少产生交织与碰撞，甚至切中要害，生了大气窝大火，毁了前程要了性命，你还能继续善良下去不改初衷吗？这事实实在在，还真不能随意夸下海口许了金言。我认为一般性可以，特殊性很难；偶尔可以，自始至终很难；部分的可以，全部很难。

写东西这件事应该是，不提出问题，也不解决问题，只是将自己的精神状态揉捏出一个形状，供他人观赏把玩。但你的正义情绪会勾引你，又想提出问题又想解决所有疑难杂症。能力有限，到头来还是东一榔头西一棒子的，整一个街头杂耍。路过有看不惯的就吐口唾沫，觉得还看得过眼的，随手扔几个铜板，听到落地的响声，这也叫顺带共振了一把。

茶 · 习惯
Habit

茶喝得好的人，会用茶洗干净自己的记忆，该留下地留下，该清洗地清洗掉。把有些不积极的习惯给扭过来，不在生活中过多地损耗生命能量。

这事对女人更有用。因为她们是情感的消费者，既容易高兴，也易于痛苦悲伤。所以在未来生活中学会失去一些东西，最有意义的是对某些情感的失忆。

沙滩上有很多的脚印，海水一冲就平了。看似简单，但对女人来说，做好了难度挺大。但不管怎么着，也得掌握这种能力，它大概能解决日后情感生活一大半的问题。

感情其实是一种习惯。人一旦习惯了某种东西，就会误认为是自我的，稳定的，然后依赖于这些观念建立了对自己的认知和评估系统，包括自信程度。习惯了必然要依赖，没感觉有什么差错，依赖就会相对稳定，情感会被隐藏起来。

但当习惯和依赖走了样，情感问题就被显现了。而这种跑偏改道的事必然层出不穷，接二连三，上一个刺激下一个，情感危机就会不同程度爆发。倒霉的是处于漩涡中心的女人，无一幸免，在此事上如若处理不当，终生都不得安宁。

再往下发展就会触及到诸多的失去，取舍也就成了整天需要掂量的事，两性战争就此开打。情感是跟着个体欲望控制力来的。得到了什么，能让那个人就此紧张兴奋，推动着相对应的行为。失去也是一样，欲望会再次产生控制力，聚焦在失去的那些。冷酷理性地说，感情可以定义为是欲望的控制。

人本身就是一个纠结体，没事总跟自己较劲，跟自己赛跑，复杂并矛盾着。即使有谁说他已经修炼得刀枪不入，那也得看他是否遇见关键性的考验，是否经受过致命危险的打击。

内在成长的力量让人寻求独立渴望自由，可同时又不能缺少感情依赖和习惯，独立性和依赖性相互交织彼此制约着。于是逃避痛苦就成了人们处理问题的第一选择，行不行先走为上。别听那些所谓追求崇高感情的人吹牛逼，本来就是情感出了错，你用错来解决错，只能是越来越荒唐。这相当于在纠缠一个非常矛盾的东西，既想依赖，又想独立。

众多离婚背后的本相，绝不是夫妻性格不合，矛盾深重，说白了就是自身的独立与依赖的博弈。

哪有什么性格不合这一说，夫妻本来就不合。

两个生活成长完全不一样环境的男女，身体各自怀揣着相异生命密码，上来就说咱俩挺合的，只有傻子才会相信。不合是事实，承认这个就决定了处理相互关系的态度和出发点，遇到事首先想的是尽量往好了方向弄，往合了整。如果始终合不了，最差也就是回到初始状态，没什么大不了的。这个时候双方的心气不会指责到对方，事本来就是这么回事。

反过来天下所有人都认定俩人是天上的一对，地上的一双，合得一塌糊涂，那不出事才怪呢。人对什么一旦理所当然，那就坏了，往下走都是坑，想走也走不远。双方都认为本来是合的，一旦不合了，那必然是对方搞的鬼，彼此争斗同时使用了一个合理性。结果是错得理直气壮、大义凛然。

以合开始就注定是好不了的事，越往下弄越散得很。所以方向不同角度不一样，结果就会差得大去了。

当感情还能感受时，那是处于不想独立乐于依赖的阶段。当习惯了婚姻，感受淡了许多，就想折腾，自然有独立的打算，婚姻问题也就跟着来了，能保持婚姻的人也是不在婚姻中寻找依赖和感情的人。

感情是一种表象，背后的组成是习惯。一个人适应了另一个人的存在，当你脱离了原始的关系圈时，对方那个人习惯就被破坏，就会想尽办法把你拉回习惯当中。这就是我们通常所说的那两个人有感情了，分不开。

爱这个字玄乎，尤其被文学作品渲染之后，真实面目完全被抹花了，让人敬畏地不敢说一个不字。爱并没有我们想象的那么美好，它只是一种情绪，不同的年纪有不同的使用方法。

年轻人可以借用它浪漫，甚至用来挥霍生命，他们有资格也有资本。但老大不小的男人女人们倘若跟年轻人使用同样玩法，就太卡通了，笑话开的有点大。爱是一种歧视，爱也是控制欲，爱是情绪极端不均匀的分配。爱可以宽阔，可以是大爱的那一种，也可以是狭隘，自私，小的可怜。

理想的爱是在没有习惯干涉，完全独立，与控制与欲望无关，不依赖谁也不改造谁。理想状态的事只是说说而已，但把它当真的痴心男女们并不是少数，受害人是大把的。

习惯改变与情感消失度成正比，人这一生最终都是离别，物理上包括我们与父母与儿女，与世上所有的万物。精神上也是如此，随着状态和环境的改变引发习惯上的改变，感情也随之有远有近。通常所说的两地分居的婚姻不靠谱，就是这个道理，其它你懂的。

茶 · 关系
Relationship

　　一群人在一起喝茶，很多时候都会有历史的话题。从朝代更迭到雅士文人的轶事，你一言我一语，好有趣味。时间久了，自然多增加了好多知识和观点。这也是茶的功能之一。

　　这回轮到说民国的事，那梁林之间的趣闻自然就少不了。

　　梁思成和林徽因郎才女貌，伉俪情深。林病逝后，梁不久就续弦，这也倒无可厚非。问题是婚后第一天梁先生就感叹道，原来婚姻生活可以这样轻松。这让我们大跌眼镜，毁了三观，原以为的神话变成了笑话。

　　说这些并不是想掰扯梁林的八卦，而是试图分析一下人的性格变化，特别是大女人为什么难以取悦这个话题。

以我对他们的了解，梁先生当时的紧张情绪，大概不是林徽因身边的花花草草，或每况愈下的身体，或不良的婆媳姑嫂关系，而是她过高的心气和过好的自我感觉所然。

一个人习惯了使用尖锐酸辣，必然也习惯说上几句，将自己放置在中心的中心，偏一点都受不了，有意无意会给人家侵略性的印象。争强好胜也不是完全不好，但必须适度才行。凡事都要争个高低，分出个大小来，自然会让人感觉冷漠无情不尽人意。

过于聪明的人心眼都不够大，心量也跟着狭小，气顺畅不起来，疾病自然跟着就来了。敏感是这类人的专利，复杂是天生的本事，斤斤两两计较地清清楚楚，身边的人想不累都困难。美女才女不寿是公理，让他人难受的是，太难取悦太难伺候，鞋虽好看但磨脚，为了面子只能是咬牙坚持。

这里所说的大女人主要是指还在单着的大龄女，不管婚过还是没婚过。这人要是独惯了很难掰回来，对他人的标准只会更加挑剔，要求越来越苛刻，一点瑕疵就能障住了整个双眼，不知不觉把自己弄成个精神洁癖。这些人对同性如此，对异性也是一样。

所以她们在处理恋爱关系时麻烦得很，爱要数一数二，情欲也得纯洁，不能单为性而性，这对任何一个男人，难度系数都高得不可操作。她们会要求伴侣关系光停留在精神层面还不够，必须要上升到灵魂高度。就连我至今好多时候还区分不了哪是精神哪是灵魂，小伙子们哪能应付了这些。单单"你要懂我"这件事足以让大多数人望而却步，这可是个没标准没参考案例的玄乎事，只能凭感觉不能量化，轮到谁都不敢去接这个绣球。再加上床上床下大事小事都得勤劳细腻，精神上还得能覆盖住自己，别说所有条件下来让人担负不起，就单个抽出一两条，一般人也会吃不消。

男人的思维大都是粗线条的，不善于演绎，长于归纳，关系只要稳定，大概齐过得去就行。可女人们总以为他们跟自己一样也需要那么多的爱，需要等量的浪漫，这事就错得离谱。男人们其实都怕麻烦，不能长时间忍受撒娇黏人经常发脾气发神经的伴侣。赶上一个要的不仅仅是物质，还得精神搭配均匀，要时时留意观察揣摩人家究竟想要什么，特别是极其不确定的精神需求，男人的头就会跟着麻烦走，要多大有多大。

大女人一旦追求完美，必然对自己会苛刻发狠，也不会让身边距离最近的那个家伙消停了，你得陪着老娘闹心。自尊心太强的人其实是不干净的，不易让人打发，油盐不进，轻易炖不出味道来。本来在一起过日子喜的是简单轻松愉快，你却要弄成云山雾罩，有心思坚决不说，你得猜出来，否则你不懂我，无趣。再加上容不得半点疏忽和怠慢，近乎于刻薄地偏执于这些精致至死的条条框框，就相当为自己设下了一道道带刺的栅栏，挡住了他人，也孤立了自己，无端地多出了几重人格。

虽然可以理解这是大女人们的安全感所致，设置了较高的考验门槛，或者说既然耗到了这把岁数，那就寻找到底，赌个大的。可在这快餐时代，谁还会有耐心愿意小心翼翼地揣摩你所有的小心思，豁出老命去拼力砸开你那左一道锁右一道门，坚如磐石的心扉。

爱情这事并不真实，你理解成什么样就是什么样，每个人的解读各有不同，用法也千差万别，既不惟一也不是必需，有也可无也行，只要两个人关系在那，总会有各种琳琅满目的其他替代品供你使用挑选。

所以千万别一个心眼，在臆想梦幻的世界里死磕傻等。我们大概能揣摩到大女人们所期待的那个理想的标准，这样的男人真的存在吗，确切的答案，NO。你可以拿着枪到市里最热闹的地方随便扫射，都不会错杀一个好男人的时代，真犯不着搭上自己的青春年华跟这些臭男人较劲。问题是当一个人的心总是在不甘不愿中胡乱搅合着，天长日久就会不知不觉把自己炼成一个怨妇了。

婚姻是件大事，配偶的选择也容不得马虎，挑剔点没什么不对，可没必要因此就总想着婚姻，就死盯着待选的配偶。折腾男人是女人的权力，这男人们都认，但也不能太当真，整过了，就变成了折磨自己。

说实在的，大女人们看上去能掐会算的，实际上大多都是糊里糊涂的，要求太多，太复杂，又太少，太简单。你想呀，她们一开车就迷路，辨不清东南西北，我就不信凭自己就能找到正确的人生方向。她们也不是不想妥协，也会时不时地在悄悄地重新调整标准，但配额数量递减的太快，选择的机会也就随之越来越小。再加上原先浑身上下那个劲没能抖落干净，会让人家误以为她还是个老样子。

大女人们要听劝，放松自己也放过自己，对自己好的时候，对别人也要那么好，做自己的时候你让别人也做回自己。过于矜持已经不好玩了，那都是小姑娘的游戏。

尽量淡化个性，别闲着没事自己吓唬自己，主动拆除过多不必要的防线。把自己装扮的既2又省事，傻笑并乐呵着，届时必会有大把 SB 文艺青年围着你转追着你跑。

茶·女人
Woman

　　女人喝茶是一个样，男人喝茶是另外一个样，男女一起喝茶又是一个样。样子的区别不单在举止上，言谈内容也相差甚远。

　　在男人眼睛里，女人是个奇怪的生物，复杂又麻烦。如果哪天不折腾了，那一定是病得不轻。她们什么都要，真要的又不是那件东西的本身。

　　比如说希望你给她买件贵重的奢侈品，其实是在看你是否为她舍得。出差要带回些礼物，考验的是你是否挂念。逢生日或其它节日时，你必须得有所表示，她那是在衡量不同阶段在你心中的份量和位置。要拥抱，她通过力度的松紧大小来感受温暖程度。莫名其妙的吵架，是在探测你的耐心和包容。她们想要的一切，无非是要男人在乎她的感觉。这种密集地毯似全方位实时扫描和检测，大多数男人都只想说同样话：够了，受不了。

事情就是这么回事，再强大的女人也得需要男人哄，你只要上了这条船，就得按此行事，这是铁律，是道上的规矩。问题是太多的傻老爷们，愣是不明白这个道理，特别是那些像没长大的大男孩的丈夫或男友。有些倒是明白了，却不愿去做，或想做做不出来。

这就像有时女人闲着没事逼着男人对她说"我爱你"一样，好多男人们不管使多大的劲，嘴里就是蹦不出来这三个字，好像要杀了他一样一样的，反正我这辈子到现在为止始终张不开这个口。

女的就是女的，跟男人就根本不是一个物种，虽然都是人。所以既然俩人必须要同住一个屋檐下，那你就得多少要懂得一些基本的技巧和概念。比如说你的女人跟你赌气在你面前哭了，无论什么原因都得抱紧她，再反抗也要抱紧。这其实是一个了结，否则它会自动积累到下一个程序里，随时找个时机，累积到一块再引爆。

她赌气不理你，那你绝不能跟她学，脸皮厚是必须的；不听你劝阻转身走人，你一定要追的；她说"你走吧，我不想理你了"，别当真，那是她最需要你的时候，等等。

当然这一切还在于你是否愿意为她做或值得为她做，所以说智慧的女人也得明白男人跟狗一样，你与他是训养关系，动作整对了得及时奖励点食物，对男人来说就是小恩小惠，柔情点滴。时间长了，他们就会形成正确的条件反射，女人的幸福感就可以自我操控，整天阳光灿烂。

话有点跑偏，还得往回捯扯。解读女人的行为的确是男人们的必修课。不要以为她忙碌的时候就是充实了，有可能是因为寂寞，所以在这个时候就不要怕打扰她。她没理由地跟你吵架较真，那可不一定就是真的有事，而是想撒娇没找对路子，傻乎乎地以为这样你就会注意到她。即使吵完架后她一点也不需要冷静，需要的是你跟她说话哄着。

她们还有一个毛病，不知道该怎么办时就说分手，多半是以退为进，结果通常是把自己搞得连下的台阶都没了，让人啼笑皆非。她整天跟你唠叨个没完时，是因为她还是在意你，愿意与你分享。如果整天沉默，那是女人真的放弃了的最后方式。

女人的幻想一辈子都连绵不绝，浪漫是她们自己依然感觉年轻的心里暗示，如果这两样东西都没了，那可是真的老了。女人都是水做的，宁可热着别冷着，真要是结成了冰，冻着的可是你自己。有句俗语叫虚头巴脑暖人心，这对女人管用，有时候她们就是需要谎言，狠一点能把她脸给说红了，那才叫真功夫。

不吃醋的女人好像没人见过，所以男人们要以正常的情绪品尝她们的醋味，别碰到这个时候就急扯白脸的，失了风度也丢了人。能使女人回味一辈子的事主要是在她特别需要陪伴的时候，你在她身边。女人骂你甚至打你往往是因为爱你在乎你，这一点上和男人恰好相反，很容易误会。

总之，再温柔的女人也有脾气，再坚强的女人也会有脆弱，再独立的女人也需要他人的温暖。男人们要懂得这些，赶上哪个算哪个，个别问题个别处理。一口气说这么多，是不是给人感觉我挺阴的。

不管怎么说，女人相对于男人还是干净天真许多，这也是为什么可爱这个词只能用来形容女人和孩子，大老爷们使不得。女人相信天下男人都好色，只有她老公除外。但凡遇到哪个女人这样表述时，我特想使坏告诉她，这不是真的。女人都有理想，而且她们的理想好像并不是用来实现的，大部分功能是用在过程美好的寄托和精神支撑。

青年时就相信一个会弹吉他会送花的男孩，义无反顾地把自己嫁了，爹妈怎么哭着喊着都没用。即使到了而立之年，继续相信毫无建树的老公依旧可能大展宏图，事业有成。等到四十岁的时候，老公眼瞅着没戏了，转而相信自己的娃将来一定不得了，准会成就一番大事。

男人们常常把人生当戏看，而女人们会把戏当作人生，看偶像帅哥在屏幕里面痴情一片，便执著的认为演员本身一定是一个纯真的好男人。四五十岁的大妈去追十几二十几岁的男星的人数多的不得了。她们个个都是购物狂，有一个算一个，绝对不委屈了自己。她说话，你出于礼貌盯着她的眼睛，她就以为你不嫌弃她罗嗦；穿新衣服，你说好看，她便炫耀着出门；你饥肠辘辘，狼吞虎咽，她便以为自己做的菜好吃。你还真拿她们没办法，哭笑不得。

一个人练到最高段位，就是不男不女，阴阳平衡。如果说生瓜蛋子时只弄明白自己这一半，那么雌雄同体相当于懂得了全部，火候正好。

茶 · 主题
Theme

很多事是没有主题的，茶就是这样。说它是啥都对，说它不是啥也行。本来人家就没想怎么着，那是你们没事挑事，把不是当理说，故弄玄虚，简单的事往复杂里搞，把小的往大了说。

人类的事更麻烦，千变万化，横竖纠缠交织的。说它没有主题，好多人不干。说它有主题，又有好多种说法。

爱情与死亡相比较，前者更具观赏性。所以爱情这个东西，成事是它，败事也是它，故事自然就多，事故也是连绵不断。即使是美丽的爱情传说，凑近了细看，可能都是一些笑话。比如梁祝的故事，由于那把小提琴奏出的乐章太美，跟着激动了好多年，也被误导了好多年。现在才搞明白事实真相：一个叫梁山伯的无能男人附和了一个绝望的女人，她的名字叫祝英台。

我们都会赞美一见钟情，但我看来，那只不过是爱情毒药急性发作的异常生理反映而已。反过来推理，长久的等待和相思，应该是爱情毒药缓慢释放所产生的药物效果。

明白的人真不能拿爱情说事，过度的浪漫是件很危险的事儿。笨理合计呗，一个人在药物的控制下，哪能做出清醒的举动，把爱情视为海枯石烂都不会变心的比喻，实在是疯狂得很。山崩石裂俩人还能不动摇，这真是逆天的物理定律，牛吹得实在是大发了些。统观前后左右的周遭事件，你不难得出这样的结论，在所有美丽的遮羞布下，其实是荷尔蒙涌动所生成的肉欲横流，生生多出了许多以身殉情的烈女和批量人比黄花瘦的薄命红颜。这些均是来自人性的本能，而这种本能并不怎么高尚，主张的都是性，却光冕堂皇被冠以爱的名义和理由。

少年少女们还真有那么些的纯粹，干干净净地给予或被给予。爱上一个人，不需要任何理由，没有前因，无关风月，只为真心。但对大男大女老男老女来说，用相互欺骗这个词难听了点，可其中的各自企图各自所需是免不了的，牛逼的是最后可以把种种不堪一股脑地推给了一个名为爱情的替死鬼，了结一切及其他。最差的是那些男渣女渣们，为了各种明确的利益，男人贱卖气节，女人出售身体，事前拿爱情铺路，事后以哀怨散伙，好生无趣。

男女之间关系的本质，只能意会不能言传，真相是不能被揭示和告白的，像 2 到家的人，才会疯言疯语说了些不该说的话。这是种特殊的关系，属于特级保密单位，不能太清楚也不能过于糊涂，大多时候需要用麻醉来催眠，方能走得更远。长时间如此紧密接触共同过日子，装聋作哑是必须的。

两性关系复杂的很，平衡需要太多的条件。有些可以觉晓，有些永远都可能是未知。把所有的问题都能对应准确了，似乎是不可能事件，妥协或不情愿的主动认输是免不了的。只要双方都把对方正常的标准看成是不正常，事儿就来了，误会也就一个接着一个。

但凡之前没能把自己的精神和情绪整理好，内心持有委屈或优越感，事后的关系必然会相对脆弱，绝对经不起折腾。

男人的性别优势在于可以把性和情感完全分开，女人则不行，上了床就以为生活会从此不同。

但善于学习的女性，她们会综合雄性激素归为己用。如果在经济和精神上都能够自给自足的话，一旦学会男人这一招，会比男人玩的更欢实。

有些男女搞灵魂伴侣这类事，但后果是没什么比灵魂伴侣给更多人生造成不幸了。如果说它是可以存在的，那也只限于艺术家们当作行为艺术来表现，咱们这些俗人是驾驭不了这么高超的关系。

人无论是在婚姻内还是婚姻外，等到分手那天，都会相信性格不合是最实在的理由，从来没怀疑过。实际上，两性之间根本就没有性格不合这一说。男女纯属两个物种，双方的关系天生就是不和的，都会为一些相同的事情产生分歧，别指望只要遇上合适的人就不会吵架闹别扭了。

选错了人这种说法也是很难站住脚的，是认知上的误区。想让自己不那么难受，在于要学会两只眼来看事情：一只眼从他人的角度看，一只眼从自己的角度看。

今天说的这些有点邪乎悲观了点，属于少儿不宜，不希望太多人阅读。既然看到了，也别先埋怨我，以后我会尽量说些正经的。

茶 · 嫉妒
Jealous

　　斗茶是常有的事，两个人的茶并排的放着，你一口我一口。几个来回之后，其中一款茶渐渐支持不住，没了原来的味道。而另一个仍然趾高气昂，味道覆盖了其它，唯有它香，跟斗鸡斗狗没啥别。斗茶不能说成是相互的嫉恨，最多可以说成是嫉妒，嫉妒你的好，我要跟你理论一番。

　　什么是最狠的情绪？不是爱，也不是恨，不是细腻的人文关怀，也不是阴损的报复打击，最狠最操蛋的情绪其实是嫉妒。

　　这个东西比拉仇恨的危害性要大得多，它是个源代码，大多的恶毒都是从那里长出来的。可怕的是，它是作为一个普遍性的病毒镶嵌在每个人的基因里，有充分合理存在的理由，个人接受它，社会也并不完全排斥它，狡猾阴险地与人性搅和成一团，你无法单独剥离，碰其一处，伤及全身。似乎你否定了它，也否定了自己，牵着骨头连着筋。

虽然说嫉妒和仇恨类似，都是以报复、伤害他人为目的。可仇恨是有明确的对象，而嫉妒的目标主体并不确定，凡是比自己强的，过得舒服滋润的不明物都是它潜在的打击对象。

仇恨是有限度的，通常都是有量化的标准，杀人偿命，欠债还钱，你打我一巴掌，那我就得踹你一脚。嫉妒则不然，不管有关系没关系，只要被我嫉妒上了，自然要填上诅咒谩骂，恨不得人家出门就被车撞，喝口水能噎死。赶上了，落井下石是必须的，没有边界也没有底线，在莫名其妙的恨恨中爽快了自己。

如果仇恨和嫉妒搭伴，那更不得了，不置他人于死地，就跟自己吃了天大的亏似的。所以说但凡一个人过度地报复他人，那一定是仇恨加着嫉妒，不管他怎么辩解。

仇恨是可以放在桌面上公开说的一件事，我恨了就是恨了，有仇报仇有冤报冤，合情合理光明正大。可嫉妒则是鬼鬼祟祟遮遮掩掩，左道旁门，下黑手射暗箭，总是以不正经的方式和渠道爆发出来。假装正当实则虚伪狠毒，不讲规矩、不按常理出牌、无情无义不留余地地攻击他人。这样的人本身也并不好，仇恨的一半指向他人，还有一半伤害着自己，绑架了自己。

很多的人，原来不如他的人突然有所起色，就气得不行不行的，好像人家是拿了他的东西变卖来的。有相当比例的人，看不得人家好，欺人有笑人无，里外都做不出个人样来。

以上说的都是狠话。其实嫉妒有轻有重，对大部分人来说，有两个层面可以解释这个现象。从心理学层面上讲，嫉妒是对他人无声的挑衅和实施全面打击的侵略行为，在心理层面上可解释这是他们本身对于自我道德的蔑视。

人的本性是自我的特长不能被轻视，同时也不愿意看到他人的优秀得到发扬。在对他人的攻击之后，会在所谓的胜利收获中得到相对的满足，已经是获利了。嫉妒是每个人的天性，只是有不同程度表现而已，无论是大师还是凡夫百姓都不能免俗。

既然如此，除极端事例外，在一般情况下，把嫉妒定义为中性的东西会更适宜，不必强调和夸大它的恶和病状。只有当它伤害了自己时，我们才可以认定它是有病的，当它开始攻击别人时，它才呈现出恶，这样我们就不会无休止的陷入道德伦理的谴责和咒骂中，永远怀揣着内疚和负罪感。

年长的人，由于年龄的增加及各方面能力的下降，脑养分相对减少，就像登山运动员到达一定高度时，大脑极度缺氧，会造成思想狭隘，精神固执。特别是当他们退出主流之后，随之而来的是一种自然的嫉妒心理异化。

通常来说，嫉妒程度女性高于男性，小心翼翼的高于大大咧咧的，专一的高于闲散的，从属的高于主事的，敏感的高于木讷的，有心劲的高于麻木的，目的性强的的高于自由开放的。

在某种意义上，嫉妒还不能完全被否定，比如孩子们相互的攀比，也是一种嫉妒行为，但他们正是在这种情绪驱动下，反而完成了更有效的成长，关键在于引导，在于自我把控和修正的能力。

对嫉妒的处置是个人的事，不能指望他人的提示和批评。因为如果有人说你嫉妒了，那就跟骂你一样，别人做不来，你自己也受不了。这也是为什么嫉妒这件事如此普遍，难以治理，毕竟开悟修得了的人少之又少。但不管你愿意不愿意，还真得把这当回事，把这个阀门给关住了或关小了，你才有幸福快乐悠闲自得的可能，才会时不时地大度大气一回，才会少些低俗多点高尚，才有能力自我消化和抑制嫉妒的欲望。

嫉妒一旦成了你的习惯，也就自废武功了，想让自己好起来已不是件容易的事，说狠一点，那是不可能的事。嫉妒发生了，你就不会赞美他人，不会客观看待事物，浑身阴暗扭曲着，其它连接的事情都会被牵连。一个个小嫉妒连接起来，必将震动出无法抑制的疯狂来，想收住已由不得自己。

对修行的或其他想做善人的众生们，不管你有多高的愿望和向往，首先把自己的心情梳理一下，看看嫉妒占了你多大的空间，起了多大的作用。这事没办好，整别的纯属瞎耽误功夫。善恶若无报，乾坤必有私。相信因果，这事还有救，若不信，说啥都没用，你走你的阳关道，我过我的独木桥。

茶 · 吹牛
Brag

    喝酒的人聚在一起，就着喝高的劲，吹起牛来跟真事似的，平常谨慎的事，那个时候也就随便应下来了，过后除了后悔就是后悔。赶上个重信誉的人，也得把酒话当真事办，既花时间又破费银两，为了名声，这个链子掉不得。

    喝茶的人是看热闹的，冷静地观摩醉酒的人，多少会略显不屑，一个是感性的，一个是理性的。感性的那帮人，从中彻底地嗨了一回，冷静的人在那里又学到了什么。

    吹牛这事并没什么不好的，尤其那些喝了酒的一群傻老爷们，晕晕乎乎天南海北地扯起来，倒也是可爱得很。窟窿捅得足够大就是天，你真要是能把一件事吹得没边没沿，超出了人们的想象力，听者也就既不怀疑也不见得相信，放在那一点一点品味着。时间久了，如若真被传颂个千八百年的，那就成了神话，成了文化遗产，谁胆敢想抹掉它，一定会有大把的人跟他急。

嫦娥就是个响当当的例子。每到中秋节，不管晴天阴天，人们都会抬头望空，或是习惯使然，或是文化胁迫，不这么做好像有点对不起谁似的。心情好时，还会端着酒杯茶杯，仰头眺月，琢磨着那个飞天女人长得到底是啥样，有厚衣服穿吗，别给冻着。

还有那个陪她做伴的傻小子吴刚，到底犯了啥事，被贬谪到月宫，整天对着那五百米的桂树砍来砍去的，时间久了，非得给折磨出精神病来。还有嫦娥的丈夫后羿，你既然能把九个大太阳都给射下来了，还差那个小月亮，总得想办法把自己媳妇救回来吧，除非又另有新欢。

这就是吹大牛的神奇，惹得后人闲着没事，跟着一起吹，一起吆喝。

也搞不清楚为什么世界上任何一个民族都能吹出神话般的大牛。可能是远古人类对所观察或所经历的自然界或社会现象的一种解释和说明，其中也包含着征服自然的愿望。最后看谁嘴大，比谁的想象力丰富，哪怕你说破了天，那叫本事。

能硬编出这么大的瞎话来，也只有在史前的远古时代。那时的人反正闲着也是闲着，讲点故事打发无聊，也没啥不好的。估计人家也没当真，图个高兴快乐，你吹我也吹，生生吹出一个精神世界来。只是后人们为了表示对先人的尊重，把它定义为神话，又附加了好多社会学的注解，甚至作为某一学科进行推测研究。

随着文化的进步，明白人越来越多，实证的方法和手段也越来越高明，我们的老祖宗们就不好意思再无所顾忌地吹牛了，就在原先的神话底子上玩起了传说，用现代人的话来讲，传说是神话的社会历史化。

如果神话具有明显的非理性神异色彩，那么传说则内含着人间的行为原则，成为后世文学创作源泉。像屈原的《楚辞》、庄子散文、李白诗歌，还有明清小说如《西游记》《封神演义》等。

看来古人们要比我们这些所谓标榜的现代人要感性得多。天有多高，他们的想象就有多高，地有多宽，他们就能滚得有多远。想到哪就说到哪，想说啥就说啥，开放包容的得，无需顾忌太多。

从历史文化格局来看，是从大的感性宽广逐渐收缩成理性的狭窄，当然也是从粗旷进化为精细。遗憾的是今天的我们说话要谨慎小心，办事要有规有矩，在固定的程序中排队等候，屁不能带响，牛不得乱吹。

好在还有一些好东西供我们非理性的思维，用来排泄精神的积郁。当你看《神雕侠侣》中的杨过，你就不能想他独臂一个人过了十六年，手指甲是咋剪的；《倚天屠龙记》里女主角小昭带了多年的脚链，她裤衩子是咋换的跟你无关；也别较劲《射雕英雄传》里的梅超风那双九阴白骨爪是怎么擦屁股的；用不着操心白雪公主沉睡了那么多年没刷牙，会不会把王子熏倒；也别问梁山伯与祝英台为什么不托生为王八，俩人可玩个千年等待，非要化蝶，可蝴蝶最多也只活个七八天到头了。快乐地看着人家吹牛就够了，你只需享受着听着，看着。

是不是可以这么说，讲故事可以推动社会进步。纵观历史上风云人物和今日的马云等大咖，无论是政治成功还是商业运作，都是跟吹牛讲故事分不开的的。创新其实就是讲故事，创造牛逼故事，培养故事大王，推动故事进步，这事靠谱。

这一天月饼还是要吃的，尽管我不喜欢甜兮兮硬邦邦的圆饼，但总得咬上俩口讨个吉利。因为不圆满，才能被一瞬间圆满的当下慰藉，因为离别而生的思念，才有了对团圆最强烈的执念。

但凡跟神话沾上边的东西，都有被利用的价值。朱元璋当年就是往饼子里藏"八月十五夜起义"的纸条，成功了。今天的商家弄出了千奇百怪名目繁多的月饼来，也是为了兑换回白花花的银两。哪天我得给嫦娥发个微信，让她赶快下来到地球上收个版权费，这可是个大生意，不要白不要。

茶 · 读书
Read

　　喝着茶读着书，那个样子一定很好看。有些别有用心之徒，可借此场景泡个妞什么的，应该管用。

　　人不管做什么，打算活成什么样，总是要读些书的，无论你是在哪个年龄段。那些不读书的人很让人担忧，包括自己的家人和朋友，将来他们靠什么与命运和衰老获取平衡的生命状态，让自己多一些光亮和色彩。

　　活了这么大，今天看来，最有魅力、活得比较对的人，是身上有书香气味道的。那是饱读诗书后形成的高雅的气质和风度，让你相信他会有良好素养和人文关怀。这些人是在书香陶冶下，让浊俗变为清雅，奢华转为淡泊，开放置换了促狭，平和替代了偏激，一切都做得很适当得体。

书香气有驱蚊赶蝇的功能，可处理身上的种种不适，能剔除你的傲气娇气、卑微献媚、冲动焦躁、低俗小市民做派等附着物，绝对可以为你的生命做清洁和美容。当你书香气很浓厚时，你的安静灵秀就有了，自由自在富足高贵也跟着来了，泱泱大气之中裹挟着柔软，那种状态会让你舒坦滋润，大有富可敌国贵比王侯的独立自信感。

我们的人生阅历终究有限，时间短促，实在是不够用，只有通过阅读，方可得知其它的悲欢离合，侠肠义胆，思接千里，视通万向。你不读书，怎能让自己更睿智充实，怎能变得博大宽广，谦和圆融。

读书增气，气助势，气势就在。读书涨识，识多度也就有了。读书调情，搭配的是情韵，有趣则有味，齐活。通过阅读，可玩穿越，观历史，与先人们聊天唠嗑，这可是人生不能或缺的体验，少了这个，就相当于少活了人生大半部分，估计一般人都受不了。生命的一半是在干，另一半是阅读，这里所说的阅读，不光是读书，还要读周遭的世界。多出来的时间是读出来的，人生的额外收益也是可以靠阅读获取。

人稀里糊涂无目的活着，在不同的段落免不了会心生惆怅和寂寞，对人性是种缓慢的败坏，对心灵就像生锈的金属。但读书就可以使人具有特别长期的抵抗能力，特别是你想做事而无事可做，想说话而无人与说，想改变又改变不了时，读书就派上用场了，由知识转化为智慧，再由智慧蜕变成思想。

当一个人开始有了自己的思想，其人生就不被他人预测，朦胧神秘，底气扎实浑厚，易于获得认同，举手投足恰到好处，足以摆平了世间诸多的琐事繁杂。

蹲坑无聊时，那就去读书；想成为一个更好的人，那就去读书；你贫穷，那就去读书；不盲从，要独立，那就去读书；想把世界看得更清晰，发现更多可以更好去生活的心灵方式，那就去读书。

读书可以让你的灵魂少长一些白发，人气爆棚桃花不断。花几十元书钱就能坐拥世界，被别人喜欢也越来越喜欢自己，如此这般，我们实在没有不读书的理由。

读书也是在读自己，是一种重要的健身运动。书读多了，精神跟着饱满起来，与暴突的肌肉块一样，会有不一样的性感。有趣好玩的人差异性并不大，味道大致相同。而性感却有各种表现，风流倜傥的，才华洋溢的，散漫慵懒的，反正总有一款适合你，吸引你，让你的主动靠近成为不自觉，也不必言说。

人生并不美满，生活也有它的残缺和瑕疵，会碰到太多与自己无关的人和事，并充满了重复。人们有时是出于对生活的反抗才读书，为了自己而读书，读书人也是很自我的人。有人还可以感觉到低头安静地专注于书页，是与书本之间的促膝交谈，会把那些让自己不愉快的人排除在外。

有些人更搞笑，他们认为成功地读完一本书，就跟一次完美的性行为差不多，所以愿意把书放在枕边，称其为同床共眠。

读书也不是什么了不起的事情，看书的理由未必那么高尚。读书不见得会让每个人都有所改变，好人依旧是好人，坏蛋还是那个坏蛋，有些家伙只是成为一个被文学装饰过的坏蛋。读物也有好差之分，并不是哪个都适合自己。即使是不错的，可能我们配不上它们，也可能它们配不上我们。

读书人里差别也很大，有些人为了读书而读书，最后读成了一个书呆子。有些人带有更多的炫耀成分，成为让人不舒服的高傲的读书人，把知道的东西颠过来倒过去，拿不是当理说，这种书虫整大发了会折寿。

好的读书人，越读越谦卑越宽容。他们懂得了老子的大音希声的道理，真正的道是说不出来的，语言需要轻视，不能被过度渲染。

书读透了，当两个或多个不同观点同时指向真理时，往往不会迷失，不愚弄自己，也不有事没事充当布道者，装大尾巴狼。

茶・茶祖
Tea Ancestor

　　这是我受小梅之托，在正和岛的一个群里讲茶的一个稿子。对于茶的研究，有无数的门派，说法各一，精彩纷呈。但我认为最牛掰的，还是我的好哥们鞠肖男有关对茶的认知，绝对独树一帜，另辟新径。有思想有高度，有自己独特的见解。而且他在茶的研究上确实花了太多的精力，以下的所有论述，基本都是基于他的观点，并在此对他表示深刻的敬意。

　　各位亲们，于懋是我，小梅的铁哥们。原计划是她开的个场，但今晚人家要接见普洱的各级党政领导，我就答应临时替她串个场。

　　顾虑的是，从来没参加过这个活动，平生还第一次名称后面冠以主席职称，没想到这个群里的行政规格这么高。另其中的规矩和套路一无所知，不知如何下手。要是那个地方有何不妥，请及时招呼几句，或发红包鼓励一下，我也接受得了。

之前小梅说有一个圈子文化活动，邀请我聊一下茶的事，这场子必须捧。但她要求时间大概两个小时左右，这我就很是不解。又不是学习十九大文件，我不信有谁能耐心听到底。逻辑思维的罗胖，每天一分钟都不觉得短，这非搞个 120 分钟，总觉得有那么些不靠谱。如果真要是拿枪顶着后脑勺，逼着人家从头到尾坚持到底看下去，非逼疯几个不可。

可小梅很当回事，看上去有点像一群小孩过家家，这回轮到她当家长，很是认真张罗着。就为了这个，俺也得严肃正经一点，帮着她玩，怎么招也不能把这游戏给演砸了。

我与小梅同是北大光华的同学。现还兼任 200 多人北大光华茶社的道长。道长顾名思义就是耍神弄鬼，骗了不少人，愣是把我称为是他们的精神领袖。

说实在的，即使这样，我对茶还真算不上懂，比起那些一上手，就知道是哪个年份哪个山头，各种茶类知识如数家珍，绝对是小巫见大巫，自愧不如。再加上满世界能说茶的人多得是，怎么说也轮不上我。可能小梅还年幼无知，青涩懵懂，想起了我。那只好赶鸭子上架，说不好还说不坏呀。所以还请诸位多担带着些，权当是看一回马戏团小丑出演，乐呵欢喜就成了。

如果说喝茶是一件美好宁静的体验，那就应该是靠各自内心领悟的事，语言纯属多余，或可有可无。所以我就尽量剔出那些有关茶知识性的叙述，更多地聊一聊自己直接感知到的七七八八。

从投资实业角度来看，别指望种茶卖茶能赚大钱。但凡是农业项目，都是辛苦活儿。我就曾被忽悠，在北京搞过有机农业项目，也包括投资普洱的茶博园。

反正只要做的那件事是跟农民紧密相连的，那花的力气，付出的心血，挣到的钱，就一定跟农民差不了多少。累得跟三孙子似的，可农产品的价格明摆着，怎么都算不过帐来。我有几个朋友投资茶叶实体，没一个落下个好来。特别是投资了人家农民开的股份公司，至今都收不回投资来。到头来终于明白一回事，精英们的现代金融思维，和茶农与天斗与地斗的朴素情怀根本不在一个频道上，穿鞋的愣是自愿投入光脚的行列里，理讲不通，官司打不得。人家横竖骄傲着，我有土地我怕谁，我的地盘我做主，你只有认倒霉的份。你再牛，只要进到人家的部落里，就变得什么都不是了。

当然用茶在市场上炒作一把，那是另外一回事。或是像马达飞老弟那样，愣是把土豆这个农产品，做成了艺薯家，弄成为艺术美餐，搞得风风火火，名声大震，审美感爆棚，实属不易。

所以，我的结论是，喜欢茶的人，只能从自我生理满足和精神层面去感受即可。别一冲动扎进行业内，想全身而退则是个相当难的事。就像喜欢姑娘可以，都弄回家当小三，味道就全变了，你不见得都能承受得起。种茶和卖茶，跟喝茶不是一回事，这个谁都懂。真要是当上了茶园庄主，那恐怕你的茶喝起来就会苦涩得很。

下面说点别的。

茶不但生津解渴，也可以打造成高级的精神享受和有趣的艺术行为来。茶是一个很好的引子，由此可拉伸出很多想象和思想活动。

好不容易让自己静下来，顺带整理一下思绪，开发心灵家园，调整状态，深入思考，都是捎带脚的事。否则挺可惜的，也是极大的浪费。茶是一个理由，有益于你的社会交往，帮助你在甲乙方的不平等中，寻得中间那个位置。

茶喝得好，什么都是，喝得不好，什么都不是，整一个白玩。

我这个新年之际是在台湾跨越的。与林炳辉、周渝、林荣国等茶人交流过。台湾人对茶文化的开发和运用较早也很普遍，很多方面造诣很深。但也明显感觉近些年来，文化进步并不大，大多的思想还是停顿在多年前的印象中。

茶里面有大学问，也有大名堂。人在草木间，几片绿叶子，解渴养生，思前想后，左右照应着，整出的动静却大得很。

任何时代，搞大了就有他的社会属性，有阶级感。就像拍卖会上的几张纸，可叫价近十亿人民币。到这个份上，那件东西的本身，表达的就不单单是一般性的价值，涉猎的因素太多，包括政治、金融设计、阴谋炒作、不法洗钱等。对于上百万一饼的茶，那已经不是在喝茶了，里面的内容很多。你懂的。包括红酒、汽车、服装、皮包等，也都是如此。

茶怎么才叫好，这是我们这些喝茶人需要搞明白的。

好这个概念很有说头。它没有绝对的标准，必须借助于某种参考，得看从哪个角度去衡量它。就像做人一样，你再怎么好，总有人会喜欢你，热爱你。也会有人反对你，痛恨你。比如耶稣、苏格拉底够好的了，最终还是照样被处死。

茶也是这样，很难说哪个好哪个不好。这在于你的喜好，味觉，还在于那个产品的广告宣传和洗脑能力。

有些地域感很强的人喜欢本地茶，那些历史怀念感强的老年人，就乐意喝茉莉花。谁也不能武断地说哪个最好。单独的标准制定，很难有说服力，自家孩子就是好。你家儿子长得白，双眼皮，可我就是喜欢皮肤黝黑单眼皮，咋了。唱歌跳舞和体育运动怎么比，开放和保守，外向和内向同样等比不得。

很多时候，你觉得好还在于感化，诱导。人家都说好，通常你就会觉得好。就像一个人的口碑不错，那你就会被先入为主，也会感觉这个人不错。就像对政治对文化对历史，大部分人都觉得对的事情，但对于有独立思考独立精神的哲学家思想家却不那么认为。放在茶这个层面，那叫口味特殊。

同样一款茶，你自己随便加了水，牛饮了。而另一个人用茶道方式，仪式感很强地将它浸泡出来，一点一滴，一招一式，轻口的将它吞咽，充满着无限的享受，那你自然也会感受到不一样的滋味来。精神感也可以生成一种生物味道。

可见一款茶的好，不但是它本身的品质，还在于你如何对它进行处置，影响它的好和不好，有很多因素和条件。当你把茶这个对象，上升为是一个生命体与另一个生命体的接纳、尊重、理解、礼遇等，那你的这份心劲就足以产生神秘的化学反应了。

茶就是茶，你就是你，所发生的一切，都没那么玄乎。想玩成啥样那是你自由的选择。况且人与人的差异很大，那些天生敏锐，对周遭生命有主动感觉的人来说，不但是茶，包括其它，一花一草一木，对亲人朋友，对宇宙和社会现象，深浅程度与常人都会不一样。

每个人对茶都会有自己的标准。我的标准首先考虑的是干净、来路清楚、没有农药、味道正。我把这几条看成是底线来坚守。好在周边从事茶的哥们挺多，他们喝啥我跟着喝啥，凡是市场上那些包装精美的，都比较小心警惕。

喝遍所有的茶，最后选中的，还是普洱。这跟周边喝普洱朋友多有关，到哪人家拿出的大都是普洱，自己也就这么从了。先是熟普，最后感觉过瘾的，还是生普。生普有性格，有区分，有自然的味道。也大气。

那究竟什么是好茶呢，好茶的标准是什么，到现今为止仍是看法不一，各说各的，始终没有达成共识，没有权威解释，公婆都在理上。

话说到这，我得隆重推出我的好友鞠肖男。他曾干过青铜器、古董等大活，现国博的七件青铜重器都是他从国外弄回来的，也是国内青铜器顶级鉴定专家之一。

他后来改行做茶，是由于他身体不知为什么不行了，倒是喝茶给喝好了。一冲动去了普洱，买下了六万亩茶山，平均一亩地一颗古树。到现在已有八年光景。每年产量很少，也就是 2000 公斤左右。全是古树茶，片片是精品。但把自己也折腾得够呛，但他依然很专注，相信十年磨一剑这个说法。

他出产的茶，起名叫"茶祖"。满世界叫唤他的茶最好。我就问他为什么可以这么说，他说道理很多，最管用最有说服力的，就是斗茶，是骡子是马拿出来遛遛。有一次来我家，他掏出自己带的茶。这个人很讲究，走哪都带着自己的茶，从不喝别人的茶。我拿出存放最好的老普洱茶，他用两个壶分别浸泡着，然后倒入不同的小杯子里。每回分别一样一小口，五个来回左右，果然我的茶味道渐渐减弱，甚至没多少味道感，而他的那款茶的味道越来越纯正厚重。这倒是让我惊讶得很。后来跟他出去斗过几次，每回都赢，开了眼，你不能不承认这就是好茶。

以下有关茶的论述，都是基于鞠肖男的茶理论，大部分是从他的文章里直接引用过来的。

什么是好茶？

有人说好喝的茶就是好茶，喝着身体感觉好的是好茶，贵的是好茶，有故事的是好茶，功效强的是好茶等等。

一般说来，好茶等于好的原料，加上恰当的加工。

茶的种类太多：绿茶，白茶，黄茶，青茶，红茶，黑茶。由此细分下去，得有上百种之多。但不管是什么茶总，好茶起码要具备九大要素，缺一不可。

自然生态链
海拔
土壤
温度
温差
云雾
光照
水分
空气

就此细说一下，感兴趣的人可以认真看一下，不感兴趣的可直接翻篇过去。

茶生态链的完整度

茶在发源地经历了残酷竞争洗礼，在大自然中赢得一席之地，成为生物链中的一环。森林生态系统是物种多样性森林群落，食物链、食物网与其环境的功能流的作用下形成多样性结构、功能和自调控的自然综合体。是以乔木为主体的生物群落，包括动物、植物、微生物等，与非生物环境的光、温度、水、气、土壤等综合组成的生态系统。是生物与环境、生物与生物之间进行物质交换、能量流动的动态平衡。这里多种植物的相伴共生有机结合，物种间相互依存制约。这个生态链是茶的全生态链，具备了茶所喜欢的所有生态要素，是茶最佳的生长环境。全生态要素的减弱或消失，造成所需养分缺失，发生病虫害，化肥、杀虫剂、抗病药、除草剂不得不使用，必然造成茶质量的下降。所以茶生态链的完整度，直接决定茶质量的成级。

海拔

高山出好茶。茶产平地，受土气多，故其质浊。产于高山，浑至风露清虚之气，故为可尚。在所有茶产区都是海拔越高茶质量越好，数千年的经验告诉我们，高山出好茶。海拔高，空气稀薄，蒸腾强，使茶叶次生代谢能力增强，有利于光合产物的积累。气降温低，生长缓慢，凝聚更多茶质；湿度升高，降水量增加，生理辐射、蓝、紫光辐射丰富，有利于维持新稍组织中高浓度的可溶性含氮化合物，能抑制纤维素的合成，使茶芽柔嫩，有利于氨氨酸，胱氨酸等影响茶叶香气的氨基酸含量增加，酚氨比值下降，谷氨酸、丙氨酸、天冬氨酸增加，让茶更鲜纯。高海拔使茶叶中的芳香物质种类和数量大幅提高，可溶性糖含量增加，可以减轻茶多酚带来的苦涩味，协调茶的口感，增加茶汤的粘稠度和亮度。低纬度，高海拔，是植物最适宜的状况。

土壤

陆羽说："上者生砾壤"。茶树有 40%—80% 的养分来自土壤，而土壤有机质是土壤微生物和多种营养元素的物质基础。有机质含量越高，茶的品质越好。茶需要源源不断的有机肥和丰富的矿物质，略偏酸性的土壤。不同土壤母质发育的土壤因风化度不同，所含的矿物质、矿质元素及酸度，直接影响茶的品质。古老的冲积物土壤和古老岩石发育的老残积土，由于风化程度好，养分丰富，茶的品质就好，反之亦然。当这些土壤的有机质和矿物质变弱或枯竭时，茶的品质相应降低，人为的制造和补充，必然有所缺失，缺失的程度直接影响茶的质量。

温度

茶喜温凉，畏寒怕热。茶最适宜的温度 15—25 摄氏度四季如春的气候。

气温决定着茶树体内的酶活性，影响茶树的新陈代谢，进而影响茶叶化学物质的转化、形成、积累。温度高使糖类化合物的合成、运送、转化快，使糖类转化为多氮类化合物加快增多，茶滋味就苦涩度高。气温在 15 至 25 摄氏度时，最适合茶的光合作用，氮代谢，氨基酸、蛋白质及其他氮化合物增加，形成香气馥郁、强烈、持久的芳香类物质含量最多，质量最好。气温 30 摄氏度时，茶叶片不再生长，气温高于 34 摄氏度时，叶子会被灼伤。气温 0 摄氏度时，茶根不再生长，气温低于零下 5 摄氏度时间过长，茶根萎缩。

温度对茶质量的影响是直接的，太热太冷的地方不长茶，较热较冷的地方茶质量不会好。

温差

昼夜温差大，茶树脉络缩胀幅度大，循环代谢就好，叶面供养充分。白天温度高，茶叶光合作用充分，形成茶质多。夜晚温度低，呼吸消耗低，白天生成的能量物质储存和积累，光合效果好。昼夜温差大于 10 摄氏度时，则新叶的增长、叶片的展开减慢，有利保持茶的持嫩性和柔软度。温差大，茶的可溶性糖增加，对调节茶中茶多氛等苦涩物质，增进口感十分有益。年温差和日温差的状况，直接影响茶的质量。茶喜欢年温差小，日温差大。

云雾

长期的实践和科学检测表明，漫射光是最适合茶树生长的光线。高山云雾出好茶的道理是，茶喜欢中短波的光。云雾可以反射长波光，形成中短波光漫射，茶得到全方位的照射，加速碳代谢，使茶内成分比例和谐，生成更多的碳水化合物，氮芳香、氨基酸、蛋白质、维生素、生物碱、酚性素等优质茶的成分。云雾使茶叶具有鲜嫩、柔和、味酽、耐泡等特点。所以云雾笼罩的天数多，茶原料会好。年有云雾的天数多于 100 天，茶是最幸福的。

光照

茶喜阳光，畏暴晒。光是植物进行光合作用形成碳水化合物的必要条件，影响着植物生长发育。光照强，同时温度高，茶叶因水分散失太多太快，茶叶的气孔会自动缩小，反而不利于生长。所以茶不适于过强的直射光，喜欢较低温度下被遮蔽掉 30%—40% 的散射光，有利于新梢生长，叶片增大，芽梢增重，水浸出物比例高，持嫩性增强，茶氨酸明显向茶梢积聚，新梢中精氨酸、咖啡碱、茶氨酸合成量增加，氮化合物显着增加，让茶汤清味醇，茶气足而厚。

水分

茶喜湿怕涝，需要全年水分充足保持湿度，并使土壤偏酸，夏不涝冬不旱。湿润的空气最利于茶叶嫩芽的光合作用，促成叶绿素的充分形成和含氮化物的合成，提高茶叶中氨基酸、茶多酚的含量。只有雨量充沛无干旱气候，崇山峻岭的地势，土石相间的土壤，才能满足这苛刻的条件。满足的多少，关系着茶的质量。

空气

茶叶是采后不加清洗立即加工，加工后成茶也不加清洗直接冲泡而饮用的。茶叶中的萜烯类化合物含量高，因而对气味有很强的吸附活性。茶喝的是味道，茶生长环境的味道直接影响茶的味道。任何有污染空气，如汽车尾气、工业排放、雾霭等都是对茶叶的致命损害，生长环境空气的纯净度是影响茶的质量重要指标。

以上太专业，下面做一下简单归类，来描述普洱地域的茶生态。

1. 生态链。原始森林天然的生态，有着茶完整的生态链，这在其他地方几乎是没有的。

2. 海拔。最纯粹的野生茶，只生长在海拔 1750—2800 米的原始森林里。

3. 土壤。崇山峻岭、土石相间的土壤，裸露的岩石风化了千万年，表面圆润光滑，使土壤里富含各种矿物质。数万年的落叶，腐殖质形成了深厚的有机肥层，而且自然循环补给。

4. 温度。冬无严寒夏无酷暑，这里是中国第一恒春之地，年平均气温 18.5 摄氏度。

5. 温差。海拔 1750 米以上，日温差大于 15 摄氏度。

6. 云雾。印度洋的暖湿气流，穿过山脉褶皱由南向北上行。抵达临沧时，气温底、气压底，刚好在这里形成云雾，每年 150 天以上有云雾。

7. 光照。野生茶，有云雾和森林的蔽护，阳光被遮蔽 30%—40%。

8. 水分。水分充足，历史上几乎从来没有过真正意义上的干旱。由于崇山峻岭的地势，土石相间的土壤结构，水多时被排走而不水土流失，略旱时，石块起到了保水作用，整年保持不旱不涝的状态，由于水分充足，使土壤略偏酸性，这正是茶所喜爱的。

9. 空气。茶对环境味道十分敏感，空气稍有异味，茶必吸入。这里是原生态，茶呼吸的是纯净的空气。

具体茶叶咋样，通过这九大标准衡量一下即可。普洱茶的符合度最高，这也是我为什么选择普洱茶的原因。笨理合计呗，说龙井茶再好，只要你看它周边的生长环境，空气污染程度，就会自我有个判断。喜欢喝绿茶的人，可选择太平猴魁。猴坑我去过，那个环境相当理想，可信赖。

虽然专业性强了点，但要说明白这个问题，只能严谨论证才有说服力。不过要是有兴趣把这九大要素记住了，基本可成为一个业余中的高手，一般的场子都应付得了。

下面咱再深入一点，讨论一下茶的出生身份

我这个朋友研究的结果认为是出自云南临沧。

有考古为证，茶自然迁徙了 6000 多万年，而且茶的迁徙，大致是从高海拔向低迁移的。

人为迁徙了 6000—8000 年。从云南临沧的高山原始森林，一直迁到海拔正负零零的江南沿海、山东青岛、日照。得出一个结论：

纯粹的野生茶，只生长在海拔 1750—2800 米。茶生长的最高海拔为 2800 米，以上没有茶。

茶发源地的原物种茶都是大乔木大叶种，茶仔大如榛子，鸟不吃，不可能被鸟带到高处。野猪是咬碎吃，茶仔失去了发芽生长的功能。风难于把茶仔从低处吹上高处。茶仔成熟落在地上，被下雨冲入小溪，由溪水带着向下走。所以野生茶在漫长的自然迁徙是从高海拔向低海拔的迁徙。当人在高海拔发现茶之后，向人口密集的低海拔迁徙栽培，总体也是从高海拔向低海拔迁徙的过程。

茶向低海拔迁徙，温度升高，温差变小，云雾减少，阳光变弱，土壤变异，年湿度不均，空气变浑等，茶所喜欢的九大生态要素减弱和丢失。在茶的迁徙图上可以清楚地看到，海拔变化与茶树性状的变化的对应关系，茶树随之萎缩。

海拔越低，茶树越小，茶树汲取营养的根系越小，茶的叶片越小越薄。茶树辈份越低，分子越复杂，活力和穿透力越弱。

海拔越低，气温越高，茶树生长越快，凝聚的茶质越少。茶越不耐泡，耐泡水温越低。

海拔越低，茶能存放的时间越短。茶的活力越弱。茶的分子越大越复杂。茶树抵御自然灾害的能力越弱。对人的有效功能物质越少。

任何生命都有其发源地，也就是物种的道源地，那里有这个物种完美的生态环境。但凡离开，这个物种的生态环境必然会变弱，这个物种的品质随之变差。

茶是高等级植物，是在大自然中的万千种机缘聚汇，于某一刻间产生的基因突变而成，基因突变是不可能在两个地方同时发生的。

所以世界上所有的茶，一定是同宗同源。不管长在什么地方，形状大小味道有多么的不同，因生态环境的变化而发生的渐变，基因没有发生变化，它们都是同一个祖宗的子孙。找到了茶的发源地，如同是站在了正确的起点上。掌握了茶迁徙的变化规律，就知道了各种茶之间的关系，对茶有了整体上的概念了，这是全面准确认识茶的基本出发点。

如果愿意深挖，我从地质学来聊聊这件事。这是较为独特的观点，有意思。同样，不感兴趣的，麻烦再翻篇一次。

"地球漂移说"已经是一个被公认的理论，地球内部结构不断地运动变化，使地球表面随之发生着变化。大约两亿年前的中生代初期，那时地球上各大陆基本还连成一片，北半球称为"劳亚古陆"，分裂漂移成现代的北美大陆及欧亚大陆（包括中国古陆）；南半球则称为"冈瓦纳古陆"，分裂漂移成现代的南美洲、非洲、南极洲和印度古陆。

远古，人类甚至还不曾放飞自己童年的歌声，只有时间的长河寂寞地流过，高天远地、急风疾云、阳光雨露……还有的就是神祇们的浅吟低唱。

一棵绿色的种子，接受了大自然的气候、温度、水量、光线、土质等等最具天性的关怀，并从自己的一缕茶香中领悟到世界的灵性，开始从最初的源头出发演绎自己自在生长的哲学。天空的第一道曙光照耀到第一棵野生茶树的身上，唱响了对世界和岁月的无声礼赞。

经过漫长的地质变迁，在劳亚古北大陆的南缘，也就是现在中国云贵高原的一角，面临古太平洋，西近泰提斯海，地势平坦，浅海广布，气候温和，雨量充沛，许多古生种子植物在这里自由地发生、滋长和繁衍。奇异的地理天象，使这个地方成为了动植物的天堂。

到一亿年前的中生代后期，被子植物大量发生，地球上出现了花果，许多山茶科近缘植物也在这里繁生，这就为茶树物种的孕育形成创造生存演化条件。6500万年前的地球生命大灾难，75%—80%生命灭绝。6000多万年前，是地球一个生命恢复爆发期，第一群山茶科植物在这里诞生了，第一片野生山茶科乔木林继而开始在这片原始高原之地繁衍自己的种群后代。

沧海桑田宇宙洪荒，素洁的茶花一直在这里悄然盛开繁衍生息。直到5000万年前新生代始新世时期，脱离了冈瓦纳古陆的印度古陆，漂移到欧亚大陆的南缘，并向亚洲大陆挤压，把亚洲边缘的古地中海挤了出去，将西藏高原高高抬起。在这场喜玛拉雅造山运动中所形成的横断山脉，变得更为地势起伏、山岭交错。以金沙江、澜沧江、怒江水系为主的江河纵横其间，造就了三江并流的壮丽自然景观。同时峡谷平坝并生，海拔高低悬殊，温度在垂直分布上差异很大。横断山脉南段的高峡大缺口，正是印度洋孟湾季风进入中国大陆的主要水汽通道。受印度洋和南太平洋季风的影响，这里形成了热带和亚热带季风气候，具有鲜明的海洋性和大陆性气候优点，冬无严寒，夏无酷热，雨量充沛，气候温和，干湿分明，少霜多雾。这又为茶树种族的形成和演化提供了一个特有的理想生态环境。大陆逐渐分裂漂移，地球形成了今天的样子。

在地球上适宜生命生存的纬度上，形成两条生命带。北回归线似乎是条生命的死亡之线，贯穿着撒哈拉、阿拉伯、印度几大沙漠，偏偏在中国版图的鸡肚子下，却有着一块浓浓的生命之绿。

这个区域的地理特征是：两洋季风带着大量潮湿空气都来到这里，在海拔低温度高的西双版纳形成了热带雨林气候，向北是普洱，地势升高形成亚热带季风气候，再向北抵达临沧，因为海拔高、气压低、气温低，湿空气转化为大量的云雾，形成极为独特的亚热带低纬高原山地季风气候。

犹为奇特的临沧，它西边的水流入印度洋，东边的水千回百转流入太平洋。

丰富的降雨和众多的河流滋润这片土地，地质大褶皱形成的高山峡谷，几个温度气候带在这个区域同时存在，这种状态让植物在气候极巨变化时，比较容易找到得以存活下去的地方。

距今约 200—300 万年的新生代第四纪，地球进入冰川时代，气温急剧下降，冰封大地，大量动植物死亡，很多古老的物种从此绝迹。严寒没有让这里的山茶树停止自己的生命坚持。在这片红色高原 1700—2800 米的海拔带上孤傲坚守着，那是一段 6000 万年历史积淀的沉香。

当一万多年前冰河期消退，植物们从这幸存的生命根据地向外迁徙，重新染绿大地。

这里是地球生命的避护所和始发地，是从远古走来的生命诺亚方舟，至今仍生长着大量跨过生命大灾难，被称作植物活化石的桫椤树。

临沧这个植物王国的核心区有着神奇的地理独特特征：季风在这里相会，两洋在这里分水，太阳在这里转身。为茶树种族的形成和演化，提供了一个特有的理想生态环境。

纯粹的野生茶绝大分布在中国，缅甸北部，印度东北部也有少量分部。

西双版纳的海拔低，热带雨林气候，植物生长速度也非常快，寿命就相对偏短。发现的最老的一棵茶树树龄 1600 年，直径 20 公分。

普洱，海拔比西双版纳要高，但野生茶分布相对偏少，目前还没有一个全国知名的以产地命名的名茶。普洱茶的定义是，保山、临沧、思茅、西双版纳四个地区的大叶种茶为原料，用普洱工艺制作的茶。

临沧在云南范围内野生茶分布最多、最集中、茶树最大、品种最多、树龄最长、而且海拔最高。任何一个物种的发源地，都有它非常明确的发源地的特征，临沧是茶发源地特征最明确的地方。我们放眼地球，再没有一个比这里更有茶发源地特征的地方了，可以说地球唯此一处。

印度与中国有茶原种之争，结果专家在云南某处找到了两颗雌雄同体的最古老的原种茶树（就是实生种）得到联合国教科文组织认定茶原种在中国云南，印度才善罢甘休。

植物学家找到很多茶树，是起源于中国云南的确凿科学依据。

临沧在云南范围内野生茶分布最多、最集中、茶树最大、品种最多、树龄最长、而且海拔最高。任何一个物种的发源地，都有它非常明确的发源地的特征，临沧是茶发源地特征最明确的地方。我们放眼地球，再没有一个比这里更有茶发源地特征的地方了，可以说地球唯此一处。

植物学家找到很多茶树，是起源于中国云南的确凿科学依据。茶种的 80%，山茶科、山茶属植物在这里高度集中，在茶树形态结构上也有着从原始进化的各种过渡类型，并呈现连续变异的特征。尤其是滇西南地区，有着世界上 47.5% 的茶种，2/3 为原始型，这是原产地植物的最显着特点。

从被子植物的起源、植物区系、分类系统演化进程和地理分布来追寻山茶目起源，也可以推论山茶科茶树正是发源于这一热带、亚热带地区，然后才向南北各地发展的。

基因研究机构对一定区域的茶进行了基因检测，并对基因进行排序，排出了一定区域内茶种的传续关系，皆清晰指向茶的发源地在云南澜沧江中下游。

最新的分子研究结果是：物种的分子越简单，就越接近发源种和发源地。在茶上的表现是茶种越古老，其分子越简单。以茶里的儿茶素为例，简单儿茶素在云贵川的茶中的含量远远多于江南的茶。云南澜沧江中下游简单儿茶素的比例更高，临沧高山原始森林里的野生大茶树为最。这是科学的手段以微观的办法，印证了茶发源地所在和其传续关系。

国际茶学界已经形成共识：中国云南是无可争议的世界种茶原生地，是所有山茶科植物也是山茶属植物的发源中心，茶的故乡，天下的茶之源。

根据澜沧江中下游茶树大小的分布情况看，从西双版纳向北到普洱再到临沧，地势越来越高，茶树越来越大。澜沧江在临沧的拐弯处，最古老的野生大理茶种最密集，数量最多，体态也最大。

最后讲一些茶入药到保健品方面的事。这部分有人觉得有用，有人会不感兴趣。

人最初发现茶时，那时人体非常干净，茶的多种药效，对人来说几乎是个无所不能的万能药。人从发现茶开始，就再也没有让它离开直到今天。

人对茶功效的认识却是一个漫长的渐进过程，在数千年的使用过程中，茶神奇的面纱被一层层地揭开。每一次对茶新功效有了新发现，都会引发一系列的变化。

最关键的节点发生在唐宋之间，所以有茶兴于唐，盛于宋之说，个中缘由还是要从对茶的功效认识切入，来揭示人为什么要喝茶，这个根本性问题。

用现在的认识和语言说，什么是最好的营养？平衡的营养是最好的。什么营养成分多了或者少了都不好。茶最牛掰的功效，是综合调节人的营养平衡。茶对人似乎有神性，神奇地会自动做出选择，低的往上调，高的往下调，使人的营养趋于平衡。

人吃五谷杂粮，不管多么注意，摄入的营养对于你的需要总是难于平衡的。人若不平衡，必然造成机能和脏器的不健康运行，久而久之成疾出病，平衡才是最健康的状态，百病无从生。

茶调节营养平衡的作用，对偏食的人或地区尤为明显。最典型的是草原民族。牛羊吃草，人再吃牛羊，才获取维生素，所以维生素常年不足，喝上茶维生素就补上去了。常年吃肉，整个消化系统脂肪堆积，对健康的影响是不言而喻的，茶涤去了多余的脂肪，神清气爽。以肉食为主让人体偏酸性，而茶偏碱性，茶调节了人的酸碱平衡。所以草原民族，已是宁可三日无粮，不可一日无茶的生活状态了，每天早起女主人都会为全家人煮上一锅奶茶才是一天的开始。

茶能综合调节营养平衡，清理人体循环系统，养护各脏器。对人来说，天天让人平衡一点，就会键康一点，起到的是持续的保键作用，可以无病防病，把人身体可能生出病的状态，调回到健康的状态，这对人的意义是极为重大的。

宋代有了一个俗语：柴米油盐酱醋茶。柴是表示人是吃熟食的，人开始吃熟食，蛋白质被更多更好的吸收，使人的大脑得以快速进化。所以必须有柴，主副食加必须元素再调上味，吃下去，但这与人的需要难于平衡，再喝口茶，把吃进去的东西调和平衡，这才是人一天的一个完整的过程。

顺带普及一下茶里的滋味因子，也是我们喝茶时常听到的基本术语。用不着记住，当别人说时，你可以听得明白。

茶多酚，涩味。来自于茶多酚里的单宁酸、鞣酸。发酵使茶多酚转化为其氧化物茶黄素和茶红素，涩味降低，降低了茶多酚对胃的伤害作用。茶多酚减少，红茶可减少 90%。

咖啡碱，味苦。来自于咖啡碱、可可碱、茶碱、花色素、儿茶素、皂甙类化合物、苦味氨基酸。咖啡碱在茶汤中可与茶黄素和茶红素融合，不但减轻了苦涩味，使滋味更加醇和，减轻咖啡碱的刺激作用。

氨基酸，鲜、爽、甘甜、微酸，茶叶的滋味因子。茶氨酸含量多，茶就好。

甜味，来自于甘氨酸、丙氨酸等。

酸味，来自于谷氨酸、天冬氨酸。

香味，来自于谷氨酸、丙氨酸。

茶的发源地核心区的天然生态状况，与最适合茶生长的九个生态要素完全一致。

茶之所以发源于此，是因为这里有茶所需要的全生态环境，具足了茶这个生命所有因缘，人们从几千年茶栽培总结出的经验完美契合互为印证。

当人的认知与自然规律一致时，知识就得到了最高层面的认证，所道合于自然大法。

茶出祖庭，子子孙孙已种到了 42 个国家，迁百地成百种。

发源地高山原始森林中，最古始的野生大乔木大叶种，最原始的茶种，是大自然造就的，与众多动植物相谐共生。至今生长在发源地，平均六至八亩原始森林中才有一株野生大茶树。

茶树在争夺阳光的竞争中获得了一席之地而存在，但所得的阳光一般只限于树顶部，争到阳光的部分才会生新芽，所以，野生茶的产量稀少，平均一棵茶树产二两干茶。

这里海拔高气温低，人工栽培至少 50 年才能长成。海拔下迁 200 米，两年内即变种，叶片变薄、起毫失味。

既然到普洱，普洱茶是应该品品的。一个人去丽江艳遇，两个人去大理浪漫，一家人在普洱生活。

原本小梅告知我是以语音形式与大家交流，后改为文字，急忙中整理一下，远没有口头叙述那样轻松活波。

话多必有失。一家之言，不代表什么。纯属热闹一下，别当真。只要小梅满意了，那就齐活，算是交差了。

茶·茶马古道
Ancient Tea Route

这篇茶马古道同上一篇一样，也是为正和岛所写的。

今天要说的事是茶马古道。小梅很不讲究，说了普洱茶不够，又给加了这么一个话题，以为我什么都行。可一个人折腾，就有些不厚道了。但看到这孩子急火火忙前忙后的样子，估计这辈子没拿过什么大活，心生不忍。一个相当于群主助理这个位置，她就已经很当回事了，紧张并兴奋着，满满的热情，看上去也挺可爱的。我也就权当学雷锋做好事，反正是下雨天打孩子，闲着也是闲着。

好在我曾驾车在川藏南线和北线走过，也去过梅里雪山，远眺过横断山脉，入藏体验过那里的风土人情，对此还是有很深厚的感觉和兴致的。对茶马古道多少知道点，在此与同仁们分享一下。

　　小梅挑出的这个选题还是不错的。茶马古道之所以值得叙述，一是它富含着独特的历史意义，二是它由于现代化进程，逐渐成为历史，成为过去。说远也不远，说近也不近，但总不能将此丢失，应该被后人记忆，可时不时拿出来掂量一下。茶马古道也是我们民族重要的一种文化现象，涉猎的相关事宜甚多，恢弘壮烈，容不得后人轻易忘却。这种文化情怀也含有太多精神营养，可补齐我们的文化储存和认知。别小看一个细长朦胧的茶马小道，里面的内容和留给后人的精神却丰满得很。

　　这个群里的吃瓜群众，有的对此应该有所研究，有的会略知一二，我不知从哪个层面讲起更合适，那就凭感觉说开，深一脚浅一脚，以娱乐为主。

　　有一个历史学家说过这样一句话，越是一个需要规划未来的时代，就越是一个需要回顾过去的时代。历史真正的功用，是帮助你通过过去看到未来，在这个意义上可以说，历史学才是真正的未来学。如果你是一个真正关心未来的人，那你一定也是个愿意重读历史的人。时不时地对茶马古道有所回顾，也有这层意思。

　　之所以有了茶马古道，普遍的观点是西藏人缺不了茶，这种刚性的供需关系，人们自然就走出了这条小路。茶马古道用今天的话来讲，就是一个大物流系统。区别的是，这个物流操作，实在是艰辛了一点。估计要是放到今天，马云打死他，也不敢去触碰这个行业。

　　因康藏属高寒地区，海拔都在三四千米以上。居民需要摄入含热量高的脂肪，但没有蔬菜，糌粑又燥热。过多的脂肪在人体内不易分解，而茶叶既能够分解脂肪，又防止燥热，那个地方的人，蛋白和维生素的来源主要依赖于茶。故藏民在长期的生活中，创造了喝酥油茶的高原生活习惯。可能西藏人应该是全世界饮茶量最大的民族。不像我们内地，茶是饭后的消遣，不喝也行，喝了更好那种。但他们必须要喝，对生命来说，跟粮食一样重要。

人们知道的当年唐太宗将文成公主下嫁松赞干布，换得了中原和吐蕃的和平年代。其中还有一点，就是曾要挟松赞干布，要截断向藏地输送茶叶。又软又硬，方可达成双方的政治平衡。

藏区不产茶，这就催生出一套独有的商业物流系统。高山峡谷，在滇、川、藏"大三角"地带的丛林草莽之中，绵延盘旋出一条神秘的古道，这就是世界上地势最高的文化传播古道，也是地理形态最为复杂的商品交换通道。同是承载着中外文化交流、文明传播、民族迁徙、佛教东渐和旅游探险之路。茶马古道这样一个诗情画意的名字，背后却有着一段浓厚的历史，是唐宋以来至民国时期，汉、藏之间以进行茶马交换而形成的一条交通要道，也演绎出许多可歌可泣的故事来。

茶马古道这个命名很好听。这个词并不是古代就有的，而是现代人看着一条条羊肠小路，是按照南方丝绸之路来找的。但研究人员认为，丝绸并不能算作真正意义上大西南同外界商品交易的主体。什么才是这条古道主要的贸易商品呢？他们认定，在历史上的确存在一个专门进行茶叶贩运的贸易通道，而他们所见过的小道正是这条通道的一部分。想象茶敷在马背上走来走去的，既然当时是拉茶赶马的，茶马古道这四个字就顺理成章整出来了。

茶马古道取名很务实，主要运出去的是茶，运回来的是马，当然还有其他的生活用品。茶马古道是滇川藏之间的古代贸易通道，也是文化交流纽带。

具体有几条茶马古道,起点在哪,说法不一。有的说是三条,滇藏、川藏、青藏,其中青藏线开始最早,在唐朝就发展了。

有的说是七条,雪域古道、贡茶古道、买马古道、滇缅印古道、滇越古道、滇老东南亚古道、采茶古道。

有人说起点在大理、丽江、迪庆,有人说是思茅、西双版纳,有人说是雅安。

我倒是认为,既然是人踩出来的路,就无法确切地说出哪是头哪是尾。任何一个节点,都可能是头,也可能是尾。历史上的茶马古道应该是一个庞大的交通网络,有主有次,经纬横竖交叉。是以三条古道为主线,和许多支线辅线共同组成的货物运输线。非要争出个头尾来,意义实在不大。况且这其中穿叉着相对短途的人背,和路途较远的马扛,彼此接力交接,你一段我一段的承上启下,很多都是根据地理地貌来决定怎样的走法,用什么样的运输方式,好多细节是很难说得清楚,也就是个大概齐的揣摩。任何历史的进程和足迹都有它的偶然性和随机性,我们用今天的局限性思维,是无法给出个全面而准确的推测。

不管怎样的结论,历史已经充分证明,茶马古道原本就是一条人文精神的超越之路。马帮每次踏上征程,就是一次生与死的体验之旅。茶马古道的艰险超乎寻常,然而沿途壮丽的自然景观却可以激发人潜在的勇气、力量和忍耐,使人的情绪得到升华,从而衬托出人生的真义和有用性。

之所以称之为茶马,它的合理性还在于,当时内地,民间役使和军队征战都需要大量的骡马,但供不应求,而藏区和川、滇边地则产良马。具有互补性的茶和马的交易即"茶马互市"便应运而生。

现在对茶马古道感兴趣的人很多,研究它的专家学者也不少。包括欧美、日本、韩国等都拍出好多关于茶马古道的纪录片,很好看。包括人、物品、骡马,从一根铁滑索跨江划过的壮观场面,可直观茶马古道的险峻崎岖。很多地段山路很窄,一般只有两尺宽甚至更窄,对动物来说都不宽,人走在这路上的艰险就可想而知。一侧是山,一侧是峭壁,遇到风吹雨打,山洪泥石流,想想那个凶险,马帮走在这样的路上,得需要勇气和胆量。在普洱游玩,这可以是一种选择,准备得好,会成为一次丰富的文化探险之旅。

任何民族文化民俗和生产方式的形成,都离不开本土地域性的影响,地理条件是至关重要的原始因素。

历史中的整个中国西南地区,有些因素需要关注。

在这一区域,高山大河纵横,海拔跨越了几千米,既形成了不同空间之间的交通障碍,也塑造了不同民族、族群之间的文化区隔。不便于使用车辆或舟楫作长途运输,需要人力肩挑、背负和骡马或牦牛等畜力驮运。采用一站一站的转手贸易形式,马帮因此成为最重要的运输方式,它使大规模的物资运输成为可能,并使其长途交通和文化交流具有特殊的面貌,明显区别于平原地区和丘陵地区、湖海地区。

翻山越岭,地势陡险,很多地方骡马难以通行,只有人手脚并用,方能攀缘通行,只能人力背茶。背夫们相约十人、八人,每趟从茶商的库房里领取茶包,背往指定的地方。

背夫们领到手的茶包层叠摞好，用竹签串连固定，再以篾条编成背篼，套上双肩。背夫无论是谁，皆自备食物，即玉米面和一小袋盐巴，仅此而已。胸前系着一个椭圆形的小篾圈，俗称"汗刷子"，专用于刮汗，手里拄着一根丁字形的拐杖，拐尖镶有铁杆。茶包一旦上背，沿途一般不得卸下歇息，待有平缓处，领头背夫便审势路段和背夫负力情形，需歇一歇了，便扎下拐子，一声吆喝，示意大家找地方歇息。拐杖就是支架，茶包垫在拐子上，拐子扎在石头上，背夫们便都挺直腰背歇脚片刻。日久天长，古道上便留下了铁杆扎下的痕迹。甘溪坡上、紫石关旁那些茶路上密布的"拐子窝"至今仍在荒弃而覆满青苔的石板道上隐隐现现。

即使在今天公路普及度很高的情况下，好多部分山区的居民，依旧以背货和马帮作为运输手段，将自己的农副产品运出大山，往返时间长短不一，有的需要两个月左右。

西南地区的特殊地理状态，使各地之间的物产往往具有结构性的互补关系，并因此造成了不同地域与社会之间的互动，形成以产盐地为中心的局域性古道网络。唐代以来，饮茶成为以汉文化为代表的中国文化的典型象征，西部民族纷纷仿效，但是茶树在中国古代只生长于南方和西南的特定区域，茶叶因此从西南和南方的出产区被长途贩运至西部和北部的消费区，使越来越多的历史上的局域性古道被激活和串联起来，形成了茶马古道网络。

交通的独特性、活动的民间性和茶叶的远征性，这三个方面的因素共同塑造了茶马古道，使之成为重要的文化传播网络。

进入现代，交通技术、工具、设施大有发展，茶马古道和马帮逐渐被边缘化，茶马古道则因为提供了一个表述西南历史文化的崭新视角，逐渐从学术概念发展为流行文化符号、再变成文化产业品牌，产生了巨大的社会影响。如今中国西部的古道几乎都已被茶马古道定义。由于茶马古道之名传达了当地人民长期沉淀的经验，中国西南民间普遍认为，"茶马古道"之名古已有之。

至于茶马古道的起始时间，这事就更难。唐代民间早已把茶叶和喝茶的生活方式传播到了中原以北和以西的消费区，消费区人民早已形成了对茶叶的稳定需求，此后才可能有中央政府利用这种需求开展的茶马贸易。

这些问题都涉及对茶马古道的界定，也就是说，茶马古道具有一些区别性的特征或要素。虽然我们至今还不能为茶马古道给出一个正面的确切定义，但至少可以从反面来为其作出限定：用车或船作为主要运输工具的通道都不是茶马古道。

茶马古道所牵涉的，更多的是大众的日常生活。它们显示了人类生活的本来面貌，更多地是直接付诸人与环境的关系，而不是主要借助文化的和技术的工具，也显示了历史上的不同文化之间的交流与各种文化自身的进程。

茶马古道的最大贡献，在于从地方性、民间性的视角与观念出发，来看待人与地理等环境之间的互动。鼓励从地方和自我出发，来认识世界与他者的视角与观念。

茶马古道舞台，是背景。在上面出演的主角，则是马帮。马帮是很有故事性的历史现象，有人文情怀，有民俗文化，有组织管理，有人与自然、与家畜的关系。马帮使得茶马古道有动感，有色彩。

马帮内部有严密的组织和分工，五马为一把，五把为一帮，若干小帮构成一大帮，规模可达一二百匹。马帮内有锅头、二锅头和管事，每小帮还有小锅头。而赶马人又被人们称作"马脚子"，他们大多出身贫寒，为生计所迫才走上赶马的路。

长途艰险的行走，途中所运输的货物也会遭遇到劫匪和盗贼，为了人和货物的安全，马帮逐渐在发展中形成了大约 30—60 人，50—140 匹马的庞大队伍，他们把川滇的茶叶运送到藏区，再从那里运回马匹、毛皮、药材、虫草等等。

在马帮里，饭锅所放的位置都是非常重要的。马帮的首领叫做马锅头，马锅头都是智勇双全的人，懂藏语，会交易，人际关系好，管理才能强，他们才能带领马帮经过艰苦的跋涉，安全返回。

每次出发前，马锅头会翻看黄历，选择一个黄道吉日。他随身都要佩戴一个银质的护身符，有条件的还会佩戴手枪，这样的武器不光是要对付熊和豹子这样的野兽，还有沿途出没的土匪。

马锅头名义上是这支队伍的最高管事，但这支马帮并不属于他本人所有，他只是他所受雇的商号的代理人，负责将货物在滇藏茶马古道上运来运去。也就是说，他只管运输，不管生意上的事。此时，商号和马帮之间已经形成了具有现代特征的商业关系。

马帮的工作十分辛苦，他们带着自己全部的生活家当，一步步地丈量着出发地与拉萨的距离。他们每天早晚两次上驮卸驮，有时碰到特别危险的路段，还要将货物卸下，一趟趟背过去，以免骡马和货物发生事故。

世界屋脊的地形相当险恶。正是这样，很多马帮虽不信佛，但六字真言却始终牢记，每当过险要地方时，马锅头都要守在一边，用树叶枝将每匹骡子都掸一下，嘴里念着"唵嘛呢叭咪吽"，说一些吉利话。只要是到了拉萨，价格就差不多翻了十倍左右。

返回时还要把分号准备好的货物带上，那些来自印度等地的洋货和西藏当地的特产能让他们再赚上一笔，有时这些东西的利润比茶叶还要高。

丰厚的利润并不是马帮在茶马古道上不停跋涉的惟一理由。有些人他不走茶马古道也没事干，在村子里东走走，西逛逛，感觉很无聊。加入马帮，沿途从这个村子看另一个村子的变化，就像看电视剧一样，本身就是一种生活方式。

一般说来云南马帮的组织形式有三种。一种是家族式的，全家人都投入马帮的事业。骡马全为自己家所有，而且就以自家的姓氏命名。

第二种一般是同一村子或相近村子的人。每家出上几匹骡马，结队而行。各自照看自家的骡马，选一个德高望重，经验丰富的人做马锅头。由其出面联系生意。结算分红时可多得两成左右的收入。

第三种为结帮，没有固定的组织，只不过因为走同一条路，或是接受同一宗业务，或是因为担心匪患而走到一起。

这几种组织形式有时候搅合在一起，成为复杂而有趣的马帮景观。走西藏的马帮，一般都是家族大商号的马帮。

在三四十年代战争期间，云南在茶马古道上做生意的，大小商号有 1500 多家。来往于云南、西藏、印度等地之间的马帮约有三万驮之多。

在当时，赶马人没有社会地位。他们都是些出卖苦力的人。马脚子必须听从马锅头的指挥，马锅头就是他们的头领，是一队马帮的核心。

他负责各种采买开销联系事情。在野外吃饭时，也由马锅头掌勺分饭分菜。赶马人只是马锅头雇佣的小工。但马锅头与马脚子之间，并不单纯是雇主与雇工的关系。有的赶马人经过一段时间的努力，也会拥有属于自己的一两匹骡马。上路时将自己的骡马加入马帮。赚取自己的一份运费。如果再有些本钱，更可以备上一些货物驮上，自己也就有了一份利润。这样发展下去，一些马脚子就成了小马锅头和小老板。

在滇藏一线经营的大商号和马帮，都有这么一批扶持赶马人的规矩，给商号马帮赶上三年马，就要分一匹骡子给马脚子。这匹骡子的开销费用归商号出，而这匹骡子挣的钱全归赶马人。

这样有了几匹骡马后，赶马人就会脱离马帮不干马脚子，而是自己赶着自己的马，坐起锅头来。那些大掌柜大马锅头也是这么一步一步发达起来的。他们知道这其中的艰辛和不易，知道这是用血汗和生命换取的。所以才有了这么一种关照，赶马人的规矩。

走西藏的马帮一般找滇藏边缘点上的藏族人做马脚子，这样就不存在语言和习俗的障碍。一个好的马脚子，最多可照看 12 匹骡马，一般的是七匹。

马帮的头儿，有的还备置武器。跟当时的那些地方军阀的乌合之众相比，更像一支训练有素组织严密的军队。各司其责，按部就班，兢兢业业。每次出门上路，从早到晚，他们都是井然有序的行动。

骡马行进的队伍也有自己的领导，那就是头骡和二骡。他们是一支马帮中最好的骡子。马帮一般只用母骡作为头骡和二骡。马帮们认为，母骡比较灵敏，而且懂事警觉，知道哪里有危险。而公骡太冲动，不易当领导。

而且它们的装饰也非常特别，十分讲究。上路时都要带花笼头，缨须，眉毛处有红布红绸做的红彩。鼻子上有鼻缨。头骡脖顶上挂有很响亮的大铜铃。头骡二骡往往要一个毛色。头骡奔，二骡跟，将整个马帮带成一条线，便于在狭窄崎岖的山路上行走。

头骡二骡一威风，整个马帮就有了气势。一路浩浩荡荡，连赶马人自己走着都有了精神。在整个马帮队伍的最后，还有一匹强有力的尾骡，它既要紧跟上大队，又要能压住阵脚，使一大串马帮行列形成一个整体。

马帮随时都要检查马掌。一有损坏，马上就得补掌。马掌马钉是马帮的常用消费品。

马帮在路上，大部分时间过的是野营露宿的生活。一般天一发亮就爬起来，从山上找回骡马，给他们喂料，然后上驮子走人。当天色暗下来的时候，马帮要尽力赶到他们休息的地点露营，在天黑前埋好锅烧好饭。我在视频里看到过的，好多马帮连帐篷都没有。

拿些毡垫，把自己裹包起来，席地就那么睡了。他们怕的就是连绵大雨的天气，路不好走，晚上睡觉也成了大问题。

马帮的漂泊生活苦是苦，那里面有没有诱惑我不得而知。但能加入一个组织里，刷存在感，这事应该有那么一些。一路上，雪域高原那神奇莫测的自然景色，沿途丰富多彩的人文景观，给行程带来些意外的惊喜，也应该是成为马帮人理由之一吧。

那是一段特别的历史和不一样的生活，有一群可歌可泣，永远被记忆的马锅头和赶马人。

虽然说现代文明替代了它，但它不是消失，也不是灭亡，而是人类历史上一段美好的过去。他是人类向前发展史上，一座光彩的里程碑。在光彩背后的神奇，源自于人类的坚韧不屈的自强不息精神。

谢谢你们的守候，后会有期。哪天有了心情，我们一起到茶马古道干一票，当回马腿子。